ZWISCHEN FEUER UND FROST

CRIMSON ICE
BUCH 3

WILLOW FOX

Zwischen Feuer und Frost

Crimson Ice - Band 3

Von Willow Fox

Veröffentlicht von Slow Burn Publishing

Cover Design by GetCovers

übersetzt von Slow Burn Publishing

EINS

LUCA

Sie hat mich verdammt nochmal verlassen.

Mir ist speiübel vor Angst, Wut und Verzweiflung, als ich den Zettel zerknülle und in den Mülleimer werfe.

„Ich kann nicht glauben, dass sie per Zettel mit mir Schluss gemacht hat."

Wut kocht in meinem Blut und ich reiße mir die Fliege ab und öffne die Knöpfe meines Smokings.

Heute wird es keine Hochzeit geben.

Dante wird begeistert sein. Er wollte ohnehin nicht, dass ich Harper heirate.

Er hat versucht, sie dazu zu bringen, Ashton zu heiraten.

Ich hingegen bin am Boden zerstört. Ich bin mir

nicht sicher, ob Weglaufen die bessere der beiden Optionen ist: Ashton heiraten oder fliehen, weil mich zu heiraten offenbar so schrecklich gewesen wäre.

Ich glaube, ich muss mich gleich übergeben.

Ich drehe mich zur Tür und stürme an Ashton vorbei aus dem Zimmer. Das Haus fühlt sich unglaublich klein an und ich eile nach draußen, weil ich Luft zum Atmen brauche.

Frische Luft reicht nicht, aber die Kälte betäubt mich und dämpft meine Sinne. Den Schmerz in meinem Herzen lindert sie nicht.

Tränen brennen in meinen Augen, aber ich will nicht, dass jemand sie sieht ... nicht Ashton, nicht Kensley, und schon gar nicht mein Vater.

Die Tür schwingt hinter mir auf.

Ich wage nicht, nachzusehen, wer mir folgt.

Ich bin innerlich aufgewühlt.

Ich werde Harper nie verzeihen.

Sie kann weglaufen ... aber sie kann sich nicht verstecken.

Wie ein Schneesturm stürme ich zurück ins Haus und verlange nach meinem Vater. „Dante!“ Meine Stimme dröhnt wie ein Brüllen, während ich spüre, wie die Wut durch mich fließt.

Hitze strahlt von meinem Körper aus. Meine

Fliege ist weg, die Jacke aufgeknöpft, und trotzdem schwitze ich.

Dante hört meine Stimme ... oder vielleicht ist es der Orkan, der mir folgt, als seine Männer herbeiströmen, als bräuchte ich Hilfe.

Ich muss es nicht aussprechen.

Dante starrt mich an, und es ist, als wüsste er es.

Weiß er es, weil er es selbst herausgefunden hat, oder wurde es ihm mitgeteilt?

„Ich will, dass Kensley festgehalten wird", knurre ich und zeige auf das Mädchen im dunkelvioletten Kleid, das nur wenige Meter entfernt steht.

„Was?" Ihre Augen weiten sich, und sie tritt mehrere Schritte zurück, stößt aber gegen Moreno.

Er packt sie am Arm und schleift sie den Flur hinunter.

„Bitte nicht!", schreit sie und kämpft um ihr Leben.

Ich kämpfe um meins.

Um meine Frau.

Korrektur.

Um die Frau, die ich hätte haben sollen ... und den Jungen, der mein Sohn werden sollte.

Ashton tritt näher. „Sind wir sicher, dass wir das jetzt tun sollten?", fragt er leise in mein Ohr.

„Das ist deine Schuld." Ich funkle ihn an. „Wenn

du nicht verlangt hättest, dass sie *dich* heiratet, wäre sie vielleicht nicht weggelaufen."

Ashton schweigt.

Dantes Blick huscht von Ashton zu mir. Offensichtlich ist er überrascht, dass ich über die Vorgänge unter seinem Dach im Bilde bin.

Wie sich herausstellt, haben wir alle Geheimnisse.

Kensley wird schreiend und um sich tretend in die Kellerzelle gebracht.

Niemand hält sie auf oder hilft ihr.

Ich schaue mich um und sehe keine Spur von Harpers Eltern. Die einzigen Gäste heute, sind sich hier alle bewusst, in wessen Haus sie sich befinden – in dem der Mafia.

Es sind Familienfreunde, keine Bekannten. Die Hochzeitsgäste sind entweder Leute, die für Dante arbeiten ... oder sie sind auf sein Drängen hin gekommen.

Sie alle wissen, dass er zur Mafia gehört.

Keiner wagt es, einzugreifen.

Sie sind nicht so töricht zu glauben, sie hätten die geringste Chance, einen Mafiaboss zu beruhigen. Aber Dante ist relativ ruhig. Ich bin derjenige, der von Wut und Verrat angetrieben wird.

Hass brennt heller und heißer als Liebe.

Verrat verbrennt meine Haut, streicht über meine Zunge und erfüllt mich mit Hass.

Ich stürme die Kellertreppe hinunter und finde Kensley an einem Metallstuhl gefesselt, ihre Beine und Arme bereits gebunden. Moreno war schnell mit den Seilen und Ketten. Es ist nicht sein erstes Verhör, obwohl Matteo normalerweise unser Vernehmungsexperte ist.

Aber ich will derjenige sein, der Kensley befragt.

Ich verdiene es, derjenige zu sein, der das Verhör führt.

„Bitte", fleht sie Moreno an. Ich deutete ihm an, zurückzutreten.

„Gib uns eine Minute", sage ich und weise ihn mit einem Nicken an, die Treppe hochzugehen.

In Kensleys Augen stehen Tränen, und sie kämpft nach Luft. Ihre Wangen sind gerötet, ihr Körper zittert.

Moreno geht die Treppe hinauf und lässt mich mit Harpers bester Freundin allein.

„Bitte, du musst mir helfen", fleht sie.

Ich knie mich neben sie, auf Augenhöhe. „Warum sollte ich das tun?", zische ich, die Fäuste fest an meinen Seiten geballt. „Du kanntest Harpers Plan."

Sie schweigt.

Scheint, als hätte ich recht.

„Wie lange hat sie schon geplant, mich zu verlassen?“ Die Worte schneiden wie ein Messer in mein Herz, als ich sie laut ausspreche.

„Ich weiß nicht – sie wollte nicht ... aber dein Vater.“

Ich schüttle den Kopf und glaube Kensley nicht. „Mein Vater hat sie nicht weggeschickt. Sie hat sich entschieden zu fliehen ... mich an meinem Hochzeitstag zu blamieren.“

Kensleys Stirn runzelt sich. „Sie liebt dich. Deshalb ist sie gegangen. Du hast den Brief gelesen.“

„Ich habe gelesen, dass sie Schluss machen wollte, dass sie nicht will, dass ich ihr nachlaufe. Wohin ist sie gegangen?“ Ich knurre und lehne mich näher, kippe den Stuhl nach hinten. Meine Hände umklammern das Metall und verhindern, dass Kensley fällt.

Ihre Augen weiten sich, während sie nach Luft schnappt. „Ich weiß es nicht! Ich habe ihr meine Kreditkarte geliehen“, gibt sie viel zu leicht zu. „Du gehörst wirklich zur Mafia.“

Mein Blick wird schärfer. „Hat Harper dir das erzählt?“ Ich neige meinen Kopf und stelle die Stuhlbeine wieder auf den Betonboden.

„Sie hat mir alles erzählt“, flüstert Kensley und

starrt zu mir hoch. „Aber sie hat den Teil ausgelassen ... wo du das Monster bist."

Ihre Worte schneiden tiefer als der Verrat durch Harpers Flucht.

Ich wollte nie wie mein Vater werden, aber während ich Kensley quäle, brennt die Wut heißer in mir, als glühende Kohlen in einer lodernden Flamme. „Sie hätte nicht weglaufen sollen."

„Du liebst sie nicht", sagt Kensley und weigert sich nachzugeben.

Ich sehe die Angst hinter ihrem blassblauem Blick. Ich habe ihr Angst eingejagt, aber sie duckt sich nicht.

Sie richtet sich auf ihrem Sitz auf, trotzig. „Sie ist gegangen, weil sie dich liebt."

„Das ist das Dümmste, was ich je gehört habe", knurre ich Kensley an. Ich kippe ihren Stuhl nach hinten, und ihre Augen weiten sich.

Sie weiß, wenn ich loslasse, wird sie auf den kalten Beton knallen und wahrscheinlich ihren Kopf anschlagen. Sie lehnt sich nach vorne, versucht sich auf den Aufprall vorzubereiten.

Aber ich nehme meine Hände nicht vom Metallstuhl.

„Sie wollte dich nicht in ein Leben mit ihr und Zeke zwingen."

„Aber ich will dieses Leben!“ schreie ich Kensley an, als könnte sie es irgendwie Harper mitteilen, während sie auf dem Metallklappstuhl gefesselt ist.

Ich knalle den Stuhl zurück auf alle vier Beine, und sie hüpft, aber fällt nicht um.

Kensley atmet schwer, ihr Körper zittert vom Adrenalin.

„Ich hätte Harper nicht vertrauen sollen, unser Geheimnis zu bewahren.“

„Ich schwöre, sie hat es mir nur erzählt, weil sie wusste, dass sie mir vertrauen kann“, sagt Kensley zu ihrer Verteidigung.

„Sie hätte *mir* vertrauen sollen!“, schreie ich.

„Deine Loyalität gilt deinem Vater, deiner Familie. Sie hat mir alles darüber erzählt, wie du gezwungen wirst, für deinen Vater zu arbeiten. Harper wollte dir ein anderes Leben ermöglichen. Ein besseres Leben.“

Ich trete zurück, muss weg von Kensley. „Das sind alles Lügen.“ Ich kann ihr nicht zuhören. Sie versucht, in meinen Kopf einzudringen, mich zu verwirren, mich Dinge sehen zu lassen, die nicht so sind, wie sie sind.

„Ich schwöre dir, sie liebt dich. Deshalb hat sie das getan – sie wirft ihre Collegeausbildung weg, ihre Stabilität. Sie hat nichts, während sie auf der Flucht ist."

Ich gehe zur Treppe, nehme zwei Stufen auf einmal und lasse Kensley gefesselt zurück.

„Ich muss sie finden."

Ich muss sie finden, bevor Dante oder seine Männer sie aufspüren.

Die werden nicht so nachsichtig sein.

„Hast du etwas aus dem Mädchen herausbekommen?", fragt Moreno, als ich aus dem Keller komme.

Ich zögere und überlege, ob ich das allein machen will, entscheide mich aber dagegen.

Alles, was Kensley mir erzählt hat, wird sie leicht Moreno oder jedem anderen Soldaten preisgeben, der sie befragt.

„Sie hat Harper ihre Kreditkarte gegeben. Lass die Daten überprüfen, dann können wir sie orten." Ich verrate nicht, dass Kensley über das Familiengeschäft Bescheid weiß. Mittlerweile, wo sie in den Keller gebracht und gefesselt wurde, hätte sie es ohnehin selbst herausgefunden.

Ich schaue Nova böse an, als sie um die Ecke gerannt kommt. Offenbar hat sie Wind davon bekommen, was passiert.

„Geht es dir gut?“, fragt sie und sieht bestürzt aus.

„Nein“, knurre ich und fixiere sie mit meinem Blick.

Nova und Harper sind in den letzten Monaten Freundinnen geworden.

„Wusstest du davon?“, fauche ich und trete in ihren persönlichen Raum.

Sie schubst mich zurück. „Nein. Harper hat mich über ihren Plan im Dunkeln gelassen.“

Moreno beobachtet den Austausch zwischen uns für einen Moment, bevor er und Dante den Flur hinuntereilen zu seinem Büro. Ich bin sicher, sie planen, Kensleys Kreditkarte zu verfolgen. Harper würde sie brauchen, wenn sie in einem Hotel übernachten wollte.

„Wirklich? Denn ihr zwei wart in letzter Zeit ziemlich vertraut. Beste Freundinnen, wenn ich mich recht erinnere.“ Ich möchte Nova glauben, aber im Moment vertraue ich niemandem.

Nova verdreht die Augen.

Sie hat nicht die geringste Angst vor mir. Sie verschränkt die Arme vor der Brust. Sie trägt das gleiche Kleid wie Kensley, dunkelviolett mit schwarzer Borte. Beide sollten Brautjungfern bei unserer Hochzeit sein.

Es verbrennt mich innerlich, wenn ich daran denke, dass es keine Hochzeit geben wird.

Ich wollte nicht einmal heiraten, aber die Ablehnung, die Demütigung, sie schmerzt in jeder Faser meines Körpers.

Ich hatte einen Ausweg.

Harper hätte Ashton heiraten können.

Das ist es, was mein Vater wollte, was er von Ashton verlangt hat ... aber stattdessen hat sie sich selbst über mich gestellt.

Es gibt keine Erleichterung, nur Melancholie.

„Komm mal runter, Luca." Nova weicht nicht zurück. „Die Hochzeit war von Anfang an eine dumme Idee. Du hast nur zugestimmt, um sie am Leben zu halten. Vergiss das nicht!"

Was als reiner Schutzakt begann, wurde so viel mehr.

Harper bedeutet mir so viel mehr, als sie nur am Leben zu halten.

Ich wollte sie heiraten.

Den Rest meines Lebens mit ihr verbringen.

Ja, es gab Zeiten, in denen ich distanziert war.

Es ist schwer, plötzlich ins Elternsein geworfen zu werden.

Sie hat einen Sohn ... allein nur dieser Gedanke ... ganz zu schweigen davon, sich um eine andere

Person, ein Kind, zu kümmern, macht mir Angst. Ich will nie wie mein alter Herr werden.

Ich hatte versucht, etwas Abstand von Zeke und von Harper zu halten.

Aber jedes Mal, wenn wir in alte Muster zurückfielen, ins Bett stiegen, uns küssten, berührten, fiel ich tiefer, härter, schneller für Harper.

Und jetzt hat sie mir das Herz herausgerissen und mich mit einem verdammten Abschiedsbrief zurückgelassen.

„Verpiss dich", knurre ich Nova an und stürme davon, um Dante zu finden.

Hoffentlich hat er inzwischen Harpers Standort ermittelt.

Ich marschiere in sein Büro, ohne auch nur zu klopfen ... als würde es mir gehören.

Eines Tages wird es das, aber nicht heute.

Dante hebt eine Augenbraue, überrascht, aber er tadelt mich nicht.

Noch ein Novum für heute.

Moreno steht schweigend in der Ecke des Raumes, die Dunkelheit lauert über ihm.

„Sieht so aus, als wären sie in einer kleinen Stadt südwestlich von hier. Es gibt eine Quittung für Windeln und Snacks von einer Raststätte."

„Ich werde nachsehen", sage ich und verlasse das Büro meines Vaters.

„Luca", ruft Moreno mir nach.

Ich schaue über meine Schulter.

„Du solltest dich vielleicht erst umziehen."

Ashton kommt mit mir, während Nova bei Kensley bleibt.

Ich habe Kensley noch nicht vom Stuhl im Keller losgebunden. Ich weiß nicht, ob Moreno oder ein anderer Soldat sie befragen wird.

Es ist nicht mehr mein Problem.

Wenn sie Harper nicht geholfen hätte, von unserer Hochzeit wegzulaufen, dann wäre sie nicht dem Zorn unserer Familie ausgesetzt.

Geschieht ihr recht.

Mein Herz ist frostig und kalt vom Verrat.

Ich höre das Knistern von Papier und schaue zu Ashton, während ich in Richtung der Raststätte fahre, wo Harper zuletzt gesehen wurde.

Es ist unwahrscheinlich, dass sie noch dort ist, aber Dante hat mir versichert, dass er anrufen wird, sobald sie einen weiteren Einkauf tätigt.

Es ist nur eine Frage der Zeit, und zumindest werden wir in der Nähe sein.

„Was zum Teufel ist das?", knurre ich, aber ich kenne die Antwort bereits. Er hat den Trennungsbrief aus dem Müll gefischt.

„Nur etwas, worüber du vielleicht mit Harper reden solltest."

Ich schnaufe und umklammere das Lenkrad fester, während ich unbehaglich auf dem Fahrersitz hin und her rutsche. Mein Fuß drückt hart aufs Gaspedal, um die verlorene Zeit aufzuholen.

Harper hat ein paar Stunden Vorsprung.

Das muss der Grund sein, warum Kensley aufgetaucht ist. Sie wollte uns nicht nur Harpers Brief geben, sondern auch Zeit für ihre Freundin gewinnen, damit sie entkommen kann.

„Warum ist Harper nicht einfach zu ihren Eltern gegangen?", frage ich und werfe einen Blick auf Ashton.

„Das wäre der erste Ort, an dem wir nach ihr suchen würden. Sie *bringt* deren Leben in Gefahr, indem sie die Hochzeit absagt", erinnert er mich.

Ich glaube nicht, dass sie ihre Eltern besonders mochte, oder vielleicht haben sie sich in letzter Zeit einfach nicht gut verstanden.

Harper sprach selten über ihre Mutter und ihren Vater. Ich habe das Gespräch sicherlich nicht forciert. Es ist ja nicht so, als wäre ich meiner Familie nahe, wenn auch aus anderen Gründen.

Mein Handy klingelt. Ich nehme über Bluetooth über die Autolautsprecher ab.

Dante kommt direkt zum Punkt. „Wir haben den Standort ihres Handys, aber es sieht so aus, als hätte sie es im Bus liegen lassen. Es pingt immer wieder von hier zum Campus und zurück."

Das erklärt, warum sie nicht auf meine Nachrichten geantwortet hat.

Hat sie es absichtlich zurückgelassen, um uns in die Irre zu führen, oder hat sie es versehentlich zwischen den Sitzen fallen lassen?

„Irgendwelche neuen Einkäufe?", frage ich.

„Noch nichts. Kensley erwähnte ein Busticket, für das sie ihr Bargeld gegeben hat, aber Harper bestand darauf, ihr nicht zu sagen, wohin sie fuhr", sagt Moreno.

Sie scheinen auf Lautsprecher zu sein und teilen Informationen.

„Hat Kensley noch etwas anderes gesagt?", fragt Ashton.

Ich funkle ihn böse an.

„Nein, Nova hat sie gegen meine Anweisung wieder nach oben gebracht“, brummt Moreno. Ich kann mir vorstellen, dass er stinksauer auf seine Tochter ist.

Sie ist mutig, das muss ich ihr lassen ... und ein bisschen aufsässig.

Ashton rutscht auf seinem Sitz herum und wirkt etwas rastlos. Wir fahren schon seit ein paar Stunden, aber ich habe nicht vor anzuhalten, bis wir unser Ziel erreicht haben.

„Ist schon gut.“ Dante räuspert sich. Ich spüre, dass es eine brodelnde Spannung gibt.

Dante hasste es, wenn er mich nicht kontrollieren konnte. Ich kann mir nicht vorstellen, dass er begeistert ist, dass Nova Befehle missachtet und tut, was ihr gerade gefällt.

Sie wird sich eine Menge Ärger einhandeln, wenn sie nicht vorsichtig ist.

„Kensley konnte uns nichts sagen, was wir nicht schon wissen“, fügt Dante hinzu. „Wir haben sie nach Hause geschickt und ihr Handy überwachen lassen. Wir werden es wissen, wenn sie Harper kontaktiert oder umgekehrt.“

Ich starre Ashton finster an.

Hat mein Vater bei mir oder Harper dasselbe getan?

Nach einer weiteren Stunde im Auto halten wir an der Raststätte. Ich steige aus, strecke meine Beine und gehe direkt zum Kassierer ... in der Hoffnung, dass er uns einige Informationen geben kann.

„Guten Tag“, sagt der Angestellte und kaut einen Klumpen Kaugummi. Er sieht kaum alt genug aus, um die Kasse zu bedienen.

Er lässt eine Blase platzen und mustert mich. „Kann ich Ihnen helfen?“

„Wir suchen nach –“, beginne ich, und Ashton tritt an die Theke und unterbricht mich.

„Meine Schwester ist mit ihrem Sohn abgehauen. Er ist ungefähr zwei“, sagt Ashton und zeigt etwa Zekes Größe an. „Wir suchen sie, bevor ihr nichtsnutziger Freund auftaucht und ihr wieder droht.“

Die Augen des Angestellten weiten sich. „Oh je. Ja, ich erinnere mich an sie. Hübsches Mädchen. Das Kind war ein Terror, versuchte alles aus den Regalen zu greifen und schrie, wenn sie ihn nicht alleine laufen ließ. Sie war in dem Bus, der hier Halt gemacht hat.“

„Wissen Sie, wohin dieser Bus fährt?“, frage ich.

Er mustert mich. „Seid ihr wirklich ihre Brüder? Ihr seht euch gar nicht ähnlich.“

„Verschiedene Mütter“, sage ich und zwinge

mich zu einem Lächeln. „Wir versuchen nur, sie und den kleinen Jungen zu beschützen."

„Der Bus fährt nach Las Vegas", sagt der Angestellte.

Wir gehen zurück zum Auto, tanken voll und machen uns dann wieder auf den Weg.

„Wirst du Dante anrufen?", fragt Ashton und beobachtet mich aufmerksam, während wir wieder auf die Hauptstraße fahren. Ich gebe Las Vegas in die Karten-App auf meinem Handy ein, damit wir uns nicht verfahren. Hoffentlich ist es dieselbe Route, die der Bus nimmt.

„War nicht geplant", sage ich.

Wenn ich Dante anrufe, hat er wahrscheinlich Bekannte in Vegas. Sie werden auf Harper warten, lange bevor wir dort ankommen.

Ich bin wütend auf sie, aber ich will nicht, dass ihr oder Zeke etwas zustößt.

„Gut", sagt Ashton und lehnt sich zurück, macht es sich bequem.

Ich starre ihn an, während ich fahre.

„Was?", fragt er und blickt zu mir. „Du starrst mich ständig an, als wäre ich schuld an all dem hier."

„Du bist nicht unschuldig."

„Was auch immer. Dass sie wegläuft, ist nicht

meine Schuld.“ Ashton verschränkt die Arme vor der Brust.

„Du hast dich ihr ständig an den Hals geworfen ... ich bin sicher, das hat der Situation nicht geholfen.“

Ashton entfaltet den zerknitterten Brief und liest ihn still.

„Hier steht nichts über mich drin.“

Ich greife nach dem Brief, aber er hält ihn von mir fern. Wenn ich nicht fahren würde, hätte ich ihn innerhalb von Sekunden aus seinen Händen.

„Verpiss dich, Ashton“, knurre ich und ramme ihm den Ellbogen in die Seite, während ich versuche, meine Hände größtenteils am Lenkrad zu behalten.

„Für einen Typen, der *nicht* verliebt ist, bist du ziemlich angespannt. Und ich weiß, dass du Sex hattest. Daran kann es also nicht liegen. Jeder im Haus konnte hören, wie ihr euch wie wilde Tiere aneinander gekrallt habt.“

„Du bist ein Arschloch. Ich habe nie gesagt, dass ich sie nicht liebe. Harper ist diejenige, die diese Annahme trifft.“ Offensichtlich weiß sie nicht, wie ich wirklich fühle, denn das Lesen dieses Briefes hat mich innerlich zerrissen.

Ashton lacht.

„Du solltest bereit sein, ihr diese drei Worte zu sagen, sonst ist diese Reise eine riesige Zeitverschwendung.“

ZWEI

HARPER

Bei jeder Wendung habe ich das Gefühl, beobachtet zu werden.

Bin ich paranoid? Wahrscheinlich ... es ist schwer, es nicht zu sein, wenn ich vor meiner Hochzeit davonlaufe und eigentlich Luca heiraten soll, der in der Mafia geboren und aufgewachsen ist.

Was meine Schuld ist. Zumindest teilweise.

Luca hatte sich von seinem Vater losgesagt, bis ich alles vermasselt und ihn gezwungen habe, mir einen Antrag zu machen, um mich und Zeke zu schützen.

Ich küsse Zekes Stirn. Er sitzt in seinem Autositz und ist seit zwei Stunden unruhig.

Außerdem ist er glühend heiß.

Ich dachte, es käme von der Hitze im Bus und seinem Wintermantel, der ihn überhitzt. Jetzt vermute ich, dass es tatsächlich Fieber sein könnte.

Seine Wangen sind rosig. Er hat den Großteil der Fahrt geweint und war quengelig. Ich nehme ihn aus seinem Autositz und kuschle ihn, um ihn zu beruhigen.

Er ist warm, verschwitzt und immer noch zappelig.

Ich küsse seine Stirn und bin mir sicher, dass er Fieber hat.

Weitere zehn Stunden im Bus nach Vegas kommen nicht infrage.

Der Fahrer kündigt an, dass der nächste Halt eine Kleinstadt ist und wir dort eine halbe Stunde bleiben werden ... falls jemand etwas essen möchte, bevor wir weiterfahren.

Das gibt mir die Chance zu sehen, ob es ein Hotel gibt, einen Ort, an dem wir uns eine Weile verstecken können.

Ich packe Zeke wieder in seinen Wintermantel und Stiefel. Er schreit aus vollem Hals, nicht im Geringsten begeistert. Ich bin es auch nicht.

Ein paar Fahrgäste im Bus starren mich böse an. Ich schenke ihnen ein entschuldigendes Lächeln. Wir würden eine Fahrt nach Vegas nicht überstehen.

An der nächsten Haltestelle steige ich aus, mit dem Rucksack über den Schultern, Zeke an der Hand und dem Autositz in der anderen Hand, gefüllt mit unseren kürzlich getätigten Einkäufen von der Raststätte: Snacks für Zeke, etwas Baby-Tylenol, Windeln und Feuchttücher.

Draußen ist es stürmisch, der Wind peitscht mir entgegen, und Zeke ist untröstlich, während die kalte Luft uns umweht.

Ich hebe Zeke auf meine Hüfte und halte ihn an mich gedrückt. Er vergräbt sein Gesicht in meiner Jacke, während ich die kleine Stadt überblicke.

In nicht allzu weiter Ferne gibt es ein Motel, gegenüber einer Fast-Food-Kette. Ich steuere auf das Motel zu und entscheide mich für ein Zimmer. Wenn ich Zeke zur Ruhe bringen und ausruhen lassen kann, können wir morgen vielleicht den nächsten Bus nehmen.

Obwohl ich kein Handy habe, um ein Busticket zu kaufen ... und es scheint keine Busstation in der Nähe zu geben.

Das ist morgen ein Problem.

Im Moment sorge ich mich mehr um Zeke und sein offensichtliches Fieber.

Es gelingt mir, ein Zimmer zu bekommen, mit Kensleys Kreditkarte, und ich hole den Schlüssel.

Zeke quengelt die ganze Zeit. „Es ist okay. Wir werden uns bald ausruhen“, sage ich.

Er hat bereits seinen Mittagsschlaf verpasst. Er ist eine Freude, wenn er seiner Routine folgt, aber mit Fieber wird alles zur Hölle.

Nicht dass ich überrascht sein sollte.

Heute war kein typischer Samstag für uns alle.

Nachdem wir uns eingerichtet und unsere Sachen abgelegt haben, nehme ich ihn mit auf die andere Straßenseite, um schnell etwas zu essen. Ich bin am Verhungern, aber ich habe Zeke Snacks gegeben, um ihn zu beruhigen. Ich bezweifle ohnehin, dass er Appetit hat.

Ich bestelle einen Burger mit Pommes und hole Zeke ein Kindermenü, in der Hoffnung, dass er etwas Protein zu sich nimmt. Cracker, Brezeln und Chips sind nicht gerade nahrhaft.

Zeke sitzt auf meinem Schoß, während ich seine Hühnernuggets zerkleinere, damit er sie selbst essen kann.

Er ist verschnupft und tränenverschmiert, aber er greift nach dem Hühnchen mit seiner Hand, umschließt es, bevor er es in seinen Mund steckt.

Ich bin erleichtert, dass er für ein paar Minuten ruhig ist, was mir ein paar Sekunden gibt, um von meinem Burger zu beißen. Ich bin absolut ausgehungert. Ich habe zum Frühstück nichts gegessen, und es ist bereits fast Abendessenszeit.

Draußen ist es dunkel, aber noch nicht ganz Zekes Schlafenszeit. Es ist noch ein bisschen früh. Er isst den letzten Bissen seines Hühnchens und greift nach meinen Pommes.

„Du hast Obst“, sage ich und zeige auf die geschnittenen frischen Obststücke auf der Serviette, die er essen soll.

Er windet sich nach vorne, zappelt nach meinen Pommes.

„Okay.“ Ich gebe nach und reiße ein winziges Stück ab, damit er nicht die ganze Pommes in den Mund steckt. Er nimmt es, und seine Augen werden groß, als er die salzige Köstlichkeit schmeckt.

Er zeigt auf meine Pommes und will mehr.

So viel zum Versuch, ihn gesund zu ernähren. Ich küsse seine Stirn. Er ist immer noch warm, aber nicht mehr so glühend wie vorher.

Weinen lässt ihn auch etwas warm werden. Er hat sich jetzt beruhigt, da er zu Abend isst. Auch wenn es nicht die beste Mahlzeit ist, ist es besser als Knabbereien.

Am Fenster sitzend blicke ich zum Bus hinaus, die anderen Fahrgäste steigen wieder ein und machen sich bereit, die Stadt zu verlassen.

Mein Atem stockt in meiner Kehle, als Lucas Fahrzeug langsam vor dem Bus zum Stehen kommt und ihn blockiert.

Ich schaue weg und hoffe, dass er mich vielleicht nicht im Fenster des Restaurants sieht, wenn ich nicht in seine Richtung schaue.

Aber ich kann nicht wegsehen ... wie bei einem Zugunglück. Mein Blick ist immer noch auf *ihn* gerichtet.

Mein Atem stockt, als jemand auf das Hotel und dann auf die Fast-Food-Kette zeigt.

Sein Blick trifft meinen. Er sieht verdammt wütend aus.

Luca wirft Ashton seine Schlüssel zu und stürmt auf uns zu.

Scheiße.

Scheiße.

Scheiße.

Luca kocht vor Wut.

Ashton bewegt das Auto und parkt vor dem Hotel.

Wie ein Hurrikan kommt Luca hereingestürmt, die Wut rollt von ihm ab wie Dampf an einem kalten Wintertag.

Allein dieser Blick jagt mir Schauer über den Rücken.

Er ist eisig.

Bitter.

Und ausschließlich für mich reserviert.

Es ist nichts, wofür ich dankbar sein sollte.

„Du solltest nicht kommen, um mich zu suchen“, flüstere ich und schaue zu ihm hoch.

Zeke streckt seine Arme nach Luca aus.

„Dada“, sagt er, und mein Herz schmerzt millionenfach mehr, als ich höre, wie mein Sohn ihn so nennt.

Luca atmet laut aus und versucht verzweifelt, Zeke zu ignorieren.

Ich möchte sehen, wie seine Entschlossenheit zerbröckelt und wie er erkennt, dass ich nicht der Bösewicht bin.

„Ich kann nicht glauben, dass du per Brief mit mir Schluss gemacht hast. Einen, den du mir nicht einmal selbst zu geben gewagt hast!“, ruft Luca alles andere als leise, und die beiden anderen Gäste im Restaurant drehen sich in unsere Richtung.

Seufzend deute ich auf den leeren Platz in der Sitzecke mir gegenüber.

„Ich stehe lieber“, entgegnet Luca bissig.

„Ich wollte dir deine Freiheit geben, Luca“, sage ich und halte meinen Ton sanft, entwaffnend. Es gibt keinen Grund für mich, mit ihm zu streiten.

Zeke windet sich unruhig in meinen Armen, besonders jetzt, da er Luca sieht, und offenbar hat das Kind für heute genug von mir.

„Meine Freiheit?“, lacht Luca düster, eindeutig wütend und verletzt.

Ich hätte die Konsequenzen bedenken sollen. Ich wollte ihn nicht verletzen.

„Ich dachte wirklich, du wärst erleichtert“, sage ich und schaue zu ihm hoch.

„Du kennst mich überhaupt nicht.“ Luca schüttelt den Kopf, kochend vor Wut. „Ich war bereit, meine Zukunft für dich wegzuwerfen –“

„Ich habe dich nie darum gebeten!“ Meine Stimme hebt sich um eine Oktave.

Die Tür zum Restaurant schwingt auf, und Ashton kommt langsam hereinspaziert.

„Dada!“, sagt Zeke zu Ashton.

Anscheinend ist das sein neues Lieblingswort.

„Kann ich ihn nehmen?“, fragt Ashton mich, während Zekes Arme ausgestreckt sind und er darauf wartet, von jedem anderen als mir gehalten zu werden.

Mein kleiner Verräter.

Widerwillen steigt in mir auf.

Ashton gehört genauso zur Mafia wie Dante. Er

hätte nicht die Idee vorangetrieben, mich zu heiraten, wenn er keine Befehle befolgen würde.

Aber ich glaube nicht, dass er meinem Sohn wehtun würde.

Ich habe gesehen, wie Ashton zu Hause mit Zeke umgeht, wie er ihn herumjagt, Kuckuck spielt und Kitzelmonsterspiele macht.

Zeke windet sich weiter, bis ich nachgebe.

„Ja“, sage ich und übergebe ihn.

Ashton trägt ihn zum Spielbereich des Restaurants und versucht, ihn von den streitenden Erwachsenen fernzuhalten.

„Du hast alles riskiert, sogar Kensleys Leben. Du warst dumm, ihr von der Familie zu erzählen“, zischt Luca und lässt sich auf den Sitz mir gegenüber fallen.

Scheiße.

Ich hätte nie erwartet, dass Kensley es jemandem erzählen würde.

„Geht es Kensley gut?“

Ich könnte mir nie verzeihen, wenn Dante oder seine Männer ihr etwas angetan hätten.

„Als ich ging, war sie in Dantes Keller eingesperrt.“ Er neigt leicht den Kopf, seine Augen angespannt, während er mich mustert.

Das ist nicht, was ich wollte.

Wenn jemand unten angekettet sein sollte, dann ich.

Das ist meine Schuld.

Von der Hochzeit wegzulaufen.

Luca zu verlassen.

Mafiageheimnisse zu verraten.

Ich bin diejenige, die Schuld trägt ... nicht Kensley.

„Das ist nicht fair", flüstere ich.

„Das Leben ist nicht fair. Eine ziemlich harte Art, diese Lektion zu lernen", tadelt Luca.

„Ich musste jemandem vertrauen."

Er starrt mich an und klaut dann eine meiner Pommes. „Du hättest mir vertrauen sollen!" Er steckt sich das Essen in den Mund und kaut ziemlich aggressiv.

„Du hättest mich nie gehen lassen."

„Jetzt verstehst du es endlich!", schnauzt Luca und schüttelt den Kopf. Er fährt mit den Fingern über den Tisch. Ich greife nach seiner Hand, in der Hoffnung, etwas Vernunft in ihn zurückzubringen und ihn zu beruhigen.

Er zuckt zurück, sobald ich ihn berühre, und zieht sich von mir zurück.

„Warum bist du hier?", frage ich und starre ihn an.

„Denkst du, Dante lässt dich einfach weglaufen? Er jagt dich. Du hast die Familie blamiert. Das wird nicht einfach unter den Teppich gekehrt."

Ich hatte nicht bedacht, was mein Verrat an der Familie bedeuten könnte. Ich wusste, dass Zeke in meinem Gewahrsam war und ich ihn beschützen würde. Meine Eltern könnten für sich selbst sorgen. Indem ich in letzter Zeit nicht eng mit ihnen war, würde es sie schützen.

„Ich werde mich entschuldigen, aber ich werde nicht zurückgehen."

„Das wirst du", sagt er bestimmt. „Ob ich dich zum Auto tragen muss oder du läufst, wir gehen zurück nach Hause."

„Ich will nicht –" Mir stockt der Atem und ich schaue zum Spielzimmer nach Zeke.

Er ist sich glücklicherweise nicht bewusst, was passiert. Ashton beschäftigt ihn.

„Lauf mit mir weg", flüstere ich. „Wir nehmen Zeke mit, vielleicht können wir sogar Ashton dazu bringen, uns zu decken."

Ich werde nicht ohne meinen Sohn gehen.

„Ashton würde das nie tun", sagt Luca. Er knirscht mit den Zähnen ... sein Kiefer ist angespannt, während er mich anstarrt.

Er strahlt eine Kälte aus, die mir einen Schauer über den Rücken jagt.

„Dante wird uns nicht gehen lassen. Das habe ich dir wiederholt gesagt. Er hat Männer im ganzen Land, die seinen Befehlen folgen werden."

„Was, wenn wir unsere Namen ändern –"

„Du wirst nie sicher sein. Wir werden nie sicher sein", wiederholt er. „Die einzige sichere Wahl ist, mich zu heiraten."

Ich lehne mich in der Sitzecke zurück und atme schwer aus.

„Wow, so eine schlechte Option", sagt Luca und lacht düster. „Das hast du nicht gesagt, als wir neulich miteinander gefickt haben."

Ich verzerre das Gesicht.

Er ist wütend auf mich.

Ich hätte nichts anderes erwarten dürfen. Ich bin nicht sicher, warum ich dachte, dass es funktionieren würde, ihm einen Zettel zu hinterlassen, in dem ich ihm sage, er solle mir nicht nachkommen.

„Du willst mich gar nicht heiraten." Ich erwidere seinen eisigen Blick.

Er schluckt still und seine Zunge huscht für einen Moment hervor, fährt über seine Oberlippe.

Seine Stille ist Antwort genug für mich.

„Lass mich und Zeke gehen", sage ich. „Dante wird aufhören, mich zu jagen, wenn er merkt, dass ich wertlos für ihn bin."

Luca schlägt mit der Faust auf den Tisch und knurrt mich an. „Du hörst verdammt noch mal nicht zu!"

Eine Mitarbeiterin wirft uns einen Blick zu. Ich spüre ihren besorgten Blick auf mir.

Ich zwinge mich zu einem Lächeln, aber sie greift nach ihrem Handy.

Sie beobachtet uns ... wartet ab, ob sie die Polizei rufen sollte oder ob zwischen uns alles in Ordnung ist.

„Wir müssen hier raus", flüstere ich leise.

Wir ziehen zu viel Aufmerksamkeit auf uns.

Ich schaue aus dem Fenster, und der Bus fährt gerade weg. Meine einzige Wahl ist eine Fahrt mit Luca und Ashton oder in dieser kleinen Stadt zu bleiben, bis ich mir etwas anderes überlegen kann.

„Gut, endlich vernünftige Worte", brummt Luca und klettert aus der Nische. Er räumt das Tablett mit dem halb gegessenen Essen ab. Ich schnappe Zekes Mantel und gehe zum Indoor-Spielplatz.

Durch die Glasfenster sehe ich, wie Zeke durch den Kletterturm tobt.

Ich greife nach Lucas Hand, in der Hoffnung, ihn

überzeugen zu können, uns an einen sicheren Ort zu bringen, weit weg von Dante.

Er reißt seine Hand weg, als wäre ich Feuer und könnte ihn tatsächlich verbrennen.

Luca nimmt mir Zekes Mantel aus den Händen und stößt die Glastür auf. „Komm, Kumpel. Lass uns dich fertig machen. Es wird Zeit, dass wir wieder auf die Straße kommen."

Wir halten zuerst am Hotel, holen Zekes Kindersitz und meinen Rucksack. Ich wechsle Zekes Windel und gehe auf die Toilette, bevor wir uns in Lucas Auto stapeln.

Ich sitze hinten neben Zeke, der dagegen protestiert, in seinen Kindersitz geschnallt zu werden.

Unbehagen breitet sich in meinem Magen aus, als Luca umkehrt und uns wieder in die Richtung fährt, aus der wir gekommen sind.

Breckenridge, Montana.

Anscheinend kann ich nichts sagen, was ihn überzeugen würde, uns nach Vegas oder an einen anderen Ort auf der Karte zu fahren.

Ich sitze schweigend da und versuche, Zeke zu beruhigen, während er die nächste volle Stunde schreit.

„Was ist mit ihm los?“, fragt Ashton und schaut über seine Schulter. Er rutscht auf dem Vordersitz herum und versucht zu sehen, warum Zeke hysterisch ist.

Ich biete Zeke ein Spielzeug an, einen Snack, aber nichts beruhigt sein Schreien.

Er reagiert genauso, wie ich mich fühle.

Ich streiche mit den Fingern über sein feines Haar. „Ich weiß, Zeke, ich will auch nicht zurück“, flüstere ich. „Es wird alles gut. Du und ich, wir schaffen das.“

Ich blicke nach vorne, und Luca umklammert das Lenkrad mit weißen Knöcheln. Er wirkt angespannt, als er mich im Rückspiegel ansieht.

Aber er sagt nichts.

Was gibt es schon zu sagen?

Er hat deutlich gemacht, dass er wütend auf mich ist, weil ich mit Zeke abgehauen bin. Keine Entschuldigung wird das Geschehene wiedergutmachen.

Außerdem tut es mir nicht leid.

Ich habe versucht, Luca zu helfen.

Es tut mir nur leid, dass mein Plan zur Hölle gegangen ist.

Zwei Stunden nach Fahrtbeginn schläft Zeke

endlich ein. Er hat immer noch leichtes Fieber, aber die Medizin scheint zu helfen.

Luca lässt die Musik leise laufen, damit Zeke nicht aufwacht, während wir noch ein paar Stunden weiterfahren ... bevor er anhält, um zu tanken.

Er stellt den Motor ab, und Zeke bewegt sich, wacht aber nicht ganz auf.

Ashton steigt aus dem Wagen und geht zur Tankstelle, während Luca tankt.

Als Luca fertig ist, öffnet er die vordere Tür und greift nach seinem Handy. Von der Rückbank aus kann ich erkennen, dass er jemandem schreibt, aber ich kann nicht erkennen, was geschrieben wird.

Ich denke, es ist besser, nicht zu fragen. Ich bin nicht sicher, ob mir seine Antwort gefallen würde.

Wir sind noch etwa eine Stunde von Breckenridge entfernt, zwei Stunden vom Campus. Ich wage es nicht zu fragen, ob Luca uns nach Hause oder zu seinen Eltern fährt.

Ich habe zu viel Angst zu sprechen, dass ich Zeke wecken und den Zauber seines Schlummers brechen könnte.

Als wir die Hauptstraße verlassen, wird mir klar, dass wir zum Haus von Lucas Eltern zurückkehren.

Scheiße.

Übelkeit überkommt mich, und als wir abrupt vor dem Haus der Riccis anhalten, wacht Zeke auf.

Luca stellt den Motor ab. Ich mache mich daran, einen mürrischen Zeke abzuschnallen, der gegen den Schlaf ankämpft.

Als Luca aus dem Auto steigt, trifft uns ein kalter Luftzug, der Zekes Weinen noch verstärkt.

„Ich weiß." Ich versuche, ihm vom Rücksitz aus wieder seinen Mantel anzuziehen, und ziehe den Reißverschluss zu, um ihn warm zu halten.

Luca reißt die hintere Tür auf Zekes Seite auf, und mein kleines Monster verrät mich, indem er nach Luca greift.

„Dada", jammert Zeke, als Luca meinen Sohn in seine Arme hebt und Zeke sein verschnupftes Gesicht in Lucas Jacke vergräbt.

Er trägt Zeke zur Haustür. Ich versuche, den Türgriff zu öffnen, aber meine Seite hat eine Kindersicherung.

Ashton öffnet mir die Autotür und lässt mich aussteigen.

Sie wollten offensichtlich nicht, dass ich versuche zu fliehen. Ich knöpfe meinen Mantel zu und schnappe mir meinen Rucksack, eile Luca und Zeke hinterher.

Luca geht hinein. Ich folge ihm dicht auf den Fersen ... helfe dabei, Zekes Mantel auszuziehen, während er sich in Lucas Armen windet.

„Dada. Dada“, wiederholt Zeke immer wieder, während ich seine Schuhe ausziehe, bevor ich meine eigenen ausziehe.

Dantes Schritte klicken über den Marmorboden. „Schau mal, wer beschlossen hat zurückzukommen“, sagt er und funkelt mich böse an.

„Luca, Harper, kommt mit mir, *sofort*“, zischt Dante und dreht sich scharf um ... geht dann in Richtung Bibliothek.

Luca lässt Zeke nicht los, der zappelig und quengelig ist, versucht herunterzukommen und durch das Haus zu stürmen.

Aber zumindest gibt es keine Tränen.

Zumindest nicht von ihm.

Ich kämpfe gegen die aufkommende Angst an, während ich Luca folge, der einige Schritte vor mir geht.

Er hat mich praktisch zurückgelassen.

Wir sind keine vereinte Front mehr. Es gibt kein Vortäuschen mehr, dass wir verliebt oder in einer Beziehung sind.

Luca Ricci hasst mich.

Lucas Mutter, Nikki, sitzt in einem der Sessel. Als sie uns sieht, steht sie auf, eilt zu Luca und nimmt Zeke in ihre Arme.

Es ist das erste Mal, dass sie jemals angeboten hat, meinen Sohn zu halten. Ich kann nicht anders, als zu spüren, wie sich mein Magen verkrampft, als ich näher trete und ihn zurück in meine Arme nehmen möchte.

Ich vertraue Nikki oder Dante nicht.

Ich vertraue keinem von ihnen ... mit meinem kleinen Jungen.

Nikki scheint jedoch die magische Berührung zu haben, wiegt ihn auf ihrer Hüfte, lächelt und schneidet Grimassen für ihn, was Zeke beruhigt.

Sie beugt sich vor und küsst seine Wangen und Stirn, runzelt die Stirn. „Er glüht ja richtig."

„Er hat den ganzen Tag über immer wieder Fieber gehabt", gestehe ich.

„Ich rufe den Arzt an", sagt Nikki und trägt Zeke mit sich aus der Bibliothek.

„Ich habe ihm Kinder-Paracetamol gegeben", sage ich, um sie zu beruhigen.

Ich mag eine miese Freundin sein, aber ich bin keine schlechte Mutter.

Ich will Nikki hinterherlaufen. Es gefällt mir nicht, dass sie Zeke aus dem Raum genommen hat, aber Luca packt meinen Arm, sein Griff fest und warm, während er mich davon abhält, Nikki nachzueilen.

„Zeke wird es gut gehen." Lucas Worte sollen mich beruhigen.

Ich atme schwer aus und versuche, einen Moment durchzuatmen, während ich durch die offene Tür schaue, durch die Nikki gerade verschwunden ist ... und Ashton die Bibliothek betritt und zu uns stößt.

Dante tritt auf mich zu ... sein kalter Blick jagt Schauer direkt durch mein Herz.

„Du hast mich enttäuscht, Harper. Ich mag es nicht, enttäuscht zu werden."

Es ist eine Warnung.

Ich nicke schwach und starre zu ihm hoch, wobei mir klar wird, dass es kein Entkommen vor diesem Mann gibt, nicht heute.

Ich habe es versucht und bin kläglich gescheitert.

„Es tut mir leid ... das wird nicht wieder vorkommen."

„Das will ich auch hoffen", sagt Dante mit einem Schnauben. „Ihr werdet heute Abend heiraten."

Ich drehe mich zu Luca, mit weit aufgerissenen Augen, und warte darauf, ob er Einspruch erheben und seinem Vater sagen wird, dass er mich nicht heiraten möchte.

Er hat unmissverständlich klar gemacht, dass er mich hasst.

„Die Hochzeit findet noch statt?“, frage ich mit brechender Stimme.

„Du dachtest doch nicht, du könntest vor unserer Familie davonlaufen, Liebes, oder?“, fragt Dante mit dem Anflug eines hinterhältigen Lächelns im Gesicht. „Du kannst froh sein, dass Luca und Ashton dich gefunden haben ... und nicht einer meiner Männer.“

„Es tut mir leid.“ Ich entschuldige mich schnell. Vielleicht kann ich einen anderen Ausweg aus dieser Katastrophe finden.

Dantes Blick verhärtet sich.

„Entschuldigungen verringern die Blamage nicht. Du hast versucht, meine Familie zu demütigen.“

Lucas Hand löst sich von meinem Arm.

Die Kälte in der Luft verursacht Gänsehaut auf meiner Haut.

„Das war nie meine Absicht“, sage ich.

Soll ich versuchen zu erklären, dass ich Luca helfen wollte? Ich bezweifle, dass Dante sich für meine Absichten interessiert ... und Luca war sicherlich nicht glücklich mit mir, als er meinen Brief gelesen hat.

„Es tut mir leid“, sage ich, in der Hoffnung, dass vielleicht eine weitere Entschuldigung helfen wird, den Schaden zu mindern, den ich angerichtet habe.

„Deine Entschuldigungen interessieren mich nicht. Sie sind bedeutungslos“, tadelt Dante. „Du wirst ihn heiraten ... jetzt.“

„Jetzt?“, verrät Lucas Stimme ihn, während er mich anstarrt. Er wird bleich.

„Wir haben allen unseren Gästen mitgeteilt, dass Harper mit einer Lebensmittelvergiftung krank war. Du wirst heute Abend Ashton heiraten“, sagt Dante.

Ashton?

„Nein!“ Ich schüttle den Kopf und schaue zurück zu Ashton, flehe ihn an, diesen Wahnsinn zu stoppen.

Er will mich nicht heiraten.

Und ich will nicht an ihn gebunden sein.

Er sorgt sich um Nova.

Ich sorge mich um Luca.

Es ist eine Höllenhochzeit, wenn Ashton und ich heiraten. Das kann nicht passieren. Ich werde es nicht zulassen. Ich würde eher sterben, als Ashton Rinaldi zu heiraten.

Luca hasst mich, aber wenn ich Ashton heirate, werden mich alle hassen.

Nova wird mir nie verzeihen.

Luca wird mich dafür verabscheuen, dass ich seinen besten Freund heirate.

Und Ashton wird es für den Rest seines Lebens bereuen.

„Das können Sie nicht tun, Sir", sage ich flehend zu ihm. „Die Vereinbarung war, dass ich Luca heiraten sollte."

Dantes Augen flackern für einen Moment. „Das war die Vereinbarung, aber du hast die Familie verraten. Meinst du nicht, dass eine Strafe angebracht ist?"

„Sie werden Ashton dafür bestrafen, dass ich weggelaufen bin?", frage ich schockiert.

Ich wusste, dass Dante wollte, dass ich Ashton heirate. Er war zu Ashton gegangen, hatte es ihm befohlen, als wäre ich nur ein weiterer Auftrag ... aber wir hatten uns darauf geeinigt, dass es töricht und dumm wäre.

Ashton kommt näher, seine Haut glänzt und ist blass. Er sieht erschüttert aus ... durch die neuesten Nachrichten über unsere bevorstehende Hochzeit.

Es stellt sich heraus, dass Ashton mich nicht

angelogen hat, als er zugestimmt hat, die Wahl mir zu überlassen.

Aber Dante hat andere Vorstellungen, und als Mafiaboss gilt, was er sagt.

Ich greife nach Ashton, nehme seine Hände und starre in seine Augen.

„Ich fordere den Gefallen ein, den du mir schuldest."

DREI

ASHTON

Wie zum Teufel soll ich aus dieser Heirat mit Harper rauskommen?

Ich habe noch nie einen direkten Befehl verweigert, nicht von meinem Vater und schon gar nicht von Dante. Er macht mir verdammt noch mal Angst.

Einschüchternd ist noch untertrieben.

„Sir, Sie können doch nicht ernsthaft glauben, dass eine Heirat zwischen mir und Harper eine gute Idee wäre. Luca und Harper werden sich nacheinander verzehren, und das bringt mich in eine heikle Lage."

Luca schnaubt leise und ich werfe ihm einen finsteren Blick zu.

„Die beiden schlafen miteinander“, füge ich erklärend hinzu, als ob das etwas ändern würde. „Soweit wir wissen, könnte sie bereits mit seinem Kind schwanger sein.“

Dante starrt Harper finster an und mustert sie.

„Tragen Sie sein Kind aus?“

Sie sieht bei diesem Vorschlag entsetzt aus. „Ich glaube nicht—“

„Aber sie kann es nicht mit Sicherheit wissen“, sage ich und blicke Harper durchdringend an. Ich versuche, ihr einen Ausweg zu verschaffen. Tue alles in meiner Macht, um zu verhindern, dass wir beide gezwungen werden, den Bund fürs Leben zu schließen.

„Ich könnte schwanger sein“, sagt Harper und legt eine Hand auf ihren Bauch. „Ich meine“, sie blickt zu Luca, „das letzte Mal, als wir—“

„Wir haben aufgepasst“, knurrt Luca und tritt näher an Harper heran. „Sie wird Ashton nicht heiraten. Er wird *meine Frau* nicht einmal berühren.“

Harper stockt der Atem. Ich verstecke mein wachsendes Lächeln, während ich einen Schritt zurücktrete und versuche, die beiden dieses kleine Problem unter sich klären zu lassen und mich herauszuhalten.

„Deine Frau“, wiederholt Dante und reibt sich

das Kinn. „Du willst Harper immer noch heiraten? Nach allem, was sie dir angetan hat?“

„Ich habe durchaus vor, sie zu meiner Frau zu nehmen“, knurrt Luca und packt Harpers Hand ziemlich grob. Er zieht sie näher zu sich, und ich habe die beiden schon früher verliebt gesehen, aber das hier ist etwas anderes.

Besitzergreifend.

Hitzig.

Luca wird von einer stillen Wut angetrieben, die zerstörerisch wirken wird.

Dante schweigt, nimmt sich den Moment, um zu entscheiden, welchen Weg er einschlagen will. „Luca, du wirst Harper unverzüglich heiraten. Ashton, du wirst als Zeuge fungieren, und ich werde die Trauung durchführen.“

VIER

LUCA

Als Nikki mit Zeke zurückkommt und sich an die Wand stellt, hält sie ihn ruhig und still.

Auf dem Bücherregal liegt ein Paar Eheringe bereit. Ich schiebe einen goldenen Ring auf Harpers Ringfinger, während ich die erforderlichen Gelübde spreche.

Ich kann sie kaum ansehen.

Ihre Augen ruhen auf mir, aber ich schaue überall hin, nur nicht in ihr Gesicht.

Der Schmerz zerreißt mich, quält mich. Das hier ist falsch, aber ich könnte niemals zulassen, dass sie Ashton heiratet.

Sobald der Ring sitzt, ziehe ich meine Hand

zurück und weigere mich, sie eine Sekunde länger als nötig zu berühren.

Sie verlagert ihr Gewicht von einem Fuß auf den anderen.

Harper ist eindeutig nicht glücklich.

Nichts davon macht auch mich glücklich.

Ich trage immer noch Jeans und einen Pullover.

Harper trägt nicht einmal ihr Hochzeitskleid. Dieser Moment fühlt sich an, als würde man uns etwas rauben, aber gleichzeitig sollte es mir egal sein.

Es ist mir egal.

Dante spricht die Gelübde vor, die Harper aufsagen muss, während sie meine Hand nimmt und den Ring über meinen Finger streift.

Ihre Hand ist warm, während meine Finger eiskalt sind.

Ich will zurückweichen, aber sie lässt sich Zeit, den Ring auf meinen Finger zu schieben, über den Knöchel hinweg, und sie hält meine Hand fest, während sie die erforderlichen Worte spricht.

Das Gewicht des Rings ist schwer. Ich starre auf den Fehler hinab, der mich für immer anstarren wird.

Dies ist keine Feier der Liebe.

Es ist eine Zeremonie, die nur dazu dient, uns zu verheiraten ... ein rechtsgültiger Vertrag.

Nichts weiter.

Und innerhalb von Minuten sind wir verheiratet.

„Sie dürfen die Braut jetzt küssen“, sagt Dante.

Mit einem finsteren Blick schaue ich zu meinem Vater auf. „Ist das eine Voraussetzung, um verheiratet zu sein?“

Ich habe kein Verlangen, Harper zu küssen, geschweige denn sie zu berühren.

Von jetzt an kann sie in Zekes Zimmer schlafen.

Dante blickt zu meiner Mutter. „Ich glaube nicht“, sagt er.

„Sehr gut.“ Ich lasse Harpers Hände los, die Ringe brennen auf unserer Haut, als ich aus der Bibliothek stürme, weil ich Luft und jede Menge Abstand brauche.

Ich gehe in den Garten hinaus ... die kalte Brise ist willkommen nach der unbarmherzigen Hitze drinnen.

„Wie hältst du durch?“, fragt Ashton, als er nach mir nach draußen tritt. Er reicht mir meine Jacke.

Ich nehme meinen Mantel von ihm entgegen, ziehe ihn über meine Schultern und gehe zum Rand der Veranda, mit Blick auf den Garten. Es ist ruhig draußen, aber kalt. Ich kann meinen Atem sehen.

Während ich auf den goldenen Ring starre, drehe ich ihn mit dem Daumen. Die Bewegung ist kaum merklich, der Ring passt perfekt.

Es ist nur ein Gegenstand.

Er muss nichts bedeuten.

„So gut also, ja?", witzelt Ashton und stellt sich neben mich.

„Ja, nun, dir sei nicht gedankt", murmele ich. Ich wende meine Aufmerksamkeit vom Ring zu Ashton. „Wolltest du wirklich *sie* heiraten?"

„Ich hatte gehofft, dass ich es nicht tun müsste", gibt Ashton zu und reibt sich den Nacken. „Ich habe keine Gefühle für sie, falls du dir deswegen Sorgen machst."

„Früher hattest du welche", koche ich und erinnere mich, als wir beide für dasselbe Mädchen schwärmten.

Das ist noch nicht lange her, was mich skeptisch macht, ob seine Gefühle wirklich verschwunden sind.

Aber Harper gehört jetzt mir.

Ashton ist schlau genug, sich an den Mafia-Kodex zu halten. Man legt sich nicht mit der Frau eines Bruders an.

Eifersucht schleicht sich ein, und ich bin mir

nicht einmal sicher, warum es mich kümmert, denn Harper hat alles getan, um mich zu zerstören.

„Früher ist schon lange her. Ich habe mein Auge auf ein anderes Mädchen in Evergreen geworfen", sagt Ashton.

Das weckt meine Aufmerksamkeit.

„Jemand, den ich kenne?"

Ashton zwingt sich zu einem angespannten Lächeln. „Sie ist weit aus deiner Liga." Er klopft mir auf den Rücken. „Und du bist verheiratet, also ist sie tabu."

Ich verdrehe die Augen.

„Ist es das, weil ich dir das ganze letzte Semester Stress gemacht habe, dass du dich von meiner kleinen Schwester fernhalten sollst?"

Ashtons Gesicht wird ausdruckslos. Er räuspert sich. „Ich sage nur, mach dir keine Gedanken über mein Liebesleben, wenn deins in Flammen steht."

„Scheint eher frostig als feurig zu sein. Ich werde sie nie wieder ins Bett nehmen", knurre ich.

Mein bester Freund lacht und schaut mich ungläubig an. „Hass sie so viel du willst ... der beste Sex kommt danach. Ich habe euch beide dabei gehört."

„Ich ficke sie nicht", knurre ich.

Ashton wirft die Arme in die Luft. „Gut. Aber

wenn du es ihr nicht gibst, wird es irgendwann ein anderer Typ tun."

Ich starre Ashton böse an und stoße ihn heftig zurück. „Meine Frau wird mich nicht betrügen."

„Nicht am Anfang", sagt Ashton, „aber komm schon. Wenn ihr voraussichtlich für immer verheiratet sein sollt, willst du mir erzählen, dass du nie deinen Stab in den Honigtopf einer anderen tauchen wirst?"

Ich kann Ashton nicht zuhören.

Ich stürme zurück ins Haus und stehe plötzlich Harper gegenüber.

Sie wiegt Zeke in ihren Armen und streichelt beruhigend seinen Rücken, während er sich an ihr windet.

Ich erkenne den älteren Herrn, der mit Mom spricht, und dann kommt er herüber und untersucht Zeke im Flur.

Er ist ein Kinderarzt ... er war mein Arzt und auch Novas, als wir aufwuchsen. Ich bin etwas überrascht, dass er immer noch praktiziert, aber vielleicht wurde er auf Dantes Drängen hin aus dem Ruhestand geholt.

Ich trete zur Wand und lehne mich zur Unterstützung daran, während ich den Austausch beobachte.

Ist etwas nicht in Ordnung mit Zeke?

Er benutzt sein Stethoskop, um Zekes Herz und Lunge abzuhören. Dann überprüft er seine Ohren, Nase und seinen Hals mit seiner speziellen Lampe.

„Ich nehme eine Probe“, höre ich, als er in seine Tasche greift und ein langes Wattestäbchen herausholt. Er bringt Zeke dazu, den Mund zu öffnen, nimmt eine Probe und gibt dem Kind dann einen Lutscher.

Zeke war auf der Rückfahrt hierher unglaublich quengelig, bis er einschlief. Ich dachte einfach, er hasst es, im Kindersitz angeschnallt zu sein, und protestiert dagegen.

Der Arzt sagt etwas, notiert einige Anmerkungen und wirft einen Blick auf den Teststreifen mit der Probe. Ich kann ihn nicht ganz verstehen. Ein paar Minuten vergehen, und dann schreibt er ein Rezept auf.

Der Kinderarzt geht zurück zu Nikki, tauscht ein paar Höflichkeiten aus, bevor sie ihn hinausbegleitet.

„Ist alles in Ordnung mit Zeke?“, frage ich und beobachte, wie er an seinem Lutscher saugt, seine Augen noch immer rot vom Weinen und seine Wangen tränenverschmiert.

„Sieht aus, als hätte er Scharlach“, sagt Harper.

„Der Arzt hat uns gerade ein Rezept für Antibiotika gegeben."

Ich nehme ihr das Rezept ab. „Ich fahre schnell los und hole seine Medikamente", biete ich an und gehe zur Haustür.

„Luca, du musst nicht—"

Ich bin weg, bevor sie ihren Satz beenden kann.

Ich muss raus, etwas Abstand zwischen uns bringen. Aber als ich in der Apotheke ankomme, wird mir klar, dass ich keine der Informationen habe, um das Rezept einzulösen.

Welche Versicherung hat Harper für Zeke?

Was ist sein Geburtsdatum?

Irgendwelche Allergien?

Ich würde sie anrufen, aber mein Vater hat noch immer ihr Handy. Einer seiner Männer hat es aus dem Bus geholt, in dem sie es zurückgelassen hatte.

Ich rufe schließlich Ashton an, da ich weiß, dass er noch im Haus ist. Er fährt nicht ohne mich zurück, weil ich seine Mitfahrgelegenheit zum Campus bin.

„Wo bist du hinverschwunden?", fragt Ashton.

„Kannst du Harper ans Telefon holen?"

„Dein Todeswunsch", scherzt Ashton. Ich höre, wie das Telefon die Hände wechselt.

Zeke macht Geräusche neben dem Telefon, was

es schwieriger macht, Harper zu verstehen. „Ich brauche einige Informationen für das Rezept“, sage ich.

Ich lasse sie mich durch die Details führen, während ich das Formular am Apothekenschalter ausfülle. Es dauert länger als es sollte, und obwohl ich weiß, dass Dante einen Vorrat an Medikamenten für Notfälle hat, bin ich nicht sicher, ob Zekes Halsschmerzen als solcher zählen.

Ganz zu schweigen davon, dass das Rezept für eine Lösung zum Einnehmen ist, keine Tablette.

Unwahrscheinlich, dass er die richtige Dosierung und Medikation für Zeke hat.

Sie macht ein Foto von der Versicherungskarte und schickt es mir. Die Dame am Schalter ist nicht gerade begeistert, aber als ich erkläre, dass wir frisch verheiratet sind und unser Sohn krank ist, scheint sie etwas weniger herzlos zu sein.

Zwanzig Minuten später verlasse ich die Apotheke mit dem Medikament und schnappe eine Packung fruchtiges Eis am Stiel für Zeke. Sie könnten auf dem Heimweg schmelzen, aber zumindest werden sie seinen Hals betäuben und ihn vielleicht beruhigen, damit wir heute Abend zurück zum Campus fahren können.

Als ich zum Haus zurückkomme, übergebe ich

Harper die Tüte mit dem Medikament zusammen mit dem Wassereis.

„Für Zeke“, sage ich.

Sie öffnet die Medikamententasche und verabreicht Zeke die orangefarbene Flüssigkeit. Er nimmt sie ohne großes Aufheben ein.

„Möchtest du ein Eis am Stiel, Kumpel?“, frage ich und zeige ihm die Packung mit vielen Farben und Geschmacksrichtungen. Ich lasse ihn auf die Farbe in der Schachtel zeigen, die er möchte, was zufällig die am schwersten zu findende ist, blau.

Ich reiße die Plastikverpackung ab. Er greift danach, aber auch Harper tut es und hält den Stiel fest.

Ich habe das Gefühl, dass sie am Ende die meiste Farbe abbekommen wird.

„Bist du bereit, nach Hause zu fahren?“, frage ich.

„Ja, ich würde ihn gerne ins Bett bringen“, sagt Harper.

„Lass mich Ashton finden. Treffen wir uns in fünf Minuten an der Haustür.“

Ich wandere durch das Haus und finde Ashton in der Bibliothek, wo er mit Dante sitzt.

„Wir fahren nach Hause“, sage ich und unterbreche ihre Unterhaltung.

Dante seufzt. „Wie geht es Zeke?“

„Er wird wieder gesund.“ Zumindest hoffe ich das. „Wir sollten ihn aber ins Bett bringen.“

„Bring Harper dieses Wochenende mit. Wir werden Hochzeitsfotos brauchen. Ich brauche auch, dass du dieses Dokument unterschreibst“, sagt Dante und deutet auf den Tisch.

Es ist die Heiratsurkunde.

Harper hat sie bereits unterschrieben.

Ashton hat als Zeuge unterschrieben, ebenso wie meine Mutter. Dante hat als Standesbeamter unterschrieben.

Es stellt sich heraus, ich bin der Letzte, der unterschreiben muss.

Mein Vater schiebt mir einen schwarzen Stift zu.

„Wie ich schon deiner Frau gesagt habe, du gehst nicht, bevor das Dokument unterschrieben ist.“

Ich kritzle meine Unterschrift und lasse den Stift auf die Heiratsurkunde fallen.

„Zufrieden?“, funkle ich ihn an.

„Nicht besonders“, sagt Dante. Er greift in seine Tasche und holt ein Handy hervor. „Das Handy deiner Frau, das sie im Bus vergessen hat.“

Ich beiße mir auf die Zunge und nehme es ihm ab, schiebe es in meine Tasche.

„Du kannst beruhigt sein ... es gibt nichts Belastendes auf ihrem Handy.“

So viel zur Privatsphäre. „Ich war nicht besorgt“, erwidere ich bissig und stürme aus der Bibliothek.

Ashton folgt mir wenige Sekunden später.

„Wir fahren nach Hause“, sage ich und gehe in Richtung Foyer. Ich schnüre meine Turnschuhe zu und ziehe meinen Mantel an.

Harper hilft Zeke, sich einzupacken, bevor sie nach draußen gehen.

Ich schnappe seine kleinen Schuhe und schaffe es, sie an seine Füße zu zwängen. Das ist keine leichte Aufgabe bei einem zappelnden Kleinkind, das blaues Wassereis überall im Foyer verteilt.

Dante wird begeistert sein, aber er hat Personal, das es für ihn aufwischen wird.

Ich kann mich nicht erinnern, dass Dante jemals selbst etwas gesäubert hätte.

Mama kommt zu uns, um sich zu verabschieden, und trägt die Schachtel mit Wassereis, die ich auf der Theke gelassen habe. „Wollte nicht, dass du die für Zeke vergisst“, sagt sie, als ob ich nicht am Freitagabend zurückkommen würde.

Ich habe sie in den letzten paar Monaten mehr gesehen, als in meinem gesamten ersten Studienjahr.

„Danke, Mama. Ist Nova schon zum Campus zurückgefahren?“ frage ich. Ich hatte sie heute Abend nicht gesehen ... aber vielleicht hat sie sich in ihrem Zimmer zum Lernen verkrochen.

„Moreno hat Kensley und Nova heute Nachmittag nach Hause gefahren.“

„Bis Freitag“, sage ich und gebe Mama eine schnelle Umarmung zum Abschied. Obwohl ich mich nicht auf die Rückkehr freue, halte ich mein Wort.

Ich muss Dante mit dem Geschäft helfen. Ich weiß nicht, was ich mehr fürchte: mehr Mafia-Verantwortung zu übernehmen oder an diesem Wochenende Hochzeitsfotos mit Harper zu machen.

Zeke schläft im Auto ein. Ich bin dankbar für die ruhigen Momente, während wir zurück zum Campus fahren.

Harper sitzt hinten bei Zeke ... Ashton sitzt vorne bei mir.

Ich habe das Radio leise gestellt, um Zeke nicht zu wecken. Ashton sieht mich an, sagt aber nichts. Er hütet wahrscheinlich seine Worte, da Harper auf dem Rücksitz sitzt.

Es war heute heikel.

Morgen wird es wahrscheinlich nicht viel besser sein.

Er dreht das Radio etwas lauter, um seine Frage zu übertönen, als er mir zuflüstert: „Glaubst du, sie wird wieder versuchen wegzulaufen?“

Ich werfe einen Blick in den Rückspiegel. Sie starrt auf ihren schlafenden kleinen Jungen und scheint uns keine Aufmerksamkeit zu schenken.

Ehrlich gesagt hoffe ich, dass sie mich nicht verlassen wird.

Es würde mich umbringen.

Aber ich kann nicht mit Sicherheit wissen, dass sie nicht Angst bekommt und flieht. Sie ist schon einmal gegangen.

„Können wir jetzt bitte nicht darüber reden?“, schaue ich zu Ashton und rutsche dann auf meinem Sitz herum, seufzend.

„Langer Tag“, sagt Harper.

Ich bin nicht sicher, ob es meine Körpersprache, der schwere Seufzer oder Ashtons Frage ist, die sie kommentieren lässt.

Hat sie ihn gehört?

Als wir zum Haus zurückkommen, stürzt Nova aus ihrem Schlafzimmer, Liam ebenso.

„Hast du Harper gefunden?“, wirft Nova ein, und dann weiten sich ihre Augen, als sie Harper mit dem schlafenden Zeke in ihren Armen sieht.

„Entschuldigung“, formt Nova lautlos mit den Lippen.

Liam grinst, die Arme vor der Brust verschränkt, während er im Türrahmen lehnt ... offensichtlich von allem amüsiert.

Großartig.

Schön, dass ich Futter für ihn bin.

Noch ein Zuschauer in unserer erzwungenen Ehe, der Details wissen will.

Liam kennt nicht ganz alle Details, die zur Verlobung führten ... nur dass die Ehe auf Drängen meines Vaters notwendig wurde.

Das war alles, was Liam wissen musste, um zu verstehen, warum ich heiratete.

Sein Vater ist auch bei der Mafia ... jeder, der unter unserem Dach lebt, ist entweder Kind der Mafia oder in die Familie eingeheiratet.

Deshalb leben wir alle zusammen. Ich vermute, dass wir alle mit Vollstipendien an der Evergreen eingeschrieben sind. Es gibt keine Zufälle.

FÜNF

HARPER

Nach vierundzwanzig Stunden sinkt Zekes Fieber, was eine Erleichterung ist, denn ich kann ihn nicht in die Kita schicken, wenn er ansteckend ist.

Ich habe in Zekes Zimmer geschlafen, auf der schmalen Matratze, die an der Wand liegt.

Zeke scheint von der Gesellschaft begeistert zu sein, klettert jeden Morgen zu mir ins Bett und sogar mitten in der Nacht, wenn er aufwacht.

Was weniger Schlaf für mich bedeutet.

Der Kleine schläft quer, nimmt nicht nur alle Decken in Beschlag, sondern auch das gesamte Bett.

Immer wieder habe ich ihn zurück in sein Bett gelegt, aber er macht es sich zur Gewohnheit, in mein Bett zu klettern ... was mir Sorgen bereitet, weil ich nicht möchte, dass es eine schlechte Angewohnheit wird, wenn er etwas älter ist.

Luca spricht kaum mit mir, außer für das gelegentliche Nicken oder Guten Morgen, wenn wir uns verabschieden – er geht früh zum Training mit Ashton und Liam ... ich lerne, bevor Zeke aufwacht, und ich muss ihn zur Kita bringen.

Heute habe ich einen vollen Tag mit Vorlesungen vor mir – Kommunikation, Astronomie und Statistik. Als Werbefachstudentin sind das alles Pflichtfächer, aber der Kommunikationskurs ist für mich bei weitem der einfachste.

Ich treffe mich mit Kensley zum Mittagessen. Es ist das erste Mal, dass wir uns sehen, seit ich die Stadt verlassen habe.

„Ich habe gehört, du bist zurück“, sagt Kensley, als ich mein Tablett zum Tisch trage.

Sie hat einige blaue Flecken um ihre Handgelenke, und als sie bemerkt, dass ich sie anstarre, bedeckt sie die dunklen Stellen mit ihren Ärmeln.

„Das ist nichts.“

„Es ist nicht nichts.“ Meine Stimme wird leiser. „Haben sie dir wehgetan?“, frage ich.

Nova und Ashton betreten die Mensa und stellen sich an, um Pizza zu holen. Wir haben nicht viel Zeit, um privat zu reden.

Kensley schüttelt den Kopf. „Nicht körperlich. Ich meine, die Fesseln haben ein paar Spuren hinterlassen, aber das ist nichts, womit ich nicht klarkomme. Wir sollten hier nicht darüber sprechen."

„Ich habe immer noch deine Kreditkarte." Ich greife in meinen Rucksack und hole sie heraus, reiche sie ihr über den Tisch. „Ich werde dir alles zurückzahlen."

„Ich weiß. Mach dir jetzt keine Gedanken darüber." Kensley greift nach meiner Hand, die auf dem Tisch liegt ... die, an der ich einen Ehering trage. „Du hast es wirklich durchgezogen", keucht sie, als der Beweis sie anstarrt.

„Hatte nicht wirklich eine Wahl." Ich verzichte darauf zu erwähnen, wie Lucas Vater darauf bestanden hat, dass ich Ashton statt Luca heirate. Dieser Teil erscheint kaum wichtig, jetzt, wo ich mit Luca verheiratet bin.

„Scheiße", murmelt sie zwischen den Bissen.

Ich habe mir einen Salat zum Mittagessen bestellt ... bin nicht besonders hungrig, und stochere nur im Salat herum. Ich habe größtenteils drumherum gegessen ... die gewürfelten Karotten und Gurken haben mehr meine Aufmerksamkeit erhalten.

„Wie geht es dir?“, fragt sie und beobachtet mich.

„Gut. Luca redet nicht mit mir ... na ja, meistens ignoriert er mich.“

„Klingt nach einer gesunden Ehe.“

Ich schnaufe über ihren Witz und greife nach meinem Wasser ... nehme einen Schluck. „Wir schlafen in getrennten Schlafzimmern. Aber ich verstehe es. Er ist wütend.“

„Er wird sich beruhigen“, sagt Kensley. „Ich meine, ihr seid verheiratet. Er kann nicht sein ganzes Leben damit verbringen, dich zu meiden.“

„Da bin ich mir nicht so sicher“, murre ich leise und steche auf meinen Salat ein.

„Hey!“, sagt Nova, als sie sich einen Platz an unserem Tisch nimmt. „Ich habe die große Neuigkeit gehört. Lass mich den Klunker sehen.“ Sie streckt ihre Hand aus und wartet darauf, dass ich meine Hand in ihre lege.

Ich hebe meine linke Hand, an der ein schlichter goldener Ring steckt. „Kein Klunker. Nur Eheringe“, sage ich.

„Ich kann nicht glauben, dass ich die Hochzeit

verpasst habe! Ich bringe Dad um, weil er uns so früh aus dem Haus gescheucht hat."

Kensley rutscht unbehaglich hin und her und schiebt den Rest ihres Sandwiches beiseite ... unaufgegessen. Sie scheint ihren Appetit verloren zu haben, was ich ihr nicht übel nehmen kann. Ich weiß nicht genau, was sie durchgemacht hat, aber es kann nicht gut gewesen sein.

Hat Nova irgendeine Ahnung davon, was mit Kensley passiert ist?

„Ich gehe jetzt. Ich habe Unterricht und sollte früher da sein. Es ist auf der anderen Seite des Campus", sagt Kensley und verabschiedet sich, während sie ihren Rucksack und dann ihren Müll zum Wegwerfen nimmt.

„Wir sehen uns später?", frage ich.

Aber sie begegnet meinem Blick nicht.

„Ja, vielleicht. Ich weiß, wo du wohnst. Wenn ich Zeit habe, komme ich vorbei." Kensley schießt aus der Mensa, als würde sie brennen.

„Das war seltsam", murmelt Ashton und blickt zu Nova. „Wie ist die Pizza?"

„Ziemlich gut für Pappe." Nova blickt über ihre Schulter in die Richtung, in die Kensley verschwunden ist. „Ist mit ihr alles in Ordnung?"

Ich schüttle den Kopf. „Ich weiß nicht. Sie hatte einige Spuren an ihren Handgelenken.“, sage ich.

Ashton räuspert sich. „Moreno hat sie in den Keller gebracht, als wir festgestellt haben, dass sie dir bei der Flucht geholfen hat.“

Ich schiebe den Salat beiseite.

Der kleine Appetit, den ich hatte, verschwindet.

„Moreno hat sie gefoltert.“ Ich schaue zu Nova auf.

„Dad würde das nicht tun. Er bestand darauf, dass wir zum Campus zurückkehren, um Kensley zu schützen. Deshalb hat er uns selbst nach Hause gefahren. Er hat Matteo davon abgehalten, sie zu verhören.“

„Hast du die Spuren an ihrem Handgelenk gesehen?“, wiederhole ich.

„Nein“, sagt Nova. „Papa würde einer deiner Freundinnen nicht wehtun. Ich meine, ich bin sicher, er hat sie zum Verhör hingesetzt und verlangt zu wissen, was sie wusste, aber er würde ihr nicht *wehtun*.“

„Da bin ich mir nicht so sicher“, sage ich, greife nach meinem Wasser und nehme noch einen Schluck.

„Ich kenne meinen Vater“, sagt Nova. „Er befolgt Befehle, aber er würde Kensley nicht verletzen. Er würde einem Mädchen nicht wehtun. Das entspricht nicht seinem Kodex."

Ich beiße mir auf die Zunge. Klar, sie würden einem Mädchen nicht wehtun, aber sie würden verdammt noch mal einen kleinen Jungen entführen.

Nova ist entweder naiv oder leugnet die Wahrheit. In jedem Fall scheint es irrelevant, das weiter zu diskutieren.

„Wenn du über das, was im Keller passiert ist, aufgebracht bist, solltest du vielleicht Luca fragen", sagt Ashton. Er beendet das Pizzastück und wischt sich die Hände mit einer Serviette ab, sein dunkler Blick durchbohrt mich.

„Was meinst du damit?", frage ich.

„Luca war derjenige, der die Befragung durchgeführt hat. Er hat Kensley verhört."

Die Luft weicht aus meinen Lungen und ich kann nicht atmen. „Wo finde ich Luca?"

„Wir haben beide Philosophie nach dem Mittagessen. Du kannst mit mir gehen. Ich treffe ihn normalerweise auf dem Weg zum Unterricht."

Nach dem Mittagessen und vor meiner nächsten Stunde lauere ich Luca auf seinem Weg zum Philosophieunterricht auf. Es stellt sich heraus, dass sowohl sein Kurs als auch mein Statistikkurs in dieselbe Richtung gehen.

Ashton versteht den Hinweis und bleibt ein paar Schritte zurück, sodass ich Luca einholen kann und wir eine Art Privatsphäre haben.

„Du siehst eiskalt aus“, sagt Luca und blickt zu mir.

„Ich koche vor Wut“, fauche ich und passe mich seinem Schritt an. „Du hast Kensley verhört?“

Luca räuspert sich. „Das ist ein ziemlich hartes Wort. Ich habe sie befragt.“

„Sie hat Abdrücke an den Armen. Sie wurde festgehalten“, sage ich und packe Lucas Arm, hindere ihn daran, weiterzugehen. Ich brauche Antworten.

„Ich habe sie nicht auf diesen Stuhl gesetzt, das war Moreno. Ich habe nur die Fragen gestellt.“

„Du hast sie auch nicht gehen lassen“, sage ich und rate, dass er nicht da war, um sie zu retten.

Luca zuckt mit den Schultern.

Ich hasse es, dass ich recht habe, dass er es für nötig hielt, sie wegen mir zu verhören.

„Hast du ihr wehgetan?“ Meine Hand bleibt fest auf seinem Arm.

Er reißt sich von meiner Berührung los. „Nein!“ Luca schnaubt und tritt einen Schritt zurück.

Ich warte, ob er vor mir wegläuft, aber das tut er nicht. Er steht da und meidet meinen harten Blick. Sein Blick ist auf den Boden gerichtet und dann auf seine Füße. „Sie wusste Dinge. Du hast ihr von *meiner Familie* erzählt."

Ich atme scharf ein. „Ich hatte keine Wahl."

Sein Blick hebt sich und trifft meinen. Er ist voller Wut. „Es gibt immer eine Wahl."

„Klar. Als ob ich dich nach einem Busticket und Geld hätte fragen können, um meinen Arsch aus der Stadt zu schaffen." Ich verdrehe die Augen, verärgert, dass er denkt, es sei mir leicht gefallen, dieses Geheimnis auszuplaudern. Ich hatte Angst um Kensley, aber ich tat, was ich für uns alle für das Beste hielt.

Das sieht er immer noch nicht ein.

Stattdessen ist er voller Zorn und Hass mir gegenüber.

„Ich habe dir gesagt, egal wohin du läufst, meine Familie wird dich finden."

Stellt sich heraus, dass er damit recht hatte. Luca und Ashton haben es geschafft, mich aufzuspüren. „Ich hätte bar bezahlen sollen", murmle ich.

Luca knurrt und dringt in meinen persönlichen Raum ein, seine Hand an meiner Hüfte. „Du hättest mir deinen Plan sagen sollen. Ich hätte dir helfen können zu fliehen."

„Aber du hast gerade gesagt..."

„Ich weiß, aber ich hätte sie in die Irre geführt."

Ich löse mich von ihm. „Ich glaube dir nicht", sage ich. „Du hast mir immer wieder gesagt, es gäbe keine andere Wahl. Egal wohin ich laufe, sie werden mich finden. Deine Familie hat Freunde in anderen Städten, Bundesstaaten, wahrscheinlich auch in anderen Ländern."

„Alles wahr", sagt Luca sachlich.

Ich werfe meine Hände in die Luft. „Du laberst Schwachsinn, Luca. Du würdest mich nie gehen lassen!"

„Du hast recht. Als meine Frau bist du für immer an mich gebunden."

In seinem schwarzen Blick lodert ein Feuer, und ich trete zurück.

Luca Ricci hasst mich.

Die meisten meiner Kurse dieses Semester sind nicht so schlimm, außer Statistik. Ich ertrinke in Zahlen und Formeln.

Nach einem knappen Gespräch mit Luca und

dann einem gefürchteten Statistikkurs, sitze ich in der Lernlounge des Hauses und gehe die Hausaufgaben des Tages durch.

Es ist alles ein Haufen Unsinn.

Fasst mein Leben irgendwie zusammen.

„Du siehst entweder verwirrt aus oder hast wirklich Verstopfung", sagt Ashton, als er vorbeigeht.

„Ich hasse Statistik."

„Oh, das hatte ich letztes Semester ... super einfach."

Ich schnaube. „Für dich vielleicht. Hast du zufällig Notizen aus dem Kurs?" Vielleicht kann ich seine Notizen vom letzten Jahr verstehen und sie nutzen, um zu begreifen, was ich hier versuche zu erreichen ... denn im Moment ertrinke ich, schon wieder.

Ich dachte, Wirtschaft wäre schwer, aber das war ein Kinderspiel im Vergleich zu diesem Kurs.

„Keine, die ich aufbewahrt habe. Hier, lass mich dir helfen." Er zieht einen Stuhl neben mich und überfliegt die Informationen, die ich aufgeschrieben habe.

„Ja, das ist falsch." Er zeigt auf die Hausaufgabe und meine ersten zwei Antworten.

„Okay." Ich atme schwer aus und starre ihn

frustriert an. „Ich habe eine Stunde daran gesessen. Wie kann das falsch sein?“

„Ich meine, es ist falsch“, sagt Ashton. Er blättert durch mein Lehrbuch und versucht mir zu erklären, wie das Beispiel nicht zu dem passt, was ich mache. „Du liegst einfach völlig daneben“, sagt er und gestikuliert mit seinen Händen.

„Und du weißt das, weil...“

„Weil ich ein A in Statistik bekommen habe und mein Nebenfach forensische Buchhaltung ist. Ich kenne Zahlen. Ich kann sie hier drin berechnen“, sagt er und zeigt auf seinen Kopf.

„Angeber.“

Ashton hilft mir, meine Antwort auszuradieren, und führt mich dann durch die richtige Methode. Die ich allerdings nicht ganz verstehe.

Er erklärt es noch einmal.

Überwältigt schiebe ich meinen Stuhl zurück.

Es ist nicht so, dass er ein schlechter Lehrer ist ... ich verstehe es einfach nicht.

Ich schaue auf die Uhr. Wir sitzen seit über einer Stunde daran, und ich muss bald Zeke aus der Tagesbetreuung abholen und dann das Abendessen vorbereiten.

„Du bist fertig“, sagt Ashton. „Ich habe diesen Blick in Novas Augen gesehen, wenn die

Informationen nicht einsickern und deine Augen glasig werden.“

„Du hilfst Nova beim Lernen?“

„Wir haben beide zusammen Psychologie. Es ist mehr eine kleine Lerngruppe, nur wir beide“, sagt er mit einem verschmitzten Grinsen.

Ich verdrehe die Augen und hebe eine Hand. Ich will nicht wissen, ob seine Vorstellung vom Lernen keine Bücher und Schulaufgaben beinhaltet.

„Schön, dass es bei euch beiden klappt. Wann wirst du es Luca sagen?“ Ich hasse es, es vor ihm zu verbergen.

Es sind erst ein paar Tage vergangen, aber er ist immer noch wütend auf mich, weil ich an unserem Hochzeitstag weggelaufen bin und ihn stehen gelassen habe.

Offenbar spielen meine Absichten keine Rolle, sondern nur, was ich getan habe – nämlich die Familie zu demütigen.

Er ist wortkarg in meiner Gegenwart und verschwindet, sobald ich versuche, mit ihm über irgendetwas zu sprechen. Er ist bei keiner Mahlzeit zu Hause, was eine bequeme Ausrede ist, um sich nicht hinzusetzen und zu reden.

Und obwohl ich weiß, dass er mit Hockey beschäftigt ist – genau wie Ashton und Liam – sehe ich die beiden häufiger als meinen eigenen Ehemann.

Dieses Wort fühlt sich seltsam an, wenn es durch meinen Kopf schwebt.

Ehemann.

Bis dass der Tod uns scheidet.

Wahrscheinlich das einzige Gelübde, das er ernst nimmt ... denn ich weiß, dass mich zu lieben nicht dazugehört.

„Mach mal Pause“, sagt Ashton und reißt mich aus meinen Gedanken.

„Ja, ich muss Zeke abholen.“

„Falls du jemals Hilfe mit ihm brauchst“, bietet Ashton an.

„Danke. Du bist ein guter Freund, auch wenn du deinen besten Freund anlügst.“ Ich funkle ihn böse an und wünsche mir, er würde Luca von seiner Beziehung zu Nova erzählen.

Das ist egoistisch von mir, ich weiß, aber wenn Luca sich auf Nova konzentriert, ist er vielleicht nicht mehr so wütend auf mich?

Die Haustür geht auf. Ich schließe mein Lehrbuch. Ich sollte wirklich alles wegräumen. Ich bin für heute fertig, meine Hausaufgaben liegen unvollendet vor mir. Ich habe sie nicht geschafft – vielleicht nach dem Abendessen ... wenn ich mehr

Zeit habe, sie leer anzustarren, weil ich so schlecht in Statistik bin.

Luca geht mit seinem Rucksack an uns vorbei und macht einen zweiten Blick, als er Ashton und mich in der Lernecke sieht.

Seine Augen verengen sich, als er uns beide anschaut, als hätte er uns bei etwas Unmoralischem erwischt. „Was zum Teufel geht hier vor?"

Ashton streckt seine Arme aus und legt eine Hand auf meine Schulter, hält mich wie man eine Freundin halten würde.

Ich schaue zu Ashton zurück und frage mich, was zur Hölle er da tut.

„Ashton hat gesehen, dass ich Schwierigkeiten habe, und hat Hilfe angeboten", sage ich.

Luca schnaubt und schüttelt den Kopf. „Sie braucht deine Hilfe nicht, Ashton. Du hast schon genug getan, bleib weg von meiner Frau!"

Ashton steht auf und geht um den Tisch herum, stellt sich Luca gegenüber.

Er hat keine Angst vor ihm und weicht auch nicht zurück.

„Warum? Bist du eifersüchtig?" Ashton neigt den Kopf und mustert ihn. „So wie ich das sehe, brauchte deine Frau ein bisschen *Nachhilfe* unter vier Augen ... und ich war bereit, *sie ihr zu geben*, im Gegensatz zu dir.“

Seine Worte triefen vor Andeutungen, ein sündiges Lächeln breitet sich auf seinen Lippen aus.

Ashton reizt Luca und genießt jede Sekunde davon.

Mir klappt der Mund auf. Ich frage mich, warum zur Hölle Ashton so ein Idiot ist. Er weiß, dass unsere Beziehung momentan auf wackligen Beinen steht. Versucht er, die Sache noch schlimmer zu machen?

Luca lässt seinen Rucksack fallen und stürzt sich auf Ashton, ringt ihn zu Boden und beginnt, auf seinen besten Freund einzuschlagen.

Ashton blockt die meisten Schläge mit seinem Arm ab, aber einer trifft ihn am Brustkorb, und er verzieht das Gesicht.

„Hört auf!“, schreie ich und springe vom Tisch auf. Ich weiß nicht, wie ich zwei Jungs auseinanderbringen soll, wenn sie kämpfen ... schon gar nicht, ohne selbst getroffen zu werden.

Ashton stößt Luca weg, und beide kommen wieder auf die Füße.

„Warum zum Teufel kämpft ihr?“, funkle ich Luca an und verlange zu wissen, was in ihn gefahren ist.

„Warum gibt *er* dir Nachhilfe? Wenn du Hilfe brauchst, kommst du zu mir!“ Lucas knirscht mit den Zähnen, und ich unterdrücke den Drang, mit den Augen zu rollen.

„Bist du – eifersüchtig?“ Ich kann mir nicht vorstellen, worauf Luca eifersüchtig sein sollte. Er will nicht einmal in meiner Nähe sein. „Er versucht nur, dich aufzuziehen. Zwischen uns passiert nichts Verwerfliches. Er hilft mir nur bei meinen Hausaufgaben. Ashton hat letztes Jahr Statistik belegt.“

„Ich auch.“ Lucas Oberlippe zuckt in einem verächtlichen Grinsen. „Wenn du Hilfe brauchst, bin ich dein Ehemann ... ich helfe dir.“

Oh, er ist definitiv eifersüchtig. Seine Muskeln spannen sich in seinem Arm an, und sein Kiefer verhärtet sich.

Das ist eigentlich ziemlich heiß, nicht dass ich ihm das jetzt gestehen würde.

Er kocht vor Wut und wollte seit dem Hochzeitstag nichts mit mir zu tun haben.

Ist das Ashtons Art zu helfen, indem er Ärger macht, damit Luca mich wieder wahrnimmt?

„Okay“, sage ich und stopfe alles in meinen Rucksack. „Kannst du mir heute Abend mit meinen Statistik-Hausaufgaben helfen, Luca?“

„Meinetwegen“, brummt er. „Nachdem Zeke im Bett ist.“

Es dauert eine Weile, bis Zeke einschläft. Er klettert immer wieder in mein Bett in seinem Zimmer und will kuscheln. Ich lege mich mit ihm ins große Bett und versuche, ihn zur Ruhe zu bringen und die Augen zu schließen. Ich streichle seinen Rücken und bin endlich erleichtert, als sein Atem gleichmäßig wird und er einschläft.

Vorsichtig trage ich ihn in sein Kinderbett, decke ihn zu und schleiche dann aus seinem Zimmer, unserem Zimmer.

Meine Kleidung ist noch in der Kommode, wo Luca schläft, aber mein Bett steht seit mehreren Nächten in Zekes Zimmer.

Ich bin mir nicht sicher, wann Luca wieder mit mir in einem Bett schlafen will – Sex mal außer Acht gelassen ... allein mit ihm im gleichen Raum zu sein, lässt ihn verkrampfen.

Und er denkt, er wird mir mit meinen Statistik-Hausaufgaben helfen?

Ich gehe in die Lernecke und breite meine Bücher und Aufgaben auf dem Tisch vor mir aus.

Es kommt mir alles vertraut vor, aber nur, weil ich heute schon einmal hier war ... nicht weil ich auch nur ansatzweise wüsste, was ich in Statistik tue.

Es stellt sich heraus, dass ich auch nicht weiß, was ich mit meiner Ehe anfangen soll.

Luca spielt am Donnerstagabend Hockey ... vielleicht könnte ich mit Kensley oder Nova zum Spiel gehen, dann könnte ich vielleicht die Dinge zwischen uns wieder in Ordnung bringen.

Nicht dass ich erwarte, dass er eine Wiederholung davon will, wie ich ihn in einem Narwhals-Trikot ficke ... aber mich einfach wie eine Freundin zu behandeln, anstatt mich zu ignorieren oder anzuschreien, wäre eine nette Abwechslung.

Luca betritt wortlos den Lernraum.

Seine Haare sind nass, seine Jogginghose sitzt tief auf der Hüfte, während er sich ein T-Shirt überzieht. Ich kann nicht anders, als ihn anzustarren.

„Du sabberst", sagt er zu mir.

Versucht er, eine Reaktion von mir zu provozieren? Denn es funktioniert. Ich will diese Anziehung nicht spüren, aber es ist unmöglich, sie zu ignorieren, während ich seine Muskeln betrachte, seinen durchtrainierten Körper, die Linie, die hinunterführt bis zum Bund seiner Jogginghose.

„Arschloch", murmle ich.

Er kommt zu mir und setzt sich neben mich an den Tisch, und ich versuche, seinen Duft nach

Sandelholz und Amber nicht einzuatmen. Es ist definitiv das Shampoo, das er benutzt ... aber verdammt, dieses Aroma weckt alle meine Sinne auf eine Art und Weise, die es nicht sollte.

Nicht, wenn er mich hasst.

Ich rutsche auf dem Stuhl herum und hoffe, dass er die ersten Anzeichen meiner Erregung nicht bemerkt. Allein seine Anwesenheit neben mir ... die Wärme, die von seinem Körper ausgeht – ich fühle mich wie ein Tier in der Brunft, bereit zum Sprung.

Ruhig, Mädchen.

Er will mich nicht.

„Statistik“, sage ich, aber meine Stimme klingt rau. Er dreht den Kopf, um mich anzusehen.

Ich hole tief Luft, versuche, meine Fassung wiederzugewinnen und zwinge mich zu einem Lächeln. „Danke, dass du mir bei meiner Aufgabe hilfst.“

„Das ist etwas voreilig“, sagt Luca. „Ich habe dir noch gar nicht geholfen.“

Er greift schweigend nach der Hausaufgabe und liest sie durch, um zu sehen, woran wir arbeiten.

Und genau wie letztes Jahr ist er da, erklärt mir alles, führt mich durch die Anforderungen des Professors und zeigt mir, wie man zur richtigen Lösung kommt.

Er ist brillant, intelligent und verdammt sexy.

Ich will ihn hassen ... aber ich kann nicht.

Wir verbringen eine Stunde miteinander und lernen tatsächlich, was bedeutet, dass Luca mir Nachhilfe in Statistik gibt und mir hilft, den heutigen Unterrichtsstoff nachzuholen, bei dem ich das Gefühl hatte, überhaupt nichts gelernt zu haben.

Er streckt sich und greift nach meinem Notizbuch. Mein Magen knurrt, während er durch die Seiten blättert und den Kopf schüttelt. „Du hast das alles im Unterricht aufgeschrieben, aber es ist falsch."

„Es ist das, was der Lehrer gesagt hat", entgegne ich.

„Ja, nun, es ist falsch."

„Okay, Einstein, willst du es korrigieren?" Ich reiche ihm meinen Bleistift.

„Nicht unbedingt." Luca steht auf und verlässt den Lernraum.

Ich stoße einen Seufzer aus und lege meinen Kopf auf den Tisch.

Ich schätze, er ist fertig mit mir.

Eine Minute später zieht ein Rascheln meine Aufmerksamkeit auf sich. Ich hebe meinen Kopf und schaue nach oben.

Luca kommt mit einer Tüte Kartoffelchips

zurück und schiebt mir den salzigen Snack zu. „Dein Magen macht Geräusche, und ich kann mich nicht konzentrieren, wenn du Lärm machst."

„Danke", sage ich und nehme widerwillig die Tüte aus seinem Griff. Ich stecke mir ein paar Chips in den Mund und knuspere vor mich hin.

Das Geräusch meines nervigen Knusperns scheint ihn nicht zu stören. Er verbessert fleißig mein Notizbuch, bereinigt meine Kritzeleien und Kommentare, damit sie korrekt sind. Er blättert durch mein Lehrbuch zusammen mit meinem Notizbuch und bringt Ordnung in das Chaos vor ihm.

Ist Luca tatsächlich nett zu mir?

Ich entscheide mich, nicht zu fragen und behalte die Frage für mich.

Ich biete ihm einen Kartoffelchip an. Er öffnet seinen Mund, lässt mich einen hineinstecken, während seine Hände weiter radieren und dann neu schreiben, bevor er die Seite in meinem Lehrbuch und dann in meinem Notizbuch umblättert und alles noch einmal macht.

„Ich denke, sobald du Notizen hast, die korrekt sind, könntest du tatsächlich besser verstehen, was du lernst", sagt Luca.

„Ich bin keine schlechte Notizenmacherin", entgegne ich.

„Nein, aber ich glaube, du hast das Konzept nicht ganz erfasst und dann darauf aufgebaut, was alles zu einem Durcheinander gemacht hat."

„Die Geschichte meines Lebens", sage ich.

Luca dreht seinen Kopf und neigt ihn, während er mich ansieht. „Tu das nicht."

„Was denn?", frage ich ... unsicher, womit ich ihn beleidigt habe.

„Stell es nicht so dar, als wäre alles deine Schuld. Denn das ist es nicht." Er wendet sich wieder meinem Notizbuch zu ... blättert die Lehrbuchseite um und radiert dann meine Notizen aus, bevor er korrigiert, was ich falsch gemacht habe.

„Ich bin ziemlich sicher, dass ich der Grund dafür bin, dass wir in diesem Schlamassel stecken", sage ich. „Ich bin in den Keller gegangen, obwohl ich das nicht hätte tun sollen."

Luca seufzt schwer. „Ja, nun, ich hätte dich an diesem Abend gar nicht zum Anwesen kommen lassen sollen. Wir sind beide schuld."

Ich möchte die Hand ausstrecken, über seinen Rücken streichen. Ich sehe die Last, den Kampf, den er durchgemacht hat. Es bin nicht nur ich, die mit dem Geschehenen zu kämpfen hat. Wir stecken gemeinsam in dieser Situation.

Obwohl es schwer ist, mich nicht schuldig zu fühlen, dass ich die Ursache bin, sehe ich, dass er Reue empfindet, und ich will nicht, dass er irgendetwas davon bereut.

„Es ist nicht deine Schuld“, sage ich und strecke meine Hand aus, lege sie auf seinen Arm.

„Nein, es ist unsere beider Schuld.“ Er starrt mich an ... und dann auf meine Hand auf seinem Arm. Sein Blick reicht aus, um mich zu verbrennen, und ich zucke mit der Hand zurück, lege sie wieder in meinen Schoß.

„Wette, so siehst du das nicht bei meiner Flucht an unserem Hochzeitstag“, murmle ich.

Lucas Kiefer ist angespannt und seine Schultern sind verspannt. Er starrt auf die Notizen herab. Seine Stimme ist rau und ungeschliffen. „Glaub es oder nicht, ich hatte das Gefühl, dass du nicht auftauchen würdest.“

„Es tut mir leid“, flüstere ich. Ich will ihn berühren ... aber ich will auch nicht, dass er mich hasst.

Ich versuche, ihm Raum zu geben, ihn sich beruhigen zu lassen und zur Erkenntnis zu kommen, dass wir verheiratet sind. Es sei denn, er plant, ein anderes Mädchen in sein Bett zu bringen. Ich glaube nicht, dass er das tun würde ... irgendwann muss er mich wieder wollen.

Diese Selbstverachtung und dieser Hass auf mich können nicht ewig dauern.

„Entschuldige dich nicht", knurrt er. „Nicht, wenn du es nicht ernst meinst."

Ich presse meine Lippen zusammen und denke darüber nach, ihm zu sagen, dass ich es ernst meine. Dass er, wenn er den Brief gelesen hätte, wissen müsste, dass ich es für ihn getan habe. Ich habe versucht, ihn freizusetzen ... ihn leben zu lassen, ohne unter dem Schatten seines Vaters zu stehen.

Stille erfüllt die Leere zwischen uns, und als ich zu ihm hinüberschaue, fällt es mir schwer, nicht zu starren. Seine Nackenmuskeln spannen sich unter der Anspannung, die er in seinen Schultern trägt.

Ich sollte die Stille die Luft weiter füllen lassen, aber ich kann einfach nicht ruhig bleiben.

„Ich habe Kensley heute beim Mittagessen gesehen."

Luca schluckt, und seine Hand hält inne, während er meine Notizen korrigiert.

„Sie hat blaue Flecken an ihrem Handgelenk", flüstere ich. Er zuckt zusammen. „Weißt du etwas darüber?"

„Stell mir keine Fragen, deren Antworten du nicht wissen willst", faucht Luca. Er legt den Bleistift weg, blättert ein paar weitere Seiten im Notizbuch durch. Er ist fertig und schiebt das Notizbuch vor mich, damit ich die neuen Einträge durchsehen kann.

„Du hast sie verhört."

„Ich habe getan, was nötig war, um dich zu finden."

„Ich habe dir gesagt, du sollst mir nicht hinterherjagen", sage ich, und er dreht seinen Stuhl zu mir.

„Nein, Harper, du hast mir einen Brief geschrieben ... du hast mir nichts gesagt."

„Wortklauberei."

Luca schüttelt den Kopf. „Glaubst du ernsthaft, dass, wenn ich dich einfach nach Las Vegas oder wohin auch immer du abhauen wolltest, hättest gehen lassen, mein Vater dich nicht zurückgeschleppt hätte?"

Das war meine Hoffnung gewesen. Deshalb hatte ich Kensleys Kreditkarte benutzt und nicht die, die meine Eltern mir für Notfälle gegeben hatten.

Mir war nicht in den Sinn gekommen, dass sie ihre Einkäufe zurückverfolgen und herausfinden könnten, wohin ich gegangen war.

„Es tut mir leid. Ich hätte nicht weglaufen sollen."

„Nochmal, entschuldige dich nicht, wenn du es nicht ernst meinst", sagt Luca und funkelt mich an. Ich bin überrascht, dass er nicht aufgestanden ist und davongestürmt ist.

Er ist immer noch unglaublich wütend, aber ich bin mir nicht sicher, ob nicht auch Schmerz und Kummer in seinem Herzen eingeschlossen sind.

„Wegen Kensley ... was passiert ist ... hast du ihr wehgetan?"

Ich habe die Male an ihren Armen bemerkt. Hat sie noch weitere unter ihrer Kleidung? Ich habe nicht darauf geachtet, ob sie Make-up benutzt hat, um blaue Flecken zu verdecken, aber ich hatte auch nicht so genau hingesehen.

„Du denkst, ich bin wie mein Vater", sagt Luca und schiebt den Stuhl zurück.

Ich habe ihn verloren.

Er steht auf und tritt einen Schritt zurück. Er verlässt den Lernraum nicht.

Wir sind nur zu zweit hier, aber es gibt keine Tür, keine echte Privatsphäre. Jeder kann hören, wie wir streiten, und ich habe versucht, meine Stimme leise zu halten, um Zeke nicht zu wecken.

„Das habe ich nicht gesagt, Luca."

„Das musstest du nicht!“ Er fährt sich mit der Hand durch sein dunkles Haar, und sein Atem wird lauter. Ich kann ihn quer durch den Raum hören, jeden Atemzug, den er macht. Seine Hände ballen sich zu Fäusten an seiner Seite.

„Kensley hatte blaue Flecken. Ich will es einfach von dir hören. Sag mir, was passiert ist.“

„Ich habe sie verdammt nochmal nicht angefasst!“, schreit Luca mich an.

Ich schließe kurz die Augen, um zu versuchen, mein rasendes Herz zu beruhigen. Sie sind nur einen Bruchteil einer Sekunde geschlossen, bevor ich blinzle und ihn wieder direkt anstarre.

„Sie hatte blaue Flecken an ihren Handgelenken“, sage ich, ohne die geringste Angst vor Luca zu haben.

Sein Vater, das ist eine andere Geschichte.

„Ich habe sie nicht gefesselt“, sagt Luca. „Ich habe sie nicht in den Keller gebracht. Das war Moreno.“

Mein Stuhl quietscht, als ich aufstehe und Luca gegenübertrete. „Aber du hast sie auch nicht gehen lassen.“

„Nein, habe ich nicht.“ Er atmet schwer, mustert mich ... sein Blick wandert über meinen Körper und dann zu meinen Lippen.

Diesen erhitzten Blick habe ich schon einmal gesehen. Wenn wir nicht in getrennten Zimmern schlafen würden, würde ich mich auf die Zehenspitzen stellen und mich vorbeugen, um ihn zu küssen.

Aber stattdessen verschränke ich die Arme vor der Brust. „Warum?“

„Weil sie Informationen hatte!“, schreit Luca. „Sie wusste, wohin du gehen würdest ... zumindest dachte ich das. Kensley wusste definitiv zu viel. Du kannst froh sein, dass Moreno Dante nicht alles erzählt hat.“

Mir stockt der Atem. Ich spüre, wie mein Herzschlag sich beschleunigt. „Moreno hat vor Dante ein Geheimnis bewahrt?“

„Eher Informationen zurückgehalten. Ich weiß nicht warum, frag mich nicht“, knurrt Luca. „Ich hätte es meinem Vater erzählt, aber andererseits hätte ich alles getan, um dich zu verärgern.“

Nun, es funktioniert.

Nickend trete ich einen Schritt zurück und drehe mich mit dem Rücken zu Luca, sammle mein Notizbuch und mein Lehrbuch ein und packe alles zurück in meine Büchertasche.

Luca packt meine Hüften von hinten und erschreckt mich. Seine Hände greifen nach meinen

Armen, drücken mich mit dem Gesicht nach unten gegen den Tisch.

Ich keuche auf, als ich spüre, wie seine Erektion mich von hinten anstupst. „Ich sollte dich gleich hier und jetzt sofort nehmen, damit alle wissen, dass du zu mir gehörst."

In seinen Worten liegt keine Wärme, keine Freude.

Es ist pure Besitzgier.

Mein Herz stolpert. Ich versuche, Luca wegzustoßen ... aber er ist zu stark.

„Ich werde nicht hier mit dir ficken", knurre ich und ramme ihm den Ellbogen in den Leib, damit er mich loslässt.

Er lockert seinen Griff. Ich drehe mich um, um ihm ins Gesicht zu sehen. Die Kante meines Hinterns ist gegen den Tisch gepresst, und er dringt in meinen persönlichen Raum ein.

Zu jeder anderen Zeit wäre ich erregt gewesen.

Ehrlich gesagt bin ich jetzt ein bisschen erregt. Allein in seiner Nähe zu sein bewirkt das bei mir, aber ich werde ihm keinen Hass-Fick anbieten, um ihn zu befriedigen.

Nicht, wenn jeder vorbeikommen könnte oder Zeke aus dem Bett steigen und mitansehen könnte, wie sein Vater seine Mutter auf dem Studientisch fickt.

„Oh, Liebling, du wirst mit mir ficken, wann und wo ich es dir sage“, flüstert Luca in mein Ohr. „Weil wir verheiratet sind.“

Ich verdrehe die Augen und trete ihm auf den Zeh.

„Schon mal was von Zustimmung gehört?“, knurre ich ihn an. „Nur weil wir verheiratet sind, heißt das nicht, dass du bestimmen kannst, wann wir Sex haben. Also verpiss dich! Du bist genauso geworden wie dein Vater!“

SECHS

LUCA

Harper weiß genau, welche Worte sie sagen muss, um mich aufzuregen. Wie eine Infektion plagen mich ihre Worte.

„Ich bin nicht wie mein Vater", knurre ich und trete von ihr weg.

Sie hat jedoch recht. Ich würde sie niemals zum Sex zwingen.

Ehe.

Das ist etwas völlig anderes. Keiner von uns hatte eine Wahl, aber ich würde mich ihr niemals aufzwingen.

Und ich hasse mich dafür, dass ich beinahe die Kontrolle verloren hätte, dass ich sie sinnlos ficken und sie dazu bringen wollte, mich um Vergebung anzuflehen.

Denn das wäre alles, was es brauchen würde, um meinen Zorn jetzt zu besänftigen. Wenn ich Zeit mit ihr verbringe, geht sie mir unter die Haut ... bringt mich dazu, vergessen zu wollen, warum ich sie hasse.

Obwohl ich mir nicht sicher bin, ob ich Harper Ricci jemals wirklich hassen kann. Schließlich ist sie meine *Frau*.

Das Wort fühlt sich immer noch fremd an.

Nur meine engsten Teamkollegen, diejenigen, die Mafiablut haben, kennen die Wahrheit – Liam und Ashton.

Alle anderen im Team denken, ich sei verrückt, weil ich Harper geheiratet habe. Aber zumindest muss ich mir keine Sorgen machen, dass wir Hauspartys veranstalten. Mit Zeke unter unserem Dach sind die Partytage in unserer Wohnung vorbei.

Chase plant, an Heimspielabenden Partys zu geben. Wenn wir gewinnen, wird es eine Party geben ... wenn wir verlieren, wahrscheinlich ein Trauerfest. Er ist in die alte Wohnung gezogen, die ich letztes Semester mit unseren anderen Teamkollegen Rowan, Miles und Brooks hatte. Sie sind Erstsemester, und als sie von Chase hörten, dass sie aus den Wohnheimen ausziehen könnten, haben sie die Gelegenheit sofort ergriffen.

Nach unserer angespannten Lernsession sitzen Harper und Liam auf dem Sofa, Ashton und Nova auf dem Boden.

„Lasst uns ein Spiel spielen", sagt Nova und nippt an ihrem Mocktail. Zumindest nehme ich an, dass sie das trinkt, weil der gesamte Alkohol vor ihr versteckt wurde.

„Was für ein Spiel?", fragt Ashton, aber es ist definitiv Zögern in seiner Stimme zu hören.

Er ist nicht der Einzige, der zögert, denn meiner kleinen Schwesters Idee von einem Spiel ist nicht unbedingt etwas, woran ich teilnehmen möchte.

„Wahrheit oder Pflicht." Nova strahlt übers ganze Gesicht, und ich habe das Gefühl, dass sie nichts Gutes im Schilde führt. Sie versucht wahrscheinlich, Harper und mich zusammenzubringen.

Nein, danke.

Harper ist momentan nicht meine Lieblingsperson.

Ich kann ihre Frechheit nicht fassen, mir zu sagen, ich sei wie mein Vater, und Ashton kommt auf einem knappen zweiten Platz, weil er *meine Frau* unterrichtet.

Ich sollte darüber hinweg sein. Rational betrachtet weiß ich, dass er nicht mit ihr flirtet. Er würde mich nicht so verraten, aber ich kann trotzdem nicht anders, als Eifersucht in mir aufsteigen zu spüren, wenn ich die beiden zusammen sehe.

Lachend.

Lächelnd.

Es ist nicht leicht, verheiratet zu sein, wenn Geheimnisse uns immer wieder auseinanderreißen.

Unsere Beziehung basiert nicht auf Vertrauen.

Ashton weiß nicht, wie das ist ... wie einfach er es gerade hat.

Ich will mich nicht so fühlen ... das Brennen in meinem Magen, die Schmerzen in meinem Herzen, die Wut, die sich mit jedem Blick und Lächeln, das sie teilen, in mir aufbaut.

Ihre Freundschaft ist nicht auf Lügen aufgebaut.

Wie kann ich nicht eifersüchtig sein?

Liam streckt die Arme auf dem Sofa aus und grinst. „Ich könnte ein Spiel spielen. Bin nicht wirklich scharf auf den Pflicht-Teil von Wahrheit oder Pflicht. Wie wäre es, wenn wir einfach jede Frage beantworten müssen, die uns gestellt wird?"

Novas Augen huschen zu Liam. „Feigling." Sie

stößt einen schweren Seufzer aus. „Aber gut, ich könnte auch ein Spiel mit nur Wahrheiten spielen." Es ist, als würden sie ein Geheimnis teilen.

Um Gottes willen.

Hat jeder Geheimnisse vor mir, oder werde ich einfach nur paranoid wie mein Vater?

Die Zeit mit ihm *färbt* tatsächlich auf mich ab.

Grummelnd bin ich nicht scharf auf dieses kleine Spiel, aber ich toleriere es. Zeit miteinander zu verbringen ... wir alle zusammen, ist heutzutage selten.

Ich atme durch die Nase aus, hole mir ein Bier aus dem Kühlschrank und nehme auf dem Boden Platz. „Ja, klar. Gebt mir euer Bestes." Ich biete an, als Erster dranzukommen, zumindest um es wie ein Pflaster schnell abzureißen. Je länger sie Zeit haben, um sich Fragen auszudenken, desto härter wird es.

Ashton grinst. „Ich fange an. Wie lange wirst du noch sauer auf mich sein, weil ich mit Harper lerne?"

Vielleicht sollte ich es mir noch einmal überlegen und mich für einen ruhigen Abend in meinem Zimmer, im Bett, entscheiden.

Ich verdrehe die Augen und nehme einen Schluck von meinem Bier. „Das wäre besser als Trinkspiel", murmle ich.

„Ich bin dabei!“, Nova springt von ihrer Position auf dem Boden auf, und ich werfe ihr einen finsteren Blick zu.

„Es gibt Bier im Kühlschrank. Das ist alles, was in diesem Haus ist“, sage ich.

Liam und Ashton starren mich beide an. Ich schwöre, es ist der Blick von *wir wissen, dass du lügst*, aber keiner von beiden stellt mich bloß.

Es ist schön, dass sie beide meine Teamkollegen sind und mir den Rücken freihalten.

„Was auch immer.“ Nova verdreht die Augen und lässt sich wieder plumpsen.

„Ich bin dran“, sage ich und grinse.

Ashton lacht. „Einen Scheiß bist du ... du hast die Frage nicht beantwortet.“

Ich nippe an meinem Bier und tue so, als hätte ich es nicht bemerkt. „Oh. Habe ich nicht? Nun, solange du nicht mit Harper flirtest und deine schmutzigen Pfoten von ihr lässt, denke ich, werden wir okay sein.“

Ashton fährt sich mit der Hand durch die Haare. Frustration zeichnet sich auf seiner Stirn ab, seine Ader tritt leicht hervor. „Ihr beide wisst doch, dass es mir nur ums Lernen ging?“ Ashton blickt von Harper zu mir.

„Natürlich war es das!“, Harpers Augen weiten

sich, und ich bin überrascht, dass sie mir nicht ins Gesicht schreit. „Wir sind verheiratet. Vielleicht bedeutet dir das nichts, Luca, aber mir bedeutet es etwas. Ich würde dich nie betrügen! Wirst du immer so ein Höhlenmensch sein? Oder gibt es eine Chance, dass du dich weiterentwickelst?“

Sie hat eine Art, unter meine Haut zu gehen ... aber ich weigere mich, sie erfolgreich sein zu lassen. „Es ist nicht deine Frage, Harper.“ Ich werfe ihr einen Blick zu, der zeigt, dass ich nicht vorhabe, ihr zu antworten.

„Keine Sorge. Das war rhetorisch.“

Meine Augenbrauen verengen sich, als ich mich auf Ashton konzentriere. „Warum bringst du plötzlich keine unzähligen Mädchen mehr in dein Schlafzimmer?“

Ich wage es nicht zu fragen, ob es daran liegt, dass er immer noch in Harper verknallt ist. Es würde nur zu einem weiteren Streit heute Abend führen, und ich werde allmählich müde von all unseren Streitereien.

Dass Ashton keinen Sex hat, ist keine Option ... was bedeutet, dass er mit Mädchen in deren Wohnheimzimmern oder Wohnungen schläft. Ich habe damit kein Problem, aber ich frage mich schon eine Weile - bevor wir in die neue Wohnung gezogen sind - warum die Veränderung?

Ich hatte nicht vorgehabt zu fragen, weil es, ganz ehrlich gesagt, nichts mit mir zu tun hat.

Aber wenn Ashton sich in meine Beziehung einmischt, dann wird es verdammt nochmal Zeit, dass ich ihn auch nerve.

Ashton presst seine Lippen zusammen und schweigt.

Ein bisschen zu still.

Er fährt mit seinen Fingern über den Teppich, bevor er zu mir aufblickt. „Ich habe dich zuerst gefragt. Du darfst mir nicht die nächste Frage stellen, aber da ich nichts zu verbergen habe, dachte ich, du würdest nicht wollen, dass ich *unzählige Mädchen* in unsere neue Wohnung bringe ... da du ein Kleinkind unter deinem Dach hast."

Seine Antwort überrascht mich.

Ich nicke knapp und schaue zu Harper, deren Blick fest auf Ashton gerichtet ist.

„Meine Frage geht an Harper", sage ich, weil ich wissen will, warum sie ihn *so* anschaut.

Liam schüttelt den Kopf und unterbricht mich. „Du hast deine Frage bereits gestellt. Ich bin dran. Jemand soll mich was fragen ... aber macht es interessant. Dieses Wahrheitsspiel ist uninspiriert."

Nova verdreht die Augen in Liams Richtung. „So funktioniert das Spiel nicht – aber egal. Was läuft zwischen dir und Iris?“ Sie wartet darauf, dass er mehr erzählt.

Wir alle warten auf mehr Details.

„Iris?“, frage ich. Ich wusste nicht, dass Liam mit jemandem ausgeht.

„Meine Freundin mit Vorzügen.“ Liam starrt Nova an. „Woher weißt du von *ihr*?“

„Du hast neulich dein Handy auf dem Sofa liegen lassen, und sie hat dir geschrieben. Ihre Nachrichten waren auf deinem Startbildschirm.“

Seine Augen weiten sich leicht, aber er rutscht auf dem Sofa herum. Er versucht, cool zu wirken, aber ich sehe den Schweiß, der sich auf seiner Stirn bildet.

„Wie viel hast du gesehen?“, Liam reibt seine Hände über seine Hose.

Er schwitzt definitiv.

„Meinst du gelesen?“, Nova grinst. Sie spielt mit ihm. Ich kenne dieses Lächeln ... sie labert Mist und er kauft es ihr ab.

„Lass ihn in Ruhe“, knurre ich meine kleine Schwester an. „Er hat ein Recht auf Privatsphäre.“

Nova schnaubt. „Klar. Was auch immer.“

Liam funkelt Nova an. „Was ist mit dir? Willst du allen erzählen, mit *wem du ausgehst*?“

Nova räuspert sich und zieht ihre Knie an die Brust. „Ich gehe mit niemandem aus.“ Ihre Stimme knackt, als sie in ihrem Hals stecken bleibt.

Ich wüsste, wenn Nova einen Freund hätte.

Sie würde ständig an ihrem Handy sein und ihm schreiben, wenn so ein Junge existieren würde.

Wenn Liam versucht, sie klein zu machen, sie bemitleidenswert dastehen zu lassen, weil niemand Interesse an ihr zeigt, werde ich das nicht zulassen. „Nova ist zu klug, um sich in einer Beziehung zu verlieren. Sie konzentriert sich auf ihr Studium ... im Gegensatz zu manch anderen.“ Ich starre Liam böse an, damit er den Mund hält.

Nova nimmt ihren Mocktail und steht auf. „Mir ist langweilig. Dieses Spiel macht keinen Spaß. Ich gehe in mein Zimmer und lese.“

Sie tut so, als wäre sie nicht verletzt.

Ich lasse sie gehen. Es ist besser, wenn das Spiel endet, bevor noch mehr Schaden angerichtet wird. Ich stehe auf, weil ich nicht mehr Fragen über Harper oder ihr Lernen mit Ashton beantworten will. Ich bin immer noch sauer deswegen, obwohl ich es nicht sein will.

Ich kann meine Gefühle nicht kontrollieren.

Ich schlafe ein paar Stunden, aber nach dem Streit mit Harper beim Versuch, ihr beim Lernen zu helfen, und diesem lächerlichen Wahrheitsspiel, dem ich nie hätte zustimmen sollen, bin ich kein bisschen müde.

Ich bin überstimuliert.

Ich wache auf, bevor die Sonne aufgeht, was keine Überraschung ist, da das Training immer pünktlich um halb sieben beginnt. Wir machen Aufwärmübungen auf dem Eis und Drills.

Wenigstens gibt mir die Eishalle einen Sinn, und vielleicht kann sie mir helfen, meinen Kopf freizubekommen.

„Wie läuft das Eheleben?“, fragt Chase, während er neben mir skatet und wir an unseren Pässen arbeiten ... und dann aufs Tor schießen.

„Verdammt wunderbar“, sage ich.

„Schon Ärger im Paradies?“, Rowan hat uns gehört.

Scheiße.

Ich muss cool bleiben. Diese Typen haben keine Ahnung, was zwischen uns läuft ... warum wir geheiratet haben oder dass meine Familie zur Mafia gehört.

Fragen stellen würde uns alle nur in Schwierigkeiten bringen. Ich bin kein Idiot. Ich weiß, dass Ashton für Dante spioniert. Ich bin mir nur nicht sicher, ob ich sein Ziel bin oder Harper.

Möglicherweise wir beide.

„Sie wollte Flitterwochen", sage ich. Das ist eine einfache und glaubhafte Lüge.

„Wollen sie das nicht alle?", witzelt Chase. „Nimm sie in den Frühlingsferien irgendwohin mit."

Sein Vorschlag wäre nicht schlecht, wenn ich nicht jeden weiteren Moment im selben Raum mit Harper vermeiden wollen würde.

Ich skate weg und vermeide weitere Gespräche über meine *Frau*. Vielleicht hätte ich so tun sollen, als hätten wir nicht geheiratet, aber der Ring an meinem Finger ist eine offensichtliche Erinnerung daran, dass es passiert ist.

Wir beenden die Übungen, duschen, und das Team frühstückt gemeinsam in der Mensa.

Ich bin am Verhungern, und Ashton setzt sich neben mich. Ich schwöre, er versucht sicherzustellen, dass ich nicht unter Druck zusammenbreche ... und zwar nicht wegen des Hockeys.

„Ich kann nicht glauben, dass du uns nicht zur Hochzeit eingeladen hast“, sagt Rowan und deutet auf den Ring an meinem Finger. „Wann ist das passiert?“

„Samstag“, sage ich zwischen Bissen von meinen Eiern. „Es war eine sehr kleine Zeremonie.“

Keine komplette Lüge, da nur wenige Leute anwesend waren, als wir unsere Gelübde ausgetauscht haben. Es war nicht die Hochzeit, die Mom für uns geplant hatte. Es war auch nicht der Hochzeitstag, den ich mir vorgestellt hatte ... meiner Braut hinterherjagend.

„Wird die Ehefrau am Donnerstag beim Spiel sein?“, fragt Brooks. Er ist der am wenigsten nervige der Erstsemestler, die mich über die Hochzeit ausfragen ... wahrscheinlich weil er Harper noch nicht kennengelernt hat.

„Harper?“, sage ich und nehme noch einen Bissen vom Frühstück. „Bezweifle ich. Sie hat ein Kind, frühe Schlafenszeit und all das.“ Es ist eine einfache Ausrede, die ich benutzen kann, und da wir ein Auswärtsspiel haben, muss ich nicht lügen.

„Dein Kind?“, fragt Brooks mit geweiteten Augen.

„Nur durch die Heirat“, sage ich und halte inne, während ich mir den Nacken reibe. Das ist ein

Gespräch, das wir nie geführt haben. Wenn Harper etwas zustoßen sollte, wer bekommt das Sorgerecht für Zeke?

Ein schweres Gespräch, über das ich nie nachdenken möchte, also schiebe ich diesen Gedanken beiseite.

„Verdammt. Ehe und ein Kind", sagt Rowan. „Du hast dir wirklich das komplette Paket geholt."

Ashton grinst. „Harper ist das komplette Paket. Hast du sie gesehen? Diese Kurven und alles." Er macht eine Kochkuss-Geste, und ich möchte ihn verdammt nochmal fertig machen.

Ich starre Ashton böse an. Wenn er versucht zu helfen, funktioniert es nicht. Alles, was er tut, ist mich eifersüchtig zu machen, wenn er über *meine Frau* spricht.

Ashton bemerkt mein Unbehagen und zwingt sich zu einem Lächeln. „Ich wollte dir nur gratulieren, Mann. Du hast das Beste aus beiden Welten bekommen."

Nein, ich habe einen miesen Deal bekommen ... aber ich kann mich darüber nicht bei meinen Teamkollegen beschweren.

Liam sitzt mir gegenüber. Er ist still, scrollt durch sein Handy und isst sein Frühstück, hält sich zurück.

Ich bin dankbar, dass er die Situation für mich nicht noch schlimmer macht.

Er kennt die Wahrheit, genau wie Ashton. Aber Ashton würde mich lieber ärgern.

„Etwas Interessantes?“, sage ich mit einem Blick zu Liam, in der Hoffnung, das Gespräch von meinem verkorksten Liebesleben wegzulenken.

Liam lächelt und schüttelt den Kopf. „Nur meine Freundin mit gewissen Vorzügen“, sagt er. „Sie schickt mir gerne Bilder.“

Rowan greift nach Liams Handy. Er knurrt ihn an und stößt ihn weg. „Besorg dir deine eigene Freundin.“

„Wow“, sagt Rowan. „Ich hätte nicht gedacht, dass du so besitzergreifend bist, wenn sie nur dein Nebending ist.“

„Sie ist eigentlich eine Freundin. Wir treffen uns nur, wenn wir beide in der Stadt sind. Das sind Bilder von ihr und ihrem Hund, Blödmann“, knurrt Liam ihn an.

Liams Freundin mit Vorzügen geht nicht an der Evergreen University zur Schule, was die Vorzüge-Situation weniger als ideal erscheinen lässt. Aber ich weiß, dass ich Liam besser nicht verspotte. Er würde nur Streit mit mir anfangen, und ich habe schon genug mit Ashton zu tun.

„Wäre besser, wenn es Bilder von ihr und ihrer Katze wären“, kichert Ashton.

„Hast du einen Todeswunsch, Rinaldi?“ Liam starrt Ashton böse an und wirft dann ein Croissant in sein Gesicht.

„Oh, den hat er definitiv“, sage ich, während ich noch einen Bissen von meinem Frühstück nehme.

Ashton stiehlt das Gebäck, das ihn angegriffen hat. „Danke, Mann.“ Er hält das süße Teilchen hoch und grinst, bevor er hineinbeißt.

Die Menge in der Eishalle ist in Grün und Schwarz gekleidet. Wir spielen heute Abend gegen die Predators ... ein Team, das nur wenige Stunden von der Stadt entfernt ist. Es ist ein kleineres privates College, aber sie sind unser ältester und größter Rivale.

Liam ist begeistert, da seine Freundin mit Vorzügen am Great Falls College studiert. Normalerweise würden wir nach einem Spiel, das nur ein paar Stunden Fahrzeit entfernt ist, nach Hause fahren, aber die Vorhersage kündigt mehrere Zentimeter Schnee über Nacht an, und es hat nach unserer Ankunft bereits angefangen zu schneien.

Coach hat einen Block von Zimmern für uns im örtlichen Hotel in der Stadt gebucht. Ich teile mit Ashton, der nicht der schlimmste Zimmergenosse ist ... obwohl derjenige, der Liam bekommt, Glück hat, da er nicht im Hotel übernachten wird.

Es gibt keine Regeln zum Verlassen. Wenn du Familie hast, darfst du für die Nacht bei ihnen übernachten, solange du morgens wieder im Bus bist, wenn wir abfahren. Andernfalls musst du dir selbst eine Mitfahrgelegenheit zurück zum Campus suchen.

„Der Ort ist voll“, sage ich und bemerke die Menge. Es gibt eine Handvoll Narwhals-Fans, die in Türkis und Weiß auffallen, aber es sind nicht zu viele in der Arena. Ich vermute, das Wetter hat viele unserer Fans davon abgehalten, heute Abend zu kommen.

Wir wärmen uns auf dem Eis auf, dehnen uns etwas und machen uns bereit, die Predators zu vernichten. Es gibt keine anderen Optionen.

Wir brauchen heute Abend einen Sieg.

Liam ist auf einer Seite von mir, Ashton auf der anderen. „Hast du gesehen, wer heute Abend auf den Rängen sitzt?“, nickt Liam in Richtung des Plexiglases.

Mein Blick schweift über die Menge und fragt sich, wen Liam sieht.

In der ersten Reihe sitzt ein Herr mit dichtem dunklem Haar und noch dunkleren Augen in einem Geschäftsanzug. Er wirkt ein wenig fehl am Platz, aber ich erkenne ihn. „Ist das ..."

„Kyler Greyson", sagt Liam, und sein Kiefer spannt sich an. „Seine nervige Göre Bristol geht nach Great Falls."

Mir stockt der Atem. „Du kennst Greyson?"

„Welchen – ja." Liam antwortet ein bisschen zu schnell. „Nicht so gut. Wir gingen zusammen auf eine Privatschule, als wir klein waren."

„Ich meinte Kyler Greyson." Bristol interessiert mich nicht. „Irgendeine Chance auf eine Vorstellung?", frage ich und skate rückwärts, während mein Blick nicht von Mr. Greyson weicht.

„Nur, wenn du sie selbst machen willst", sagt Liam.

Greyson ist die eine Chance, die ich habe, in die NHL zu kommen und von meinem Vater wegzukommen.

Das soll nicht heißen, dass ich nicht gedraftet werden könnte, wenn ich mich für den NHL-Draft anmelde ... aber es ist ein langer Weg. Es gibt bessere Spieler an anderen Schulen. Ich mag der Beste an der Evergreen sein, aber ich bin nicht der Beste da draußen.

Ich bin nicht arrogant genug zu denken, dass ich eine gesicherte Zukunft im professionellen Eishockey habe.

„Dann mach besser einen guten Eindruck.“ Ashton klopft mir auf den Rücken.

Er weiß, womit ich zu kämpfen habe – mit meinem eigenen Vater.

Es ist die Mafia oder Eishockey.

Technisch gesehen hat Dante mir gesagt, dass ich nach einer professionellen Eishockeykarriere immer noch verpflichtet wäre, in das Familiengeschäft einzusteigen, aber wenn ich es groß schaffe, wird er keine Kontrolle mehr über mich haben.

Ich muss nur berühmt werden.

Was damit beginnt, Kyler Greyson zu beeindrucken, den neuen Besitzer der Ice Dragons und ehemaligen NHL-Star-Eishockeyspieler.

„Oder du könntest dich mit Bristol anfreunden und mir diese Vorstellung verschaffen.“ Ich wackle mit den Augenbrauen in seine Richtung.

Liam schnaubt. Er dehnt sich auf dem Eis, macht sich locker vor unserem Spiel. „Du hast Bristol offensichtlich noch nie getroffen.“

„Was ist mit Brooks? Datet er jemanden?“ Schau mich an, wie ich den Kuppler spiele, damit ich eine Vorstellung bei Kyler Greyson bekomme.

„Das musst du Brooks fragen.“ Liam verdreht die Augen und skatet von mir weg. „Aber das würde ich einem Freund nicht antun“, ruft er.

Während des ersten Viertels versuche ich, mich auf das Spiel zu konzentrieren und nicht auf die Tatsache, dass Kyler uns beim Spielen zusieht. Er konzentriert sich wahrscheinlich mehr auf die Predators, als auf die Narwhals. Die einzige Möglichkeit, wie ich eine Chance habe, ihn zu treffen, ist, wenn ich im heutigen Spiel beeindruckend bin.

Ich schaffe es, früh im ersten Drittel zwei Tore zu erzielen. Die Predators scheinen das Match nicht ernst zu nehmen, aber dann werde ich gecheckt, als ich dem Puck hinterherjage, und mein Helm fliegt weg.

Verdammtes Arschloch.

„Denkst wohl, du bist ein heißer Scheiß“, stichelt Tucker. Er weicht nicht zurück, seine Faust trifft mein Kinn, und es sticht.

Ashton ist direkt hinter mir, packt das Trikot des Typen, der mich geschlagen hat, und schleudert ihn auf dem Eis herum, schlägt ihm Schlag für Schlag in die Seite.

Das gegnerische Team jagt Ashton nach. Brooks und Rowan rücken zur Verteidigung vor.

Der Schiedsrichter pfeift, nicht dass das irgendjemand hören könnte.

Ich werde von einem unbekannten Paar Arme zurückgerissen, und der Kampf löst sich auf, als wir getrennt werden. Immerhin wird Tucker in die Strafbox geworfen.

Liam mustert mich. „Alles okay bei dir?" Sein Blick bleibt einen Moment länger als nötig an meinem Kiefer hängen.

Morgen werde ich definitiv einen blauen Fleck haben.

„Geht schon."

Tucker scheint es für den Rest des Abends auf mich abgesehen zu haben. Ich bin nicht sicher, aber es fühlt sich an, als wäre das gesamte Predators-Team in sein kleines Spiel ‚Verprügel mich' eingeweiht.

Jedes Mal, wenn ich den Puck habe, jagen sie mich. Ja, so soll das Spiel ablaufen, aber nachdem ich ihn zu Ashton oder Chase geschossen habe, klatschen sie mich trotzdem gegen die Bande.

Jedes verdammte Mal.

Tucker ist der Erste, der mich angreift. Dann ist es einer seiner Kumpel, entweder Black oder Wells ... sie spielen schmutzig.

Beim ersten Mal landet zumindest Tucker in der Strafbox. Beim zweiten und dritten Mal werde ich auch reingeworfen.

Verdammt noch mal, ich komme einfach nicht zur Ruhe.

Das war nur das erste Drittel.

Im zweiten Drittel fühle ich mich nicht auf der Höhe. Wahrscheinlich weil ich alle zwei Minuten verprügelt werde.

Es ist ein Kampf nach dem anderen, was nicht wirklich überrascht, außer dass sie ständig über mich herfallen. Einige der Bodychecks sind legitim, aber es ist der Scheiß, wo sie absichtlich mein Trikot oder meinen Schläger greifen und mich festhalten, der zu einer Strafe wegen Haltens führen sollte.

Aber die Schiedsrichter bemerken es nicht, oder sie verhängen zumindest keine Strafen.

Es ist, als würden sie bei Fehlverhalten auf Seiten der Predators wegsehen, aber wenn wir auch nur in deren Richtung niesen, werden wir in die Strafbox geworfen.

Es ist ein Wunder, dass unser Team noch führt,

aber die Predators holen auf, und am Ende des zweiten Drittels steht es unentschieden.

Wir gleiten während der Drittelpause vom Eis in die Umkleidekabine, und ich schwitze wie verrückt. Meine Wange brennt, ebenso wie mein Kiefer, aber ich ignoriere es ... aufgeputscht von Adrenalin.

Der Trainer geht einige unserer früheren Spielzüge durch und was wir tun können, um unser Spiel zu verbessern. „Sie spielen schmutzig. Lasst euch davon nicht aus dem Konzept bringen."

Dafür ist es zu spät.

Ich weiß nicht einmal, warum sie mich so sehr aufbringen, aber es funktioniert. Wahrscheinlich, weil ich ohnehin schon angespannt und frustriert bin ... mit all dem Scheiß in meinem Alltag. Zwischen Harper und Dante ertrinke ich in Gereiztheit und Ärger.

Tucker scheint einfach der letzte Tropfen zu sein.

„Geht wieder raus. Ihr könnt diesen Sieg im dritten Drittel noch holen. Gebt alles, was ihr habt."

Der Trainer redet weiter, aber ich blende es aus. Ich fixiere die Schnürsenkel meiner Schlittschuhe und gehe mit dem Team für unser letztes Drittel zurück aufs Eis.

Ashton erzielt ein Tor in den letzten zwei

Minuten, und Tucker kommt vorbei, klaut den Puck, gibt ihn an seinen Kumpel Wells weiter und sie treffen, um das Spiel wieder auszugleichen.

Es ist zu knapp. Ich will nicht, dass ihr Team heute Abend auch nur einen Hauch von Sieg schmeckt. Er sollte uns gehören. In den letzten Sekunden des Spiels treffe ich und sichere unseren Sieg, und es fühlt sich fantastisch an.

Ich möchte mit dem Team und unseren Freunden feiern.

Nachdem wir geduscht und uns frisch gemacht haben, gehen wir zum Hotel. Alkohol wurde von einem der Älteren eingeschmuggelt, da die meisten von uns noch nicht alt genug zum Trinken sind.

Ein halbes Dutzend der Jungs hängt in Ashtons und meinem Zimmer ab und feiert unseren Sieg.

Liam bleibt eine Stunde bei uns, bis er seinen Booty Call bekommt und sich beeilt, um sich mit ihr zu treffen.

„Hat irgendjemand Liams spezielle Freundin jemals getroffen?“ Ich will wissen, ob dieses Mädchen tatsächlich existiert oder ob er irgendein anderes unerlaubtes Geheimnis hütet.

Ashton zuckt mit den Schultern. „Kann nicht behaupten, dass ich das habe. Aber hatte er nicht Bilder von ihr auf seinem Handy?“

„Niemand hat je gesehen, wie sie tatsächlich aussieht. Er wollte es uns nicht zeigen." Rowan streckt sich auf meinem Bett aus und macht es sich gemütlich.

„Wir sollten uns rausschleichen und ihm folgen." Brooks bewegt sich kaum von seinem Platz auf dem Sofa. Er zeigt auf die Tür. „Wer ist dabei?"

Meine Beine fühlen sich nicht in der Lage zu gehen. Ich lasse mich auf mein Bett fallen und schiebe Rowan zur Seite. „Du nimmst die Hälfte meines Bettes ein. Ich teile mit niemandem."

„Nicht mal mit deiner Frau?" Rowan hebt eine Augenbraue.

Ich schließe meine Augen, seufze und öffne sie dann wieder, als ich nach meinem Bier greife. Ich werde etwas Stärkeres brauchen, wenn wir über Harper reden.

„Läuft wohl so gut, hm?" Brooks streckt seine Beine vor sich aus und knackt dann seinen Nacken von Seite zu Seite.

„Alles ist in Ordnung." Ich lüge und hoffe, dass ich zu meiner unheimlichen schauspielerischen Fähigkeit zurückkehren kann, dass wir glücklich verliebt sind.

Aber ich habe heute Abend keine Lust, eine Show abzuziehen. Ich habe auf dem Eis schon genug eingesteckt ... und obwohl wir gewonnen haben, kann ich nicht anders, als mich ein bisschen geschlagen zu fühlen.

„Was ist mit dir?“ Rowan wendet sich Ashton zu, der allein auf seinem Bett sitzt.

„Wir diskutieren nicht über mein Liebesleben.“ Ashtons Augen weiten sich, als er einen Schluck von seinem Bier nimmt.

Mit wem zum Teufel ist Ashton Rinaldi zusammen? Ich habe kein Mädchen in sein Bett steigen sehen, seit wir in die neue Wohnung gezogen sind. Außerdem datet er nicht. Er ist eher der Typ für One-Night-Stands.

„Weil Ashton kein Liebesleben hat.“ Ich zeige mit dem Finger auf ihn und warte darauf, dass er den Jungs sagt, dass sie falsch liegen, dass er nicht an Dates und Liebe glaubt.

Ashton verstummt und nimmt noch einen Schluck aus seiner Bierflasche. Er legt den Kopf zurück und trinkt das Ding komplett aus.

„Mit wem zum Teufel bist du zusammen?“ Ich setze mich auf und starre ihn an. „Ich würde es wissen, wenn du ein Mädchen in unser Haus gebracht hättest.“

„Entspann dich.“ Ashton stellt die Flasche auf

den Nachttisch. „Es sind nur ... ich und meine Hand."

Brooks schnaubt vor Lachen, sein Gesicht wird knallrot.

Rowan schüttelt den Kopf und grinst wie ein Idiot. „Wenn du so verzweifelt bist, gibt es Puck-Bunnies, die dir eine Hand geben würden – oder einen Mund."

Ashton steht auf, nimmt sein Handy mit und geht ins Badezimmer. „Ihr seid Arschlöcher." Er knallt die Badezimmertür hinter sich zu.

SIEBEN

ASHTON

Ich kann nicht glauben, dass ich die Jungs mich so nerven lasse. Ich hätte zahlreiche schlagfertige Antworten parat haben können. Es ist ja nicht so, als hätte ich keinen Witz.

Aber wenn es um Nova geht ... muss ich sie geheim halten.

Das Schlimmste ist, dass jeder im Team über Nova und mich Bescheid weiß.

Jeder ... außer meinem besten Freund, Luca.

Sie bewahren mein Geheimnis, vorerst, aber es ist klar, dass sie es vielleicht nicht mehr lange für sich behalten werden.

Dass Rowan überhaupt die Frage stellt, mit wem ich ausgehe, ist so eine miese Nummer. Er war doch auf der Party dabei, als ich das erste Mal mit Nova zusammenkam.

Das ganze Team war da, selbst Luca. Aber Luca war zufällig oben zu beschäftigt ... mit Harper, um zu wissen, was wir unten und später in meinem Schlafzimmer getrieben haben.

Ich schalte den Lüfter im Bad ein, der mir ein bisschen Privatsphäre verschafft, bevor ich mich auf den Rand der Badewanne setze. Ich werfe einen Blick auf mein Handy und starte einen Videoanruf mit Nova.

Ihre Augen leuchten auf, als sie den Anruf annimmt. „Hey, Fremder!"

Ihre Stimme ist Musik für meine Seele. Und wenn ich ihr Lächeln sehe, schafft sie es, all meine Ängste und Zweifel daran zu beseitigen, dass wir beide miteinander ausgehen.

„Hey, wir haben gewonnen." Ich lächle, die Flut von Endorphinen ist noch nicht ganz aus meinem System verschwunden. Das Bier hilft auch und gibt mir einen zusätzlichen Schub Selbstvertrauen ... nicht, dass ich den bräuchte. „Ich vermisse dich."

„Du vermisst mich immer." Novas Nase kräuselt sich und sie wirft mir einen Kuss zu. „Hast du heute Abend gepunktet?"

„Nur im Hockey." Ich zwinkere ihr zu, denn sie

ist das einzige Mädchen, für das ich Augen habe. Früher mochte ich es, nach jeder Party ein neues Mädchen ins Bett zu bringen, aber irgendetwas an Nova verändert meine Bedürfnisse.

Oder vielleicht ist es einfach die Tatsache, dass ich sie will ... und ich befürchte, dass jemand anderes sie mir wegnehmen könnte, wenn ich sie nicht mit fantastischem Sex bei jeder Gelegenheit an mich binde.

Sie starrt mich an und lächelt beim Videoanruf. „Du bist schon was Besonderes. Wo bist du? Im Hintergrund sieht es nach einem Badezimmer aus."

Ich verziehe das Gesicht, weil mir klar wird, dass ein Video vielleicht nicht ideal war, aber ich wollte ihr Gesicht sehen, ihre Stimme hören, in ihren saphirblauen Blick schauen.

„Ja, die Jungs haben gerade gefragt, ob ich eine Freundin habe. Ich konnte nicht schnell genug wegkommen."

„Wow." Nova lacht und hält eine Hand vor den Mund, um ihre Stimme zu dämpfen. „Und, was hast du ihnen gesagt?"

„Nichts. Ich konnte dich nicht erwähnen, und ich wollte nicht lügen."

Nova grinst. „Also bist du ins Bad gerannt, um dich zu verstecken?" Sie neckt mich, aber ich halte das Geheimnis auch um ihretwillen. Luca wird nicht glücklich sein, wenn er herausfindet, dass ich mit seiner kleinen Schwester ausgehe.

Nun, er wird wahrscheinlich wütend auf mich sein.

So oder so ... es gibt in dieser Situation kein gutes Ergebnis für mich. Ich kann mir nicht vorstellen, dass er den Arm um mich legt und mir sagt, ich solle Spaß haben.

„Ich bin ins Bad gegangen, um dich anzurufen." Das ist eine Halbwahrheit, aber Nova hat die Fähigkeit, mich zu durchschauen.

„Du bist abgehauen und hast dich versteckt. Aber ist schon okay ... ich genieße den Vorteil, dass wir beide allein reden können. Teilst du dir ein Zimmer mit meinem Bruder?"

Ich seufze. „Ja." Noch ein Grund, warum das Badezimmer der sicherste Ort war, um mit Nova zu sprechen. Ich kann ja schlecht ein privates Gespräch im Hotelzimmer führen, besonders wenn Luca nicht weiß, dass ich mit jemandem zusammen bin.

„Es ist doch nur eine Nacht ... sei nicht so niedergeschlagen."

„Bin ich nicht. Ich vermisse dich nur." Ich mag es, über den Flur zu schleichen und mit Nova zu kuscheln, in ihr Bett zu kriechen und meine Arme um sie zu legen. Das kann ich nicht tun an Abenden, wenn wir unterwegs sind. „Was hast du an?“

Nova grinst und schaut auf ihr Schlafanzugoberteil hinunter. „Nichts.“

„Schatz, ich kann deine Kleidung sehen.“

Sie verdreht die Augen und führt dann langsam das Handy nach unten, damit ich alles sehen kann, was sie trägt. Sie trägt ein süßes Pyjama-Set mit Pinguinen. Es ist ein Shorty-Set und rutscht an ihren Hüften genau im richtigen Winkel nach oben.

„Willst du das noch einmal machen? Aber langsamer, und spreiz deine Beine für mich.“

Novas Augen weiten sich. „Versuchst du gerade, Telefonsex mit mir zu haben?“ Ihre Stimme quietscht, und ihre Nervosität ist eigentlich ziemlich süß.

Eine Jungfrau im Telefonsex.

„Ich hatte gehofft, wir könnten uns gegenseitig in einem kleinen Fantasiespiel am Telefon verwöhnen.“

Ihre Augen sind weit aufgerissen, und sie legt auf.

Es ist klar, dass sie auf Beenden geklickt hat und es kein Fehler war ... oder der Anruf wegen des Wetters unterbrochen wurde.

Ich schicke ihr eine SMS.

Also, ich nehme an, das ist ein Nein.

Sie ruft mich zurück, aber diesmal ist es kein Videoanruf, sondern ein stinknormales, langweiliges Telefongespräch.

„Hey“, flüstere ich, froh, dass sie mich nicht ignoriert.

„Ich bin nicht bereit für Telefonsex. Ich meine, das beinhaltet viel Reden und Beschreiben ... und ich bin nervös, das zu tun.“

„Du musst bei mir nicht nervös sein. Es ist ja nicht so, als hätte ich tonnenweise Telefonsex gehabt.“ Die Anzahl der Male, die ich an einer Hand abzählen kann – nun, eher wie an einem Finger. Telefonsex hat keine hohe Priorität, wenn du jedes Mal mit einem anderen Mädchen zusammen bist.

„Ich mag dich, Ashton.“

Ich kann nicht anders als zu lächeln. „Falls du es noch nicht bemerkt hast, ich mag dich auch, Nova. Ich könnte die schmutzigen Gespräche führen, und du könntest einfach zuhören. Berühr dich für mich. Lass mich dein sanftes Wimmern hören, das mich so sehr anmacht, Baby.“

In ihrer Stimme ist ein leises Keuchen zu hören.

Ich lächle. „Ja, genau so. Aber du musst nicht, wenn du dich nicht wohlfühlst. Wenn du nein sagst, respektiere ich deine Entscheidung.“

„Sag mir, was du mit mir machen würdest“, raunt Nova. Ich höre sie auf der Matratze rascheln.

Ich wünschte, wir hätten noch einen Videoanruf ... aber ich nehme, was ich mit ihr kriegen kann.

Meine Augen schließen sich für einen Moment, und ich merke, dass auch ich es bequemer haben muss. Der Rand der Badewanne tut's nicht für mich. Ich schnappe mir die Schachtel mit Taschentüchern, werfe sie auf den Boden und setze mich auf den Boden, den Rücken an der Wand, den Badteppich unter mir, während ich meine Beine ausstrecke.

„Zuerst würde ich eine Spur aus sanften Küssen über dein Schlüsselbein ziehen. Ich weiß, wie sehr du es magst, wenn ich deinen Hals küsse. Meine Zunge würde diese kleine Stelle necken, die deine Hüften gegen mich kreisen lässt.“

Sie summt leise ... es ist ein leichtes, subtiles Stöhnen und reicht aus, um meinen Schwanz in meiner Jeans zucken zu lassen.

„Was noch?“, fragt sie.

Es gibt Bewegung auf ihrer Seite. Ich kann nicht anders, als zu lächeln. „Zieh deine Kleidung für mich aus“, befehle ich.

„Sagst du mir jetzt, dass du willst, dass sie ausgezogen wird, oder willst du tatsächlich, dass sie ausgezogen wird?“ Ihre Frage ist so unschuldig, dass es bezaubernd ist.

„Ich will, dass deine verdammte Kleidung aus ist, Schatz“, knurre ich.

Es gibt ein leises Rascheln auf ihrer Seite. Ich nehme an, sie entkleidet sich, und ich warte einige Momente, bis sie fertig ist. „Sag mir Bescheid, wenn du nackt und unter der Decke bist.“

„Bin schon da“, sagt Nova sachlich. „Mach weiter.“

Ich lache über ihre Ungeduld und lehne meinen Kopf zurück an die Wand. „Ich will, dass deine Hände deinen Körper erkunden. Lass deine Finger über deine Brust gleiten, aber necke deine Brustwarze nur. Es sind meine Lippen, die das tun, mein Mund auf deiner Haut. Ich fange langsam an ... beobachte, wie sich deine Brust hebt und senkt, höre die süßen Stöhner, die über deine Lippen fließen, bevor meine Zunge deine Brustwarze umkreist.“

„Ashton.“ Ihre Worte schnurren aus ihr heraus und klingen wie der Himmel.

„Ich liebe es, wenn du meinen Namen stöhnst.“ Ich streiche mit der Hand über meine Jeans, meine Handflächen sind schweißnass. Das Badezimmer ist bereits stickig.

Jeder Atemzug ist ein leises Keuchen. Ich beiße mir auf die Unterlippe, um ein gewisses Maß an Kontrolle zu behalten. Verdammt, sie macht mich so wahnsinnig an.

„Was kommt als nächstes?", fragt Nova, und ihre süße, unschuldige Stimme gibt mir einen heftigen Ständer.

Ich atme tief und scharf ein und versuche, meine Fassung wiederzuerlangen. Ich darf noch nicht kommen. Sie hatte noch nicht mal einen Orgasmus, geschweige denn mehrere.

Nova ist die einzige Frau, die es versteht, mich gleichzeitig so stark und so unglaublich schwach zu machen. Sie ist mein Untergang.

Ich blinzle durch den nebligen Schleier. „Lass deine Finger über deinen Bauch gleiten und weiter nach unten, aber berühre dich noch nicht."

„Okay."

Ein Lächeln breitet sich auf meinem Gesicht aus. Mensch, ich wünschte wirklich, sie hätte bei diesem Anruf die Kamera an. Vielleicht kann ich sie beim nächsten Mal überzeugen, ihre Kamera wieder einzuschalten, damit ich zusehen kann, wie sie sich selbst berührt.

„Meine Lippen liebkosen deine Haut." Mein eigener Atem wird tiefer, während die Luft dicker, heißer wird. „Mein Mund küsst sanft deine Schenkel hinauf, in Richtung deiner Erregung."

Novas Atem stockt mit einem Keuchen, und mein Herz flattert bei den süßen Geräuschen, die sie macht.

Sie sind so ein verdammter Turn-on. „Willst du, dass ich dich heute Abend koste?"

„Ja." Nova stöhnt, und ich nehme das als Ermutigung, weiterzumachen.

„Du klingst so verdammt sexy. Ich spreize deine Beine weiter, lege eins über jede Schulter, während ich mit meiner Zunge über deine Spalte fahre."

„Fuck."

Das Lächeln breitet sich auf meinem Gesicht aus. „Berührst du dich, Liebling?"

„Vielleicht?" Ihre Stimme bleibt in ihrem Hals stecken.

„Setz dich auf deine Hände."

„Was?" Da ist Besorgnis in ihrem Ton.

„Ich habe dir noch nicht gesagt, dass du deine Pussy berühren sollst. Setz dich auf deine Hände; bestrafe dich für mich."

Nova wimmert, und mein Schwanz drängt nach Erlösung. Ich pulsiere, und ich kann mir nur vorstellen, dass Nova dasselbe fühlt.

„Bist du ein braves Mädchen und tust, was ich dir gesagt habe?“ Ich warte auf ihre Antwort.

„Ja.“

Ich öffne meine Jeans und den obersten Knopf und hole meinen Schwanz heraus. „Ich bin so hart für dich. Ich berühre mich selbst, aber du musst warten. Du musst zuhören, wie ich meinen Schwanz streichle.“

An der Spitze ist etwas Vorsaft, und ich benutze ihn als Gleitmittel. „Wenn du das Video eingeschaltet hättest, würde ich dir zeigen, wie hart ich für dich bin ... mein Schwanz tropft vor Verlangen, in dir zu sein.“

Ein weiteres Wimmern von ihr und ich taumele am Rande eines Abgrunds reiner Vergessenheit, aber ich bin noch nicht bereit, dorthin zu gehen ... nicht bereit, diesen Sprung in die süße Ekstase zu wagen.

„Du kannst deine Hände unter deinem Hintern hervorziehen, aber streiche nur an deiner Pussy entlang. Berühre dich noch nicht vollständig.“

Ihr leises Keuchen wird deutlicher. „Bist du feucht für mich?“

„Ja.“

„Gut. Ich bin froh, dass ich dich feucht mache. Ich

wünschte, ich könnte deine Süße schmecken. Meine Zunge wäre überall auf dieser sexy Pussy ... und ich würde dich mit langen, langsamen Bewegungen lecken und dich in einen Rausch versetzen."

„Ich bin schon kurz vorm Höhepunkt", flüstert Nova. „Du lässt mich so sehr verlangen."

Das Lächeln breitet sich auf meinem Gesicht aus. Was würde ich nicht dafür geben, dieses Pulsieren um meinen Schwanz zu spüren.

„Es ist eine gute Art von Verlangen, nicht wahr, Liebling?"

„Ja." Sie klingt atemloser, entspannter und verdammt, wenn möglich noch sexy. „Ich will deinen Schwanz in mir."

„Willst du nicht meine Zunge auf deinem Kitzler? Denn ich möchte spüren, wie du diese wunderschönen Hüften gegen mein Gesicht bewegst."

„Ashton." Ihr Stöhnen ist köstlich. Ich fühle mich nicht würdig genug, sie zu hören ... aber ich begehre mehr.

„Bewege deine Hüften gegen die Matratze. Berühre dich für mich." Ich sehne mich nach ihrem Körper, ihrem Herzen, ihrem Verstand ... ich will alles von ihr.

Im Hintergrund sind leise Bewegungen zu

hören. Ich kann mir nur vorstellen, dass sie tut, was ich ihr gesagt habe. „Ich will deinen Schwanz in mir."

„Verdammt, Baby. Das will ich auch", krächze ich. Ihre Worte lassen meinen Schaft pochen. Ich streichle mich und stelle mir vor, es wäre ihre Hand, ihre Lippen, ihr Kopf, der auf und ab wippt und mich tiefer nimmt.

Ihr Stöhnen wird deutlicher, sexy, während sie sich dem Rand nähert. „Komm für mich", flüstere ich und finde es schwieriger, zu sprechen ... zusammenhängende Gedanken zu formen, während mein Schwanz nach ihrer Pussy schmachtet.

Sie wimmert und stöhnt. „Ich bin so nah ... bitte, Ashton." Ihre Stimme fleht mich an, sie zu ficken, und ich schwöre, wenn ich heute Nacht sicher zu ihr gelangen könnte, würde ich es tun.

„Du machst das so gut, Baby." Meine Stimme ist kaum mehr als ein Flüstern. „Ich liebe es, zu sehen und zu hören, wie du kommst."

Nova stöhnt, ihr Keuchen wird hörbarer, während ich zuhöre, wie sie ihrem Orgasmus nachjagt. Es ist alles, was ich mir hätte vorstellen können ... und sogar noch besser.

Danach keucht sie heftig, atmet schwer, während

sie zur Ruhe zu kommen scheint. „Bist du gekommen?“, fragt Nova.

„Noch nicht.“ Meine Stimme ist rau. Ich streichle meinen Schwanz, den Kopf nach hinten gelegt, meine Bewegungen mit der Faust werden schneller. Jetzt, da ich weiß, dass sie ihren Höhepunkt erreicht hat, erlaube ich mir, meinen zu beschleunigen.

„Komm für mich, Ashton.“ Novas Worte hallen in meinem Ohr wider. „Ich will dich in meinem Mund schmecken.“

Ihre frechen Worte bringen mich über die Kante. Mein Herz schlägt wild. Ich zittere, fühle, wie die Welle mich überwältigt. Ich greife nach einem Taschentuch und vergieße meinen Samen hinein. Ich beiße mir auf die Unterlippe, um nicht laut zu stöhnen. Ich will, dass Nova mich hört, aber ich muss vorsichtig sein ... ich bin nicht allein in diesem Hotelzimmer.

Ich schwöre, mein Herz wird aus meiner Brust springen, während meine Augen kämpfen, sich zu öffnen. Ich bin befriedigt, aber es hat sich gelohnt.

Heilige Scheiße, das war gut. „Danke, dass du heute Abend mitgespielt hast.“

Nova startet erneut den Videochat. Ich klicke auf Annehmen.

Sie liegt im Bett, auf der Seite zusammengerollt,

das Licht ist aus, aber ich kann einen schwachen Schimmer von ihrem Handy erkennen. „Du hattest recht, Telefonsex macht Spaß."

Ich wünschte, ich könnte mich an sie kuscheln, aber sie anzuschauen wird fürs Erste reichen müssen. „Videosex wird beim nächsten Mal noch besser sein."

Nova lächelt und blickt weg. „Keine Versprechen, aber wenn du im Video sein willst, während meine Kamera aus ist, werde ich nicht nein sagen."

ACHT

LIAM

Sobald ich die Nachricht von Iris erhalte, rase ich mit Blitzgeschwindigkeit über den Campus. Obwohl wir nur Freunde mit gewissen Vorzügen sind, freue ich mich darauf, Zeit mit ihr zu verbringen.

Es schadet auch nicht, dass sie mir Nacktfotos schickt.

Sie hat mir auch Fotos von sich und den Tierheimhunden geschickt, die sie kuschelt. Das ist Teil ihres Studium-mit-Arbeit-Programms, das sie in Great Falls macht.

Ich schwöre, wenn sie nicht im Wohnheim leben würde, hätte sie wahrscheinlich alle adoptiert.

Ich gehe zu ihrem Zimmer im Wohnheim und

klopfe deutlich an die Tür, während ich darauf warte, dass sie mich reinlässt.

„Einen Moment!“, ruft eine weibliche Stimme über die laute Musik. Ich bin überrascht, dass überhaupt jemand mein Klopfen hören konnte.

Bristol Greyson reißt die Tür auf, starrt mich an, ihre Augen funkeln wütend, und sie knallt sie wieder zu.

Was zum Teufel...?

Kennt Iris Bristol? Sind sie neue Mitbewohnerinnen?

Ich hasse Bristol Greyson ... verdammt nochmal. Sie ist ein verwöhntes reiches Kind, deren Vater früher in der NHL gespielt hat ... und dann das Team gekauft hat.

Er ist Milliardär.

Verdammt, ich habe gelesen, dass er schon Milliardär war, bevor er überhaupt Hockey spielte, was Sinn ergibt. Kein Hockeyspieler schwimmt in so viel Kohle. Er hat irgendwas mit Aktien oder Anleihen oder irgendetwas Finanzielles gemacht, als er jung war. Hat groß abgeräumt ... und viel Geld gemacht.

Er ist ein reicher Typ mit einer hochnäsigen Tochter.

In der ersten Klasse war sie eine Göre ... und ein Unruhestifter in der Mittelstufe.

Wir gingen beide auf dieselbe Privatschule. In der Oberstufe bewegten wir uns in unterschiedlichen sozialen Kreisen.

Ich will nicht zugeben, dass sie sich tatsächlich vom hässlichen Entlein in eine echte Schönheit verwandelt hat. Egal wie heiß sie jetzt ist, sie trieft vor Gift.

Das Mädchen hat ernsthafte Krallen und Zähne, die zubeißen.

Ich hämmere erneut gegen die Tür, und Bristol reißt sie auf, funkelt mich an, packt mich am Arm und zerrt mich in ihr Zimmer, bevor sie die Tür zuknallt.

„Was. Zum. Teufel." Ich funkle sie an und schaue mich um.

Sie dreht die Musik auf ihren Lautsprechern leiser.

Wo zum Teufel ist Iris?

Das ist nicht Iris' Zimmer. Gab es eine Änderung in ihrem Wohnheim? Bin ich im falschen Stockwerk?

„Ist das 416?" Ich schaue mich um, weil ich Iris' Zimmer mit ihren Welpenpostern an den Wänden erkennen würde.

Es gibt keine Welpenposter.

Dieses Zimmer hat einen dunkleren Unterton. Während die Wände in einem Standardgrau gestrichen sind, hängen kleinere Poster mit einem gothischen Ambiente an ihnen. Hier geht irgendwas Hexenmäßiges vor.

„Voodoo-Königin." Ich funkle Bristol an.

Sie verdreht die Augen. „Du warst schon immer überdramatisch. Was zum Teufel willst du?"

„Ich suche nach Iris ... Zimmer 416."

„Du bist im falschen Stockwerk, Trottel." Bristol versperrt mir den Ausgang ... ein teuflisches Lächeln auf ihrem Gesicht.

Mein Handy vibriert. Ich hole es aus meiner Tasche und sehe, dass Iris mir eine Nachricht geschickt hat.

Warte. ETA?

„Mein Fehler. Ich wollte dich nicht stören." Ich deute auf die Tür hinter ihr, und sie kichert böse.

Es ist eines dieser unverwechselbaren Hexenkicher. Oh Mann, das Mädchen wird mich verhexen. Oder vielleicht ist es ein Fluch oder eine Verwünschung. Gibt es da überhaupt einen Unterschied?

„Freundin?", rät Bristol. Sie sieht amüsiert aus und mustert mich von oben bis unten. „Ich habe dich heute Abend spielen sehen. Du warst nicht schlecht." Sie weiß wirklich, wie sie mich auf die Palme bringen kann.

„Ich habe auf dem Eis abgeräumt." Ich funkle sie an und trete näher. Sie kann mich nicht einschüchtern wie damals, als wir sechs waren.

Ich behaupte nicht, ein Heiliger zu sein. Klar, ich habe sie geärgert, aber sie war ein reiches Kind. Es war nichts, was sie nicht verdient hätte.

Meine Zwillingsschwester und ich wurden nur eingeschrieben wegen unserem biologischen Vater, den wir erst kennenlernten, als wir vier waren. In ein neues Zuhause, neue Schule, neue Familie geworfen zu werden, war wild und turbulent.

Ich hatte ein paar rebellische Jahre, als ich die Göre traf, die vor mir steht, aber sie quälte mich bei jeder Gelegenheit, die sie bekam.

Und natürlich wehrte ich mich.

Das ist es, was wir Morettis tun.

„Du glaubst, du hast heute Abend gut gespielt?" Bristol verschränkt die Arme vor der Brust, ihr Predators-Trikot rutscht leicht nach oben, während sie mit mir streitet.

Die cremige Haut ihres Bauches und ihre Sommersprossen rufen nach mir.

Verdammt, nein.

Ich schaue weg.

Sie schnaubt und wirft die Hände in die Luft. „Siehst du ... kannst mich nicht mal ansehen. Du weißt, dass ich Recht habe. Du hast beschissen gespielt."

„Ich habe ein Tor geschossen."

„Ein mickriges Tor." Bristol begegnet meinem Blick. „Dein Teamkollege ist ein besserer Hockeyspieler als du."

Ich dringe in ihren persönlichen Raum ein, mein Arm lehnt sich gegen die Tür ... und hält sie in meiner Reichweite.

„Sag das nochmal", knurre ich sie an.

Bristol starrt zu mir hoch, ihr Blick wankt nicht im Geringsten. „Du bist ein beschissener Hockeyspieler. Dein Teamkollege Ricci ... der weiß, wie man verdammt nochmal Tore schießt. Du solltest Unterricht bei ihm nehmen. Vielleicht bringt er dir bei, wie man seinen Schläger hält und..."

Ich beuge mich runter und beiße in ihre Lippen. Mein Herz schlägt wild außer Kontrolle.

Ihr Körper pausiert für einen kurzen Moment, bevor sie nachgibt und ihre Finger in mein Haar vergräbt. Der Kuss vertieft sich, ihre Lippen öffnen sich, und ich schiebe meine Zunge in ihren Mund, erforsche sie in einer Welle unbarmherziger Leidenschaft.

Mit einer Hand an ihrer Taille und der anderen gegen die Tür, ziehe ich sie näher und fester an mich.

Bristols Hände wandern von meinem Haar zu meiner Taille. Es gelingt ihr, uns zu drehen ... ihre Zunge gleitet über meine, und verdammt, ihre Finger graben sich in meine Hüften, krallen sich an mir fest.

Sie ist ein Biest. Hätte ich das gewusst, hätte ich sie schon vor Jahren geküsst.

Geschickt und fachmännisch öffnet sie die Tür und schiebt mich in den Flur hinaus. „Du musst gehen."

Ihre Lippen sind geschwollen, ihr Atem unregelmäßig.

Ich bin mir nicht sicher, wie ich überhaupt im Flur gelandet bin ... nach Luft schnappend, mein Herz hämmert gegen meinen Brustkorb, als sie mir die Tür vor der Nase zuknallt.

Mein Handy vibriert wieder. Ich ignoriere es. „Bristol." Ich klopfe nicht, aber ich weiß, dass sie mich hören kann. Sie muss mich hören, weil sie bestimmt an *diesen Kuss* denkt.

Sie antwortet nicht.

Ich schnaufe und gehe den Flur entlang, als würde ich den Walk of Shame antreten. Ich gehe zum Aufzug und schaue auf mein Handy – eine weitere Nachricht von Iris.

Kommst du noch?

Nach dem, was gerade zwischen Bristol und mir passiert ist, kann ich nicht.

Ich muss die Sache zwischen uns beenden.

Es fühlt sich falsch an. Und nicht, weil ich nicht schon einmal zwei Mädchen in einer Nacht geküsst hätte.

Es ist Bristol.

Und sie hat mich unter irgendeinen verrückten Zauber gesetzt, denn alles, was ich je erlebt habe, verblasst im Vergleich zum Gefühl ihrer knisternden Lippen auf meinen.

Sie ist eine verdammte Hexe … und ich will mehr.

NEUN

HARPER

Ich fürchte mich vor der ganzen Fahrt zum Haus der Familie Ricci. Morgen sollen Fotos für unsere Hochzeit gemacht werden, und statt am Samstag zu kommen, wurde unsere Anwesenheit bereits am Freitagabend erbeten.

Während ich wusste, dass Luca am Freitag ankommen und bis Sonntagmorgen bleiben sollte, hatte ich nicht erwartet, dass Zeke und ich auch das ganze Wochenende bleiben müssen.

Kann nicht behaupten, dass ich über die Neuigkeit glücklich bin.

Zeke schläft auf der Rückbank.

„Ich habe gehört, ihr habt gestern das Spiel gewonnen." Ich werfe einen Blick auf Luca, der seine Aufmerksamkeit fest auf die Straße gerichtet hat. Er hat einen blauen Fleck am Kinn, den er gestern Morgen noch nicht hatte. „Was ist passiert?“, frage ich und deute auf den Makel.

„Berufsrisiko.“ Er schaut mich kurz an. „Eishockey ... nicht Mafia.“

Wenn das ein Witz sein soll, dann ohne Lächeln oder Lachen in seinem Gesicht. „Ich dachte mir schon, dass dein Vater nicht hinter dem blauen Fleck steckt. Hartes Spiel?“

„Mein Gesicht wurde ständig gegen die Plexiglasscheibe gedrückt. War nicht meine Nacht.“

„Aber ihr habt gewonnen. Das muss doch etwas zählen.“

Er seufzt. „Ja, ich habe auch drei Tore geschossen.“

„Drei?“ Meine Augen weiten sich. „Das ist großartig!“

Er presst die Lippen aufeinander, offensichtlich beschäftigt ihn etwas anderes.

Ich verzichte darauf nachzufragen, weil ich bereits weiß, dass er es mir nicht sagen wird. Es scheint, als würden wir in letzter Zeit nicht viel teilen ... abgesehen von einem Nachnamen.

Luca blickt auf die Rückbank, und dann

entspannen sich seine Schultern. „Zeke scheint es besser zu gehen."

Lächelnd nicke ich. „Ja, ich sollte mich wahrscheinlich bei deiner Mutter bedanken, dass sie beim Kinderarzt angerufen und ihn so kurzfristig hergebracht hat."

Er rutscht hin und her und schaut mich an. „Glaubst du, du wirst jemals mehr Kinder haben wollen?"

Seine Frage überrascht mich. „Ja, vielleicht. Ich meine, ich würde Zeke gerne ein Geschwisterchen schenken. Eines, das nah an seinem Alter wäre, wäre toll, aber ich glaube nicht, dass einer von uns bereit für diese Art von Verpflichtung ist."

Sein Blick verhärtet sich.

„Habe ich etwas Falsches gesagt?"

Luca schüttelt den Kopf, antwortet aber nicht.

„Offensichtlich habe ich das. Du siehst nicht glücklich aus ... mit meiner Antwort." Ich rutsche auf meinem Sitz und drehe mich leicht, um ihn anzusehen. Ich hasse, dass er ausgerechnet jetzt einen Streit während der Fahrt anfängt. Oder vielleicht bin ich es, die einen Streit mit ihm beginnt. Luca scheint mich ständig zu meiden.

Stille füllt die Leere zwischen uns.

„Verdammt, Luca! Ich würde lieber mit dir

streiten, als die Schweigebehandlung zu bekommen."

„Ich gebe dir keine Schweigebehandlung." Er wirft mir einen Blick zu. „Ich fahre, und streiten wird uns nicht helfen, wenn wir heute Abend mit meinen Eltern umgehen müssen oder morgen mit den Bildern."

„Was wird uns helfen?", frage ich und warte darauf, dass er mir sagt, wie wir dieses Chaos beheben können.

„Ich weiß es nicht." In seinen Worten liegt eine Ehrlichkeit, eine Überzeugung, dass er genauso ratlos ist wie ich.

Luca dreht das Radio lauter und entscheidet damit, dass wir genug Diskussion oder besser gesagt deren Mangel hatten, und füllt die Stille im Auto.

Als wir vor dem Haus seiner Eltern anhalten, beginnt Zeke aufzuwachen. Ein paar Schneeflocken fallen, aber der Wetterbericht kündigt nicht viel an ... und der Schnee, der letzte Nacht gefallen ist, wurde bereits weggeräumt. Die Straßen waren frei, aber der Schnee war noch nicht geschmolzen.

Ich schnalle Zeke von der Rückbank ab, und Luca trägt unsere Wochenendtaschen hinein. Es sind zwei Taschen, eine für Luca und eine, die ich mir mit Zeke teile. Obwohl ich schwöre, dass der größte Teil der Tasche mit Zekes Sachen gefüllt ist … mit extra Wechselkleidung, Windeln und Feuchttüchern.

Zeke plappert, während ich ihn aus der Kälte trage und in ihre Eingangshalle bringe. Luca zieht seinen eigenen Mantel und seine Schuhe in einer fließenden Bewegung aus und lässt die Taschen auf dem Boden neben der Tür stehen. Er hilft mir, Zekes Winterkleidung und Schuhe auszuziehen, bevor er ihn nimmt, damit ich meinen eigenen Mantel und meine Schuhe ausziehen kann.

„Ich dachte, ich hätte euch gehört", sagt Nikki und kommt auf uns zu. Sie streckt ihre Hände nach Zeke aus, und Luca übergibt meinen Sohn seiner Großmutter.

„Wir werden so viel Spaß haben, nur wir beide." Nikki drückt federleichte Küsse auf seine Wangen und Nase.

Zeke windet sich, aber zwickt in ihre Wangen und genießt offensichtlich die Aufmerksamkeit.

Nikki geht mit ihm den Flur hinunter. Ich folge schnell meinem Sohn. „Wohin bringst du ihn?" Es ist nicht so, dass ich ihr nicht vertraue. Eigentlich ist es zu hundert Prozent die Tatsache, dass sie die Frau eines Mafia-Dons ist. Ich traue keinem von ihnen, außer Luca.

Ich möchte Nikki vertrauen, besonders weil sie von meinem Sohn verzaubert zu sein scheint. Ich kann nicht sagen, ob es die Tatsache ist, dass sie Babys mag, oder dass dies ihr neuer Enkel ist.

„Willst du dein neues Spielzimmer sehen?" Nikki kuschelt Zeke und trägt ihn den Flur hinunter. Links ist eine offene Tür, und sie geht hinein.

Ich bin ihr dicht auf den Fersen.

Luca ist ein paar Schritte hinter mir. Er scheint bei Weitem nicht so besorgt zu sein, aber Zeke ist *mein* Sohn.

Ich trete hinter Nikki ein, und der Raum ist voller Spielzeug. Es ist nicht alles neues Spielzeug. An den Wänden steht ein weißes Bücherregal, gefüllt mit allem ... von Puppen bis zu Spielzeugautos. „Ich habe Moreno die Kinderspielzeuge vom Dachboden herunterbringen lassen."

„Du hast unsere alten Sachen aufbewahrt?" Luca wandert ins Spielzimmer und nimmt alles auf. Sein Blick schweift durch den ganzen Raum.

„Wir haben nicht alles aufgehoben, aber es gab einige Spielzeuge, die nie gespendet wurden und weggepackt wurden. Eure Favoriten ... deine und Novas." Nikki bringt Zeke zu dem kleinen Tisch und setzt ihn ab.

Sein Kopf dreht sich in alle Richtungen, während er sich umdreht und alles aufnimmt. Er rennt zur Spielküche und beginnt, alle Plastiklebensmittel herauszuziehen.

„Das war auch eines deiner Lieblingsspielzeuge", sinniert Nikki.

„Danke." Ich bin schockiert, dass Lucas Familie einen Raum für Zeke eingerichtet hat. Er ist mein Sohn ... und obwohl er durch die Ehe ihr Enkel ist, ist er nicht blutsverwandt mit ihnen.

Luca schlendert in die entfernte Ecke, wo ein Kinderzelt aufgebaut ist ... das perfekte Versteck. Es ist praktisch eine Festung für ein kleines Kind. Er beugt sich hinunter und schaut hinein. „Ich habe das immer als viel größer in Erinnerung. Nova und ich haben uns hier stundenlang versteckt."

Nikki lächelt schwach, in Erinnerungen schwelgend. „Ja, daran erinnere ich mich."

„Wusstest du, dass es der einzige Ort war, an dem ich mich sicher fühlte?" Luca dreht sich zu seiner Mutter um, das Lächeln ohne Wärme. „Nach dem, was Dante getan hat, war es der eine Ort, an dem ich wusste, dass niemand mich sehen konnte."

Weil es keine Kameras im Inneren der Festung gab, keine Überwachung. Ich schaue in die Ecke des Raums und dort ist eine Kamera mit einem rot blinkenden Licht, die uns aufnimmt, uns immer beobachtet.

Nikki tätschelt Lucas Arm. „Lass uns nicht in der Vergangenheit wühlen.“ Sie zwingt sich zu einem Lächeln und beugt sich zu Zeke hinunter. „Ich freue mich, dass dir die Spielsachen gefallen. Ich hoffe, dein neues Schlafzimmer wird dir auch gefallen.“

„Schlafzimmer?“ Mir bleibt die Luft weg.

Nikki steht auf und blickt von Zeke zu mir. „Du hast doch nicht gedacht, dass dein Sohn in deinem Bett oder im Gästezimmer schlafen wird, oder?“

Tatsächlich ist es genau das, was ich erwartet hatte. Es ist ja nicht so, als würde ich vorhaben, hier oft zu bleiben. Für ein oder zwei Nächte könnte Zeke das Bett mit mir teilen. So war es eigentlich auch seit der Hochzeit. Luca und ich haben nicht im selben Zimmer geschlafen, und weil ich mir ein Zimmer mit Zeke teile, klettert er sowieso immer in mein Bett.

Luca studiert mein Gesicht, bevor er zu Nikki blickt. „Mama, das ist wirklich nicht nötig.“

„Es ist bereits erledigt.“ Nikki bedeutet mir, ihr zu folgen.

Ich beuge mich hinunter, um Zeke hochzunehmen, aber er protestiert.

„Ist schon gut, du kannst ihn hier lassen. Der

Raum ist kindersicher gemacht worden.“ Nikki deutet auf die Wände. „Die Steckdosen sind abgedeckt, und alle Spielsachen sind altersgerecht. Alles, was zu kompliziert ist, steht auf einem höheren Regal, das er nicht erreichen sollte.“

Sie hat wirklich an alles gedacht.

Ich zögere, Zeke allein an diesem Ort zu lassen.

Luca spürt mein Zögern und legt eine Hand auf meinen Rücken. „Ich bleibe bei Zeke. Mama kann dir sein Zimmer zeigen, und später kannst du es mir zeigen ... wenn ich unsere Sachen nach oben bringe.“

„In Ordnung.“ Ich atme schwer aus und stimme zu, Nikki nach oben zu folgen. Ich schaue über meine Schulter zurück, als Zeke Luca eine Spielzeugbanane reicht. Luca beugt sich hinunter, nimmt sie von ihm entgegen und tut so, als würde er sie verschlingen, was meinen kleinen Jungen zum Lachen bringt.

Nikki führt mich die Treppe hinauf. Neben Lucas Zimmer öffnet sie die Tür und zeigt mir das Kinderzimmer, das sorgfältig für Zeke eingerichtet wurde. Da ist ein Kleinkind-Bett an der Wand neben dem Fenster, wie das, das er zu Hause hat. Auf der gegenüberliegenden Seite stehen eine Kommode und ein Schreibtisch.

In der Ecke des Raumes liegt ein Stapel Spielzeug und auf dem Bett liegen einige Plüschtiere.

Nikki geht zu einem Dutzend Bücher hinüber, die in einem Korb liegen. „Alles hier drin ist neu. Die Bücher, die Kuscheltiere – wir wollten, dass Zeke sich wie zu Hause fühlt, wenn er zu Besuch kommt."

„Das ist sehr freundlich von euch." Aber alles, woran ich denken kann, ist dieser kleine Junge, der in ihrem Keller eingesperrt war, entführt und seiner Familie entrissen.

Luca hatte mir gesagt, dass es keine Spur von dem Kind gab. Er war im Keller gewesen, als er Kensley befragt hatte. Der Junge war verschwunden.

Aber wohin war er gebracht worden?

Es gab nichts, was ich für das verschwundene Kind tun konnte, das Dante entführt hatte, aber ich konnte meinen eigenen Sohn beschützen.

„Ich sollte wieder nach unten gehen und nach den Jungs sehen." Ich zwinge mich zu einem Lächeln.

Nikki greift nach meinem Arm. „Ich weiß, dass das nicht das ist, was du erwartet hast, wenn du eines Tages heiraten würdest, aber wir alle versuchen, dich und deinen Sohn zu akzeptieren. Bitte verletze *meinen* Sohn nicht."

Dafür ist es zu spät.

Luca hasst mich bereits.

Das Abendessen verläuft ziemlich ereignislos. Moreno und Paige gesellen sich zu uns, aber Nova ist auf dem Campus, und ich habe ihre Gesellschaft noch nie so sehr vermisst.

Natürlich ist Ashton bei ihr, was ihnen das Haus fast für sich allein gibt. Es ist nicht so, als ob Liam etwas dagegen hätte, dass Ashton und Nova miteinander anbandeln.

Luca trägt unsere Taschen nach oben, während ich ihm Zekes neues Schlafzimmer neben unserem zeige.

„Immerhin ist es nah." Er stellt die Tasche auf Zekes Kommode, bevor er in unser Zimmer geht.

Ich wühle in der Wochenendtasche, nehme eine frische Windel für Zeke und seinen Schlafanzug heraus.

Als ich Zeke ins Bett gebracht, ihm eine Geschichte vorgelesen und ihn zum Einschlafen gebracht habe, bin ich erschöpft. Ich zögere, ihn allein zu lassen, aber es gibt kein Bett für mich.

Ich setze mich auf den Boden, strecke mich aus und lehne mit dem Rücken an die Wand.

Es ist nicht bequem und ich bin müde ... aber Zeke ist mein Ein und Alles, und ich vertraue Dante oder den Männern, die für ihn arbeiten, nicht.

Ich hätte mir ein Kissen und eine Decke holen sollen, dann hätte ich wenigstens auf dem Boden schlafen können.

Das Haus ist unheimlich still.

Es gibt keine seltsamen Geräusche, kein wimmerndes Kind wie beim ersten Mal, als ich vor Monaten hier übernachtet hatte.

Mein Körper entspannt sich. Ich gleite in einen unangenehmen Schlaf. Mein Nacken pocht selbst im Schlummer, und meine Träume handeln davon, durch den Wald gejagt zu werden ... Zeke tragend, und um unser Leben rennend.

Ich werde erschrocken wach, starke Arme unter mir, die mich tragen, während ich nach Luft schnappe.

Meine Augen öffnen sich blitzartig, und Luca starrt zurück.

„Schlaf weiter.“ Seine Stimme ist rau, kaum

mehr als ein Flüstern, als er mich in seinen Armen hält und mich zur Tür trägt.

„Was ist mit Zeke?“ Meine Stimme bricht, als ich zu meinem Sohn zurückblicke, der tief und fest in seinem Bett schläft.

Luca trägt mich hinaus in den Flur und dann in sein Schlafzimmer.

„Er schläft. Zeke wird es gut gehen.“ Luca legt mich sanft auf die Matratze. Ich schlüpfe unter die Decke.

„Ich bin gleich wieder da.“ Luca verlässt das Schlafzimmer, und es gibt ein leises Klicken der Tür den Flur hinunter.

Meine Kleidung ist in Zekes Schlafzimmer auf der Kommode. So viel zum Umziehen fürs Bett. Unter der Decke schlüpfe ich aus meiner Jeans und werfe sie auf den Boden.

Luca tritt zurück ins dunkle Schlafzimmer und schließt leise die Tür.

Ich bin überrascht, dass er mich holen kam ... dass es ihm überhaupt wichtig genug war, zu prüfen, wo ich in der Nacht war.

Ich liege auf der Seite, zusammengerollt, Luca zugewandt, als er neben mir ins Bett steigt.

„Ich mache mir Sorgen um Zeke“, flüstere ich.

„Warum?“, fragt er. Er rückt auf seine Seite, mir zugewandt. „Er schläft.“

„Hast du diesen kleinen Jungen vergessen, den dein Vater im Keller gefangen hielt?“

Luca zuckt zusammen und runzelt die Stirn, seine Augenbraue zuckt. „Zeke wird es gut gehen. Du hast mein Wort.“

„Und was, wenn er aufwacht und nach mir sucht?“ Ich mag es nicht, mir Sorgen zu machen, dass mein Sohn allein durch das Haus wandern könnte.

Aber das ist nicht meine einzige Angst.

Jeder von Dantes Männern - oder der Mafiaboss selbst - könnte in Zekes Zimmer gehen und ihm wehtun.

Das Grauen füllt meine Lungen wie Gift und macht es unmöglich zu atmen.

Ich kämpfe darum, Luft zu bekommen, nach Atem ringend, als würde ich ertrinken und verzweifelt Luft brauchen.

Lucas Hand streift meinen Arm und ruht dann fest auf meiner nackten Haut. Seine Berührung ist einfach, aber wirkungsvoll und hilft mir zu atmen ... aber seine Worte schneiden viel tiefer.

„Du machst dir grundlos Sorgen. Unsere Ehe wird dich und ihn beschützen.“

Ich rutsche näher, will ihn halten, umarmen, irgendetwas anderes spüren, als die Leere und die Angst, die den Raum zwischen uns füllen.

„Bleib auf deiner Seite." Seine Stirn runzelt sich und er rollt sich auf den Rücken, entschlossen, Abstand zwischen uns zu halten. In seinen Worten, in seinem Gesicht liegt Frustration, als er sich von mir wegdreht ... und mir wird kalt.

Jedes Gefühl von Geborgenheit ist schnell ausgelöscht.

„Schlaf jetzt, Harper. Morgen wird ein langer Tag. Wir wollen Dante nicht enttäuschen."

Ich habe seine Eltern bereits enttäuscht. Ich bezweifle, dass sie mich jemals mögen werden, aber ich denke, wenn sie mich akzeptieren, und weder Zeke noch mir oder meinen Lieben Schaden zufügen, kann ich damit leben. Ich will nicht hier sein, aber es ist nicht so, als hätte ich eine große Wahl. Wenn die Riccis einen Befehl erteilen, gehorcht man.

Am Samstagmorgen werde ich mit Nikki nach oben geschickt.

Zeke klebt an meiner Hüfte, obwohl er zappelt und runtergesetzt werden will.

Ich ignoriere seine kleinen Proteste und kitzle ihn, versuche seine Laune zu ändern.

Es hilft nicht. Er erinnert mich daran, wie vielleicht einmal ein kleiner Luca sich verhalten hat, wenn er seinen Willen nicht bekam und die ganze Zeit quengelte.

„Soll ich ihn halten?" Nikki streckt ihre Hände aus und bietet an, Zeke von mir zu nehmen.

Zekes Augen weiten sich. Er wirft sich bereitwillig zu ihr, während ich noch versuche, ihn festzuhalten.

Ob ich es will oder nicht, Zeke hat bereits entschieden ... Nikki wird ihn halten.

„Danke." Ich übergebe ihn, und dann spielt er dasselbe Zappel- und Windespiel mit ihr.

Schließlich setzt sie ihn mit den Füßen auf den Boden.

Die Tür zur Suite ist geschlossen, also geht Zeke nirgendwohin, ohne dass einer von uns es zuerst bemerkt.

Ich nehme das Hochzeitskleid, ziehe meine Kleidung aus und schlüpfe in das Kleid.

Es fühlt sich seltsam an, das Kleid jetzt

anzuziehen, wo Luca und ich bereits verheiratet sind.

Ich mache wohl nie etwas auf typische Weise. Ich hatte Zeke lange bevor ich geheiratet habe.

„Lass mich den Reißverschluss schließen." Nikki kommt herüber, und ich greife nach meinem langen Haar, ziehe es hoch und drehe es zu einem Knoten ... halte es mit meinen Händen fest.

Sie zieht den Reißverschluss des Kleides hoch und lächelt, als ich mich langsam zu ihr umdrehe. Ich lasse mein Haar los, sodass die Wellen über meinen Rücken fallen.

„Es sieht fantastisch an dir aus. Die Fotos werden heute so toll werden! Ich kann es kaum erwarten, dass wir sie mit allen teilen."

Ich wusste, dass es bei den Hochzeitsfotos weniger um die eigentlichen Bilder ging, sondern mehr darum, unsere Ehe zu beweisen. Ich bin mir nur nicht sicher, wem wir es beweisen – der Mafiafamilie oder jemand anderem?

„Ich hole Paige, damit sie dir mit deinen Haaren hilft." Nikki geht zur Tür. „Sie macht tolle Hochsteckfrisuren. Es sei denn, du möchtest die Haare für die Bilder lieber offen lassen?" Ihre Hand ruht auf dem Türknauf, und Zeke ist direkt an ihren

Fersen, bereit, aus dem Zimmer zu stürmen, sobald sie die Tür öffnet.

Nikki hebt Zeke in ihre Arme und nimmt ihn mit in den Flur.

Leise folge ich ihnen und beobachte, wie sie durch das Labyrinth von Zimmern im dritten Stock wandert und an einer geschlossenen Schlafzimmertür klopft.

Einen Moment später steckt Paige ihren Kopf heraus und reibt sich die Augen.

„Habe ich dich geweckt?"

„Ist schon gut." Paige winkt abwehrend. Sie zieht den Morgenmantel fester um sich. „Was brauchst du?"

Fünfunddreißig Minuten später sind meine Haare und mein Make-up fertig, und ich erlebe meinen Aschenputtel-Moment, als Luca zur Tür des Raums kommt, in dem ich mich angezogen habe, und ein Paar zierliche Absatzschuhe trägt.

„Du siehst gut aus." Ich kann meinen Blick nicht von Luca abwenden, außer um ihn in Gedanken auszuziehen.

Dort stehend hält er die silbernen Absatzschuhe an den Riemen. „Ich habe dir Schuhe mitgebracht." Er würdigt mein Kompliment nicht einmal und erwähnt auch nicht, wie ich in dem Hochzeitskleid aussehe.

Allerdings bewegt sich sein Adamsapfel, als er schluckt, und sein Kiefer spannt sich an, als würde er zum Spaß seine Zähne zusammenbeißen.

„Das wäre nicht nötig gewesen." Ich nehme die Absatzschuhe aus seinen Händen und setze mich an den Rand der Matratze.

„Doch, Dante bestand darauf, dass ich sie dir hochbringe." Kein Lächeln auf seinem Gesicht. Kein Anzeichen von Glück in seinem Verhalten, und ich kann nicht anders, als zu hassen, dass ich der Grund für sein Elend bin.

„Danke." Ich ziehe die Schuhe an und stehe dann vorsichtig auf, um sicherzugehen, dass ich nicht auf die Nase falle.

„Der Fotograf ist bereits unten." Luca bleibt an der offenen Tür stehen. Er betritt den Raum nicht, geht aber auch nicht weg. Er scheint wie gebannt, starrt mich an, wirkt aber nicht glücklich.

„Ich bin bereit." Ich gehe auf ihn zu, und Nikki ist direkt hinter mir und hält die Schleppe meines Hochzeitskleides.

Luca tritt zur Seite, schnappt sich Zeke, als mein kleiner Terror aus dem Zimmer rennt, und trägt ihn die Treppe mit uns hinunter.

Ich bin vorsichtig auf der Treppe, halte mich am Geländer fest, während ich die Haupttreppe hinuntergehe, obwohl meine Aufmerksamkeit auf Zeke und Luca gerichtet ist, die mehrere Stufen vor mir sind.

Als wir beim Fotografen sind, helfen Nikki und Paige mit Zeke, während wir beide von einer Pose in die nächste geschoben werden.

Die meisten sind nicht allzu schlimm. Wir schaffen es beide, ein Lächeln zu erzwingen. Am unangenehmsten ist es, als wir angewiesen werden, uns in die Augen zu schauen.

Luca schießt Dolche auf mich. Da ist kein liebevoller Blick, keine warme Umarmung.

Alles mit Luca ist frostig und bis auf die Knochen kalt.

Der Fotograf brummt, nachdem er die Bilder auf seiner Digitalkamera überprüft hat. „Diese funktionieren für mich nicht. Wir müssen mehr machen."

„Ernsthaft?" Lucas Frustration spiegelt genau das wider, was ich zu fühlen beginne.

„Ihre Frau ist perfekt. Absolut makellos. Dieses reine Lächeln und diese wunderbaren Augen. Sie ist wie der Himmel auf einer Leinwand. Sie hingegen..." Der Fotograf seufzt und passt seine

Kameraeinstellungen an, vermeidet es, seinen eigenen Satz zu beenden.

Luca knurrt, als er auf den Herrn zugeht, seine Augen verengen sich und seine Fäuste ballen sich an seiner Seite. „Ist es deine Angewohnheit, jede Frau anzumachen, die du fotografierst, oder nur meine Frau?"

Mein Mund wird trocken. Ich schaue vom Fotografen zu Luca, und sie stehen Kopf an Kopf, bereit zu kämpfen. Der Fotograf ist schmächtig und kein Gegner für meinen Ehemann.

Dennoch schockieren mich Lucas Worte.

Die Tatsache, dass er sich so beschützend verhält, ist verblüffend. Ich kann nicht anders, als Luca atemlos anzustarren.

Er muss schauspielern.

Denn als der Fotograf wirklich nette Dinge sagte, hätte ich erwartet, dass er ihn zum Schweigen bringt und kommentiert, wie wenig er mich im Vergleich zu Luca kennt.

Ich trete nach vorne und lege eine Hand auf Lucas Arm, verzweifelt bemüht, die Spannung zu brechen, bevor etwas anderes zerbricht. „Schatz, warum machen wir nicht eine fünfminütige Pause?"

Luca starrt den Fotografen wütend an. „Bezahlen wir Sie nach Stunden?"

„Ja, Ihr Vater tut das.“ Er blickt auf seine Uhr und beachtet die Zeit, ohne sich im Geringsten zu beeilen.

„Dann machen wir ganz sicher keine Pause und schenken diesem Idioten keinen weiteren Cent.“ Luca kocht vor Wut, und ich greife nach seiner Hand, ziehe ihn näher zu mir, um ihn zu beruhigen.

Obwohl ich wahrscheinlich die schlechteste Person bin, um ihn zu beruhigen, da ich die unheimliche Fähigkeit habe, ihn zum Streiten zu bringen, zum Kämpfen, dazu, mich zu hassen.

Als ich seine Hand berühre, entspannt sich mein eigener Körper, seine Energie ist warm und tröstlich, und ich trete näher, verkürze den Abstand zwischen uns.

Instinktiv lehnt er sich zu mir, als ich meine Stirn an seine lege.

Ich höre das Klicken eines weiteren Fotos, ignoriere den Fotografen aber. Ich strecke meine Hände aus, streife über Lucas Wangen und versuche, seine Gesichtszüge zu entspannen ... die Wut, die sich in der Anspannung seines Nackens und seiner Schultern festgesetzt hat.

Mein Nacken schmerzt noch von gestern Nacht, als ich an der Wand in Zekes Zimmer eingeschlafen bin, aber ich ignoriere den Schmerz.

Was ich nicht ignorieren kann, ist der angespannte Ausdruck auf Lucas Gesicht.

Ich setze ein schiefes Grinsen auf und lasse meine Hände zu seinen Hüften gleiten. „Küss mich", flüstere ich und hoffe, dass ich vielleicht die Spannung für uns beide zum Schmelzen bringen kann.

„Was?", Luca starrt mich an, als hätte ich den Verstand verloren.

„Deine Frau hat dich gebeten, sie zu küssen." Der Fotograf hat nicht die leiseste Ahnung, dass wir unglücklich verheiratet sind. Er macht noch ein Foto, aber ich kann mir nur vorstellen, dass Luca verstopft aussieht ... oder mich satt hat.

So oder so, die Fotos werden nicht brauchbar sein.

Ein Seufzen entweicht Lucas Lippen, und dann spüre ich, wie sich sein Atem mit meinem vermischt ... schwebend, aber wartend.

Ich fahre mit den Fingern durch sein Haar, und seine Augen schließen sich. Da ist eine tiefe Traurigkeit, und es hilft, sie nicht anstarren zu müssen.

Ich lehne mich vor und küsse ihn ... brauche einen Geschmack, und hoffe, dass er mitspielt, anstatt mich wegzustoßen.

Der Kuss ist zunächst zaghaft, sanft, neugierig.

Sein Körper schmilzt gegen meinen, die eisige Fassade bröckelt, als er mich fester, näher zieht und mich tief küsst.

Ich höre das Klick, Klick, Klick der Kamera.

Luca bricht den Kuss ab und funkelt den Fotografen an. „Wir bieten Ihnen keine kostenlose Show“, knurrt er.

Ein schwaches Lächeln breitet sich auf meinen Lippen aus. Selbst wenn Luca nur vorgibt, in mich verliebt zu sein, nehme ich es an. Seine Worte lassen meinen Bauch flattern und meinen Körper kribbeln.

Lucas Daumen streicht über meine Unterlippe, sein Blick auf meinem Mund.

Mein Herz schlägt schneller ... und meine Sinne sind überwältigt. Will er mich wieder küssen?

Wie leicht es wäre, mich in ihm zu verlieren.

Ich habe es vermisst ... ihn zu küssen, ihn zu berühren, mit ihm ins Bett zu fallen.

Der Fotograf blättert durch seine Aufnahmen, hält inne und zoomt heran. „Ich denke, einige davon werden reichen. Oder wollt ihr noch ein paar Aufnahmen? Wir können aufhören, wenn ihr beide zufrieden seid.“

Luca löst sich aus meiner Umarmung und stolziert hinüber. „Lassen Sie mich die Fotos sehen.“

Der Fotograf blättert durch die Fotos auf dem digitalen Bildschirm, und Lucas Kiefer ist angespannt. Die letzteren Bilder müssen besser sein als die ersten, die wir gemacht haben.

Selbst Luca scheint sich zu entspannen, als er sie durchsieht und feststellt, dass sie nicht alle schlecht sind.

„Wir sind fertig." Luca dreht sich um und verlässt den Raum. Es scheint, als würde er mich zurücklassen, bis er an der Tür anhält und über seine Schulter blickt. „Kommst du?" Er ist knapp und immer noch etwas gereizt.

Eifersüchtig?

Ist es das, was nach dem Kompliment des Fotografen für mich durchsickert?

„Natürlich." Ich lächle und folge Luca.

Gleich außerhalb des Raumes unterhalten Paige und Nikki Zeke, rollen einen Ball hin und her mit ihm, was sein Interesse zu halten scheint.

Das heißt, bis er mich entdeckt. „Mama!" Zeke lässt den Ball liegen und eilt auf mich zu, stolpert, als er sich auf mich stürzt ... verfängt sich im Saum des Kleides und der Schleppe, die sich ohne fremde Hilfe unter meinen Füßen zusammengerollt hat.

Ich beuge mich hinunter und hebe Zeke in meine Arme. „Warst du brav für Mama?", frage ich und hoffe, dass Nikki und Paige ehrlich zu mir sein würden.

„Er ist immer eine Freude." Nikki steht auf und streicht über Zekes Rücken, während ich ihn halte. „Erinnert mich daran, als Luca so klein war."

Zeke vergräbt seine Hände in meiner Brust und dann sein Gesicht, schließt die Augen.

Paige steht mit einem Gähnen vom Boden auf und streckt sich. „Ich glaube, jemand ist bereit für ein Nickerchen – Zeke." Sie klärt schnell auf, als ihr Gähnen mich daran erinnert, dass ich auch erschöpft bin.

„Hast du gut geschlafen?", fragt Nikki und blickt von Zeke zu mir.

„Er hat großartig geschlafen." Ich muss sie nicht anlügen oder erklären, dass ich zu viel Angst hatte, hier wieder einzuschlafen.

Luca legt einen Arm um meine Schultern. „Ich habe auch großartig geschlafen." Das Lächeln auf seinem Gesicht wirkt fast echt, aber ich kann mich des Gefühls des Verrats nicht erwehren.

Er lügt seine Mutter und Paige an.

„Du hast mich direkt ins Bett gebracht." Er zieht mich für einen Kuss zu sich, vor ihren Augen, und ich kann nicht anders, als mich hineinzulehnen ... wissend, dass es nicht echt ist, aber es ist mir egal.

Mein Gehirn schreit mich an, dass er mich hasst … aber seine Zunge gleitet über meine Lippen, und mein Körper erhitzt sich von seiner Berührung.

Nikki räuspert sich. „Vielleicht sollten wir euch beiden etwas Privatsphäre geben." Sie nimmt Zeke mit sich, als sie und Paige den Flur hinuntergehen.

Sobald wir außer Hörweite sind, hebe ich fragend eine Augenbraue. „Ich habe dich ins Bett gebracht?" Ich funkle ihn an. „Ich kann nicht glauben, dass du deiner Mutter vorgeschlagen hast, dass wir *das* unter ihrem Dach getan haben!"

Verlegenheit durchströmt mich und lässt meine Wangen brennen.

„Wäre nicht das erste Mal." Luca starrt mich an, und seine Finger streifen meine Wange.

Dieses Ding zwischen uns, diese Hitze, die knistert, ist nicht real.

Ich kann einfach nicht begreifen, warum er so tut.

„Was machst du da, Luca?" Ich weiß, seine Gefühle haben sich verringert, oder vielleicht mag er mich überhaupt nicht mehr.

Es sind nur wir beide. Es gibt kein Publikum. Keine Show, die aufgeführt werden muss. Außerdem können Nikki und Paige nicht ernsthaft glauben, dass zwischen uns alles paradiesisch ist.

Ich neige den Kopf und schaue zu Luca hoch. Ich will ihn zur Rede stellen, mit ihm streiten, schreien und ihm sagen, dass er seine Mutter täuschen kann, aber nicht mich.

Und da sehe ich es. Er hebt mein Kinn zu seinem Blick. „Dich zu küssen, es einfach ..." Sein Atem ist rau, und er beugt sich wieder vor. „Ich kann nach einem Geschmack nicht aufhören. Ich sehne mich nach deiner Berührung, deinem Geschmack, dem süßen Duft deiner Haut."

Seine Worte lassen Schauer durch meinen Körper jagen. Seine Finger lösen die Klammer in meinem Haar und lassen die Locken in Wellen um meine Schultern fallen.

Er packt eine Handvoll meines Haares, zieht meinen Kopf nach oben, hält mich fest, behält mich unter seiner Kontrolle. „Sag mir, dass ich aufhören soll ... dass du das nicht willst."

Aber ich will es; ich will ihn, mehr als ich je etwas gewollt habe. „Niemals."

Er stöhnt, kämpft gegen sein Verlangen an, aber verliert, als seine Lippen die meinen erobern, und ich entspanne mich unter seiner Berührung, öffne meinen Mund, während er den Kuss vertieft.

Ich habe ihn vermisst ... dies vermisst, die süßen gestohlenen Momente, die einfache Berührung seiner Hand an meiner Wange, die zum Nacken wandert, während er den Kuss vertieft.

Er drängt mich zurück gegen die Wand. Seine Lippen bewegen sich über mein Schlüsselbein, saugen und knabbern an der Haut. Er setzt meinen Körper in Flammen.

„Dada!", quietscht Zeke von der Ecke her, als er hereingerannt kommt und uns entdeckt.

Luca erstarrt, sein Körper wird steif und er bricht den Kuss ab. Es ist, als wäre die Stimmung durch ein einfaches Wort verschwunden. Oder es könnte mein Sohn sein, der hereingestürmt kommt und Luca verunsichert hat.

„Entschuldigung!", Paige läuft hinter Zeke her. „Wollte euch beide nicht unterbrechen. Nikki ist im Bad verschwunden, und Zeke konnte keine zwei Minuten still halten."

Klingt genau nach meinem Sohn. Ausatmend zwinge ich mir ein Lächeln ab. „Ist schon okay." Ich strecke die Arme nach Zeke aus, hebe ihn hoch und drehe ihn in meinen Armen ... gebe ihm Schmetterlingsküsse auf seine Nase und Wangen.

Er quietscht und wirft seine Arme nach Luca aus. „Dada!", ruft er wieder, und diesmal nimmt Luca ihn mit einem unbeholfenen Lächeln.

„Bist du sicher, dass du weißt, was das bedeutet?"

Luca reibt seine Nase an Zekes, und ich schwöre, ich verliebe mich jeden Tag mehr in die beiden.

Schwere Schritte gehen über den Boden, und ich blicke in die Richtung. Es klingt nicht wie Nikki.

„Sind wir hier fertig?", Moreno bietet kein Lächeln an, keinen Hauch von Wärme. „Dein Vater will, dass ich Harper und Zeke zum Campus zurückbringe, wenn der Fotograf fertig ist."

„Ich muss mich umziehen." Ich deute auf das Kleid, das ich trage.

„Natürlich." Moreno nickt. Kein Lächeln. Keine freundlichen Worte. Nicht einmal ein höflicher Smalltalk über den Fotografen und die Bilder, die wir machen mussten. „Ich werde in zehn Minuten in der Eingangshalle warten."

Er gibt mir nicht viel Zeit.

„Ich passe auf Zeke auf, während du dich umziehst." Luca kuschelt weiter mit Zeke, aber in dem Moment, als ich anfange, in den Flur zu gehen, um die Treppe zu erreichen, fängt Zeke an zu quengeln.

Es gibt noch keine Tränen, aber sie sind unvermeidlich.

„Mama!", quietscht und kreischt Zeke.

Es bricht mir das Herz. An manchen Morgen, wenn ich ihn in der Kita abgebe, erlebe ich die gleichen Geräusche ... und es zerreißt mich innerlich.

Montage sind immer am schlimmsten, nachdem Zeke und ich das ganze Wochenende zusammen verbracht haben. „Ist schon gut. Ich kann ihn nehmen.“ Ich halte meine Arme hin, und Zeke klettert wie ein Äffchen auf mich, weigert sich aber loszulassen. „Kannst du mir noch einmal zeigen, welches Zimmer es ist?“

Zekes Wangen sind rot, seine Augen glasig, und er stößt einen schweren Seufzer aus, sobald er in meinen Armen ist. Er legt seinen Kopf auf meine Schulter, und seine Augen schließen sich. Er könnte ein Nickerchen gebrauchen ... eigentlich zwei von uns.

„Natürlich.“ Luca geht neben mir her, bis wir zum Treppenhaus kommen. „Lass mich Zeke nehmen.“

„Bist du sicher, dass es dir nichts ausmacht?“ Mit Absätzen und der Schleppe des Hochzeitskleides ist es schon schwierig genug, aber zwei Stockwerke mit Zeke auf dem Arm hochzusteigen, ist nicht klug.

Luca muss das Dilemma auch erkennen. „Ich möchte nicht, dass Zeke oder dir etwas passiert. Wir kommen schon klar“, versichert er mir. „Du musst mit diesen schicken Absätzen und dem Kleid vorsichtig sein."

„Okay." Ich gebe Zeke wieder ab, und diesmal quengelt er nicht, da der Kleine die ganze Zeit seinen Blick auf mich gerichtet hat.

Luca führt mich in den dritten Stock und zu der Suite, in der ich mich am Morgen in das Hochzeitskleid gekleidet hatte.

Er öffnet die Tür zur Suite. Ich trete ein. „Kannst du reinkommen und mir mit dem Reißverschluss helfen?"

Wortlos tritt Luca mit Zeke hinter mir in den Raum und schließt die Tür. „Dreh dich um." Er deutet mit dem Finger.

Ich höre das leise Platschen kleiner Füße, als er Zeke auf den Boden setzt.

Lucas Hände streicheln mein Haar, schieben es zur Seite über meine Schulter, bevor er langsam den Reißverschluss meines Hochzeitskleides herunterzieht.

Ich lasse das Kleid zu Boden fallen und steige heraus, atme erleichtert auf. Ich hebe den Stoff auf und hänge ihn zurück auf den Bügel.

„Mama!", quietscht Zeke. Er kommt auf mich zugerannt und umklammert meine Beine.

Luca bedeckt Zekes Augen. „Nicht gucken, Kumpel."

Ich lache und schüttle den Kopf, während ich meine Kleidung vom frühen Morgen greife. „Warum nicht?"

„Er sollte seine Mutter nicht nackt sehen."

Ich schaue auf meine Unterwäsche. „Das ist nackt?" Ich neige meinen Kopf zur Seite. „Du und ich haben eine unterschiedliche Definition."

Ich ziehe mir meinen Pullover über den Kopf und greife nach meiner Jeans. „Und ich sehe mich nicht deine Augen bedecken."

Luca grinst. „Ach komm schon, darüber sind wir doch hinweg."

Mein Blick wird intensiver. „Sind wir das?" frage ich und trete näher ... in seinen persönlichen Raum. „Nach meiner letzten Kenntnis schlafen wir nicht miteinander. Was bedeutet, dass du kein Recht hast, mich nackt zu sehen."

Sein Lächeln verschwindet, aber er zuckt nicht zusammen oder schaut weg. Er starrt direkt durch mich hindurch, und es schickt einen Schauer über meinen Rücken. „Wir sind verheiratet."

„Nur vertraglich." Es ist der Grund, warum ich vor wenigen Minuten noch in meinem

Hochzeitskleid steckte ... wir halten uns beide an eine rechtlich bindende Vereinbarung.

Luca lehnt sich vor, sein Atem neckt mich ... lässt mich ihn küssen wollen. Sein Blick wandert zu meinen Lippen, aber er überbrückt die Distanz nicht. Er schwebt nur und wartet, verlängert die unerträgliche Spannung und quält mich. „Es ist trotzdem eine sehr reale Ehe."

Ich schnaufe. „Du hast Recht, das ist sie. Verheiratet und kein Sex. Schlafen in getrennten Zimmern. Klingt genau wie eine typische Ehe." Ich mache einen Schritt zurück, mein Herz klopft fast aus meiner Brust.

Er brummt, packt mich an der Hüfte und zieht mich näher. „Du weißt, dass ich das nicht meinte."

„Weiß ich das?" Ich neige meinen Kopf und schaue zu ihm auf.

„Ich will nicht *diese* Art von Ehe mit dir."

„Was willst du, Luca?", frage ich, mein Atem stockt in meiner Kehle.

ZEHN

DANTE

Ich knalle die Tür zu, fahre mir mit der Hand durch die Haare und fixiere meine Frau mit einem Blick. Am liebsten würde ich sie mit etwas anderem gegen die Tür drücken, aber sie kocht vor Wut ... und diese Wut, die auf mich gerichtet ist, ist verdammt heiß.

Etwas Abstand ist im Moment keine schlechte Idee, sonst würde ich über sie herfallen, und sie könnte mir den Kopf abbeißen – etwas, das kein Mann jemals erleben möchte.

„Ich fasse es nicht!", schimpft Nikki und kommt direkt auf mich zu, obwohl sie eigentlich deutlich kleiner ist als ich. Sie schaut zu mir hoch, ihre

Augen wild ... und ich schwöre, es steigt Dampf von ihrem Körper auf.

Die Hitze lässt meinen Puls schneller schlagen, ebenso wie das Verlangen in ihren Augen.

Ihre Wut verrät immer ihren Körper und weckt ihre Lust auf mich.

Ich kenne jeden Zentimeter von Nikki. Ich habe jedes Stückchen ihrer Haut gekostet, Zentimeter für Zentimeter.

Sie gehört mir.

Selbst ihre Wut gehört mir.

Wir sind uns nicht so unähnlich.

Nikki wurde von einem Vater großgezogen, der eine rivalisierende Mafia-Organisation führte. Er ist jetzt tot. Ich kann nicht behaupten, dass ich darüber traurig bin. Er war ein Monster, der seine eigene Tochter an mich verkauft hat.

„Hör auf, mich so anzustarren." Nikki schlägt mit der Hand gegen meine Brust und stößt mich zurück. „Du siehst aus, als wolltest du über mich herfallen. Du solltest auch wütend sein!"

Ich atme tief durch. Nicht, dass es viel hilft. „Wütend worüber?" Ich neige leicht den Kopf und schaue sie mit ungläubigen Augen an.

Natürlich bin ich wütend ... innerlich kochend.

Luca und Harper liegen eindeutig im Clinch

miteinander. Sie so schnell zu verheiraten, war vielleicht keine gute Idee.

Nikki wollte eine schnelle Hochzeit.

Ich wollte nur, dass Luca für mich arbeitet.

Die Hochzeit war ein kleiner Bonus, denn Harper ist eindeutig fruchtbar, und ich würde gerne sehen, dass mein Sohn einen Erben bekommt, bevor ich sterbe.

„Er verabscheut sie!", Nikki entfernt sich von mir und läuft in meinem Büro auf und ab. „Ich dachte, eine Hochzeit im Februar würde den Herzschmerz durchbrechen und sie erkennen lassen, dass sie noch immer Gefühle füreinander haben."

„Es ist erst eine Woche her, Kätzchen."

Nikkis Blick wird schärfer, als ich den Spitznamen verwende, den ich ihr vor Jahren gegeben habe. Meistens mag sie ihn, aber jetzt ist keiner dieser Momente.

Es scheint, ich habe mein kleines Kätzchen verärgert.

„Haben sie letzte Nacht überhaupt das Schlafzimmer geteilt?", fragt Nikki.

„Er hat sie irgendwann mitten in der Nacht ins Bett getragen. Die Kameras haben die Interaktion außerhalb des Schlafzimmers aufgezeichnet."

Einer meiner Männer hat mich heute Morgen darüber informiert.

„Das ist doch ... etwas“, flüstert sie und hört auf zu laufen. „Vielleicht gibt es doch noch Hoffnung für die beiden.“

„Es gibt immer Hoffnung. Gib nicht auf. Sie brauchen einfach mehr Zeit, um die Romanze neu zu entfachen. Ich könnte sie auf Hochzeitsreise schicken.“

Nikki hebt eine Hand. „Sparen wir das für ihr erstes Jubiläumsgeschenk auf, wenn sie uns mit Zeke vertrauen.“

„Vorausgesetzt, sie schaffen es ein Jahr“, brumme ich. Obwohl unsere Familie keine Scheidung duldet, könnten sie leicht zwei getrennte Leben führen. Ich will jedoch nicht, dass mein Sohn das als Option in Betracht zieht.

„Ich bemühe mich. Ich habe das Zimmer für Zeke umgestalten lassen und ein Spielzimmer im Hauptgeschoss eingerichtet.“ Nikki funkelt mich an. „Was hast du getan?“

„Ich habe für diese verdammte Hochzeit bezahlt.“ Ich bin immer noch verbittert darüber, dass Harper abgehauen ist und meinen Jungen gedemütigt hat.

Rache kocht in meinem Blut.

Die Mafia zu verraten, hat seinen Preis, einen hohen Preis, den sie zahlen muss.

Wenn die Zeit kommt, werde ich sie zahlen lassen.

Oder besser noch, mein Sohn wird die Rechnung begleichen.

Nikki setzt sich an den Rand meines Schreibtisches und rutscht zurück ... sitzt auf dem Holz und ihre Beine baumeln an der Seite herunter.

Hitze baut sich in mir auf, als ich sie auf *meinem Schreibtisch* sehe.

Ich schleiche auf sie zu, blockiere ihren Fluchtweg, meine Beine zwischen ihren, spreize ihre Beine weiter auseinander.

Ein verschmitztes Lächeln erreicht ihr Gesicht, als hätte sie das alles geplant.

Mein *Kätzchen*.

Sie greift nach meiner Krawatte und zieht mich tiefer, ihre Lippen necken mich, aber sie küsst mich noch nicht.

Ich werde sie dazu bringen, mich küssen zu wollen.

Nikkis Mund öffnet sich, und sie schaut mich mit einem heißen Blick an, eine Hand an meiner Krawatte, die andere an meiner Wange ... während sie über meinen Stoppelbart streicht. „Ich will, dass du mich fickst wie früher, als du mich gehasst hast."

Ich kann nicht anders als zu lächeln. „Ich habe dich nie gehasst, nicht einen Moment lang."

„Auch nicht, als ich schwanger war und versucht habe zu fliehen?", fragt sie. Sie lehnt sich auf dem Schreibtisch zurück, und ihre Bewegungen ziehen mich näher an sie heran.

Meine Hände drücken fest gegen die Holzmaserung und nageln sie fest.

„In diesen Momenten habe ich dich tausendmal mehr geliebt, weil ich wusste, dass du keine zehn Meter von mir wegkommen würdest. Ich hätte dich niemals laufen lassen. Und wenn du doch entkommen wärst, hätte ich dich gejagt ... und dich mit unserem Baby nach Hause gebracht."

Sie küsst mich, ihre Zunge wild und ihr Körper frei. Ihre Arme kratzen an mir wie das Kätzchen, das sie ist ... ihre Beine schlingen sich um meine Hüften, während ihr Mund mit meinem verschmolzen ist.

Verdammt, ihre Leidenschaft ist heiß.

Sie reibt ihre Hüften nach oben gegen meinen Schritt. Ich atme scharf ein und löse mich von dem Kuss.

Ich will sie küssen, schmecken, jeden Zentimeter von ihr verschlingen. Mein Mund senkt sich auf ihren Hals, hinterlässt heiße Küsse, während ich nach Luft schnappe.

Nach all den Jahren zusammen, weiß sie immer noch, wie sie mich in Flammen setzen kann.

Meine Finger arbeiten an den Knöpfen ihres Hemdes, schieben den Stoff von ihren Schultern und lassen ihn zu Boden fallen.

Eine Spur von Küssen über ihr Schlüsselbein lässt sie stöhnen, während ich tiefer gehe. Ich öffne ihren BH, küsse ihre Schultern, während die Träger heruntergleiten und das Teil zu Boden fällt.

Sie seufzt ganz leise, und meine Lippen bewegen sich zurück zu ihrer Brust. Eine Hand umfasst und neckt ihre Brust, die andere neckt sanft ihren Hosenbund, während meine Finger geschickt zum Knopf wandern.

„Du machst das immer", murmelt sie. Ihre Finger verheddern sich in meinen Haaren, und ich halte inne ... meine Lippen knapp über einer Brustwarze.

„Willst du, dass ich aufhöre?"

Sie stöhnt und schüttelt den Kopf. „Ich brauche eine Bestätigung, Kätzchen." Ich höre sie immer gerne beim Sex reden. Jedes Wort und jeder sinnliche Laut heizt mich innerlich an.

„Wenn du aufhörst, bringe ich dich eigenhändig

um.“ Da ist ein leichtes Knurren in ihrer Stimme, und ich schwöre, mein Herz wird schneller.

„Ich wusste nicht, dass noch jemand im Raum ist, der mich ermorden könnte.“ Ich lache, und sie knurrt mich an.

„Kätzchen, wenn du das weiter machst, wird das hier *verdammt schnell gehen.*“

Mein Schwanz zuckt.

Sie hat mich zweifellos um den Finger gewickelt. Nicht dass ich das jemals zugeben würde. Es würde mich schwach erscheinen lassen.

„Schnell ist nicht schlecht, solange du in mir bist.“ Sie drückt mich leicht zurück und bewegt ihre Hände zu ihrer Hose. Sie öffnet den Knopf und wackelt dann mit den Hüften, befreit sich in einer schnellen Bewegung von ihrer Hose und ihrem Höschen.

Ich öffne meinen Gürtel und befreie mich von meiner Hose, die zu Boden fällt.

„Hast du die Bürotür abgeschlossen?“, fragt Nikki und blickt an mir vorbei.

Ich kann mich verdammt nochmal nicht erinnern.

„Ja.“

Ich habe nicht vor, jetzt mit dem aufzuhören, was ich tue, um nachzusehen. Und meine Männer wissen es besser, als unangekündigt hereinzuplatzen. Besonders wenn ich meine Frau ficke.

Ihre Schreie werden Hinweis genug sein, sich verdammt nochmal fernzuhalten.

Meine Finger necken ihren Eingang. Sie ist bereits feucht, ihre Beine weit für mich gespreizt, und sie ist ein himmlischer Anblick.

Ich gleite mit zwei Fingern hinein, ihre Nässe umhüllt mich, während sie ihre Hüften kreisen und ihren Kopf nach hinten fallen lässt. Ihr Rücken wölbt sich, und sie umklammert meine Finger.

„Versuchst du etwa ohne mich zu kommen?" Ich schaue sie an, und ein verschmitztes Lächeln huscht über ihre Züge, als ich meine Finger so krümme, wie sie es absolut liebt.

„Es fühlt sich so verdammt gut an, wenn du das machst." Ihr Atem stockt in ihrem Hals, und ihr Atem wird schneller.

Ich beuge mich hinunter, lecke ihre Säfte, während ich meine Finger zurückziehe, und sie protestierend wimmert.

„Ich will deinen Schwanz in mir."

Ihre Worte sind wie Honig für einen Bären. Ich bin bereit, mich auf sie zu stürzen und zu nehmen, was rechtmäßig mir gehört. „Sag es."

„Fick mich. Ich brauche dich, um mich zu ficken“, flüstert sie durch halb geschlossene Augen.

„Bettel mich an.“

„Verdammt, Dante.“ Nikki steht am Abgrund und ich bin derjenige, der sie an der Kante balancieren lässt.

„Das ist kein Betteln, Kätzchen.“

Ihre Stimme klingt verzweifelt, und ihre Fingernägel kratzen über meine Brust, greifen nach meinem Schwanz. „Bitte, fick mich.“

Ein Grinsen umspielt meine Lippen, während ich meinen Schwanz streiche, ihren Eingang necke und meine Eichel mit ihren glitschigen Säften benetzen lasse. Ich klatsche ein paarmal mit der Eichel gegen ihre Pussy, und ihre Hüften zucken.

„Du bringst mich verdammt nochmal um, wenn du mich noch länger warten lässt.“ Sie ist ungeduldig, und ich wage zu behaupten, dass mir ihre Bedürftigkeit gefällt, wenn es darum geht, nach mir zu verlangen.

„Ich würde dir niemals schaden wollen“, raune ich und gleite langsam mit meinem Schwanz in ihre Wärme.

Sie spreizt ihre Beine weiter, ihr Rücken wölbt sich, während ich ihren Körper ausfülle. Sie schlingt ihre Beine um mich, nimmt jeden

Zentimeter von mir auf, und zieht mich fester und tiefer heran.

„Verdammt, wurde auch Zeit“, murmelt sie und klatscht mir auf den Hintern.

Ich lache und schiebe einen Arm unter ihren Rücken, während der andere in ihren Haaren verwoben bleibt und eine Faust voll nimmt, während ich die volle Kontrolle übernehme.

Ich ziehe sanft, gerade genug, um ihr zu zeigen, dass ich das Sagen habe, und sie wimmert und stöhnt.

Ihre Geräusche treiben mich absolut in den Wahnsinn.

Jedes Keuchen erregt mich noch mehr.

Ihre Wangen glühen, und ihr Körper krallt sich an mir fest. Fingernägel kratzen über meinen Hintern, wandern meinen Rücken hinauf, ziehen mich an sich, während ich versuche, die Führung zu übernehmen.

Verflucht.

Ihre Hüften bewegen sich gegen meine, und das Gefühl ist absolut herrlich, während sich ihr Inneres um meinen Schwanz zusammenzieht, zuckt und krampft.

„Wag es ja nicht, jetzt schon zu kommen“, knurre ich.

Nikki wimmert, und das Pulsieren hört kurz auf, als sie sich aufrichtet und meinen Hals beißt, eine Markierung auf meiner Haut hinterlässt.

„Fuck."

In all den Jahren, die wir zusammen sind, hat sie mich nie absichtlich gebissen.

Dieses Gefühl lässt mich härter, schneller stoßen, noch mehr von ihr begehren, wenn das überhaupt möglich ist.

Ich bin in ihr. Ich will immer noch mehr.

Ich habe ihr Herz, ihren Körper, und doch überwältigt mich das Verlangen.

Meine Hände finden ihre, nageln sie auf dem Schreibtisch fest ... mein Mund bedeckt ihren, drückt meine Zunge hinein, über ihre Lippen.

Ihre Hüften halten ein stetes Tempo, stoßen nach oben in mich ... und meine halten den Takt, ficken sie wild und hemmungslos.

Das Stöhnen reißt durch ihren Körper, rast blitzschnell, während ihre Pussy um meinen Schwanz krampft.

Es ist das unglaublichste Gefühl, und diesmal halte ich sie nicht auf.

„Komm für mich, Kätzchen", raune ich ihr ins Ohr, bevor ich ihren Mund wieder mit meinem bedecke.

Ihre Zunge sucht nach meiner, ihre Finger umklammern meine Hand, während ich sie fest gegen den Holzschreibtisch gedrückt halte, und ihr Körper krümmt sich um mich.

Das Gefühl ihres zuckenden Inneren und ihre Stöhner lassen mich taumeln.

Ich bin direkt bei ihr, über den Abgrund geworfen, falle ins Vergessen, stöhne und flüstere ihren Namen ... während die Hitze mich überwältigt und ich endlich loslasse.

Nach Luft schnappend, mein Herz gegen meine Brust hämmernd, lockere ich langsam meinen Griff um ihre Hände und bewege mich von ihr weg.

Nikki beginnt langsam sich aufzusetzen, aber ich führe sie wieder zurück. „Nein, Kätzchen. Lieg genau so." Ich nehme ihr Hemd und biete es ihr als Kissen für ihren Kopf an.

Ich spreize ihre Beine und lächle beim Anblick meines Samens, der aus ihrer Pussy tropft.

Sie lacht und funkelt mich an. „Wir bekommen kein weiteres Baby", schnauft sie spielerisch, setzt sich auf und schiebt mich beiseite.

Ich habe darüber nachgedacht, ihre Antibabypillen zu manipulieren, sie in die Toilette zu werfen, um sicherzustellen, dass ich ein Baby in sie setze, aber sie hat recht.

Jetzt ist nicht der richtige Zeitpunkt. Ich genieße die Tatsache, dass ich Nikki für mich allein habe.

Egoistisch?

Wahrscheinlich, aber ich liebe es, sie mit niemandem teilen zu müssen.

„Was unser erstes Baby betrifft...“

„Luca ist kein Baby mehr. Er ist nicht mal ein Kind“, sagt Nikki und korrigiert mich.

Ich verdrehe die Augen. „Offensichtlich, Kätzchen, sonst würde er nicht für mich arbeiten. Apropos, ich weiß, wie ich ihn mehr in den Job integrieren kann.“

Sie atmet schwer durch die Nase aus, ihre Augen verengen sich. „Was auch immer du planst, ich hoffe, du weißt, was du tust.“

„Ich weiß immer, was ich tue“, sage ich selbstgefällig.

Sie schlägt mir auf den Arm, klettert vom Schreibtisch und zieht sich wieder an. „Lass ihn sich bloß nicht verletzen.“

Ich greife nach meiner Hose und bringe meine Kleidung wieder einigermaßen in Ordnung.

„Ja, das ist mein Plan ... meinen Sohn zu verletzen“, spotte ich, und sie packt meinen Arm. Ihre kleine Hand kneift höllisch in meinen Muskel.

Ich tue so, als ob es nicht wehtut, aber verdammt, sie hat einen starken Griff.

„Ich bring dich um, wenn du auch nur ein Haar auf seinem Kopf krümmst."

Nikki war schon immer hart, wahrscheinlich weil Gino sie selbst großgezogen hat.

„Entspann dich, Kätzchen. Luca ist kein Baby mehr. Du hast es selbst gesagt. Er kann mit dem Job umgehen."

Sie seufzt schwer und löst ihren Griff um meinen Arm. „Vermassel das nicht mit ihm."

„Das würde mir im Traum nicht einfallen." Meine Worte sind die absolute Wahrheit. Es gibt keinen Grund, meine Frau anzulügen.

Ich habe nicht die Absicht, Luca zu schaden. Ich will, dass er in mein Geschäft integriert ist. Ich will, dass er darum bettelt, die Mafia zu übernehmen, wenn ich zu alt oder tot bin, um selbst Befehle zu erteilen.

Ich muss nur dafür sorgen, dass er es will ... und momentan weiß ich, dass das der letzte Gedanke in seinem Kopf ist.

ELF

NOVA

Ich strecke mich auf dem Sofa aus und lege meine Beine über Ashton, und seine Finger beginnen sofort, meine Oberschenkel zu streicheln.

Ich schwöre, wir versuchen einen Film zu schauen, aber ich habe keine zwei Sekunden auf die eigentliche Handlung geachtet ... welche Handlung?

Ashton schafft es immer, jede Sekunde meiner Aufmerksamkeit zu stehlen.

„Kannst du mir das Kissen geben?“, ich zeige auf das andere Ende der Couch, wo das Dekokissen an der Seite lehnt.

Ashton greift danach und neckt mich damit. „Dieses Kissen?“

„Ja.“ Ich halte meine Hand hin und warte darauf,

dass er es mir gibt, aber stattdessen haut er mich damit.

„Kissenschlacht!“, strahlt Ashton stolz über seinen Angriff mit dem Kissen auf mich.

Hinter meinem Rücken ist noch ein Kissen, aber es reicht nicht ganz, um es mir richtig bequem zu machen. Ich greife danach und knie mich hin, um mir einen Vorteil zu verschaffen, während ich mit dem Kissen nach ihm schlage.

Ashton weicht aus. Ich springe ihn an, werfe mich mit dem Kissen auf ihn.

Er schafft es, mir das Kissen aus den Händen zu schlagen, und es fällt hinter uns auf den Boden.

„Du Idiot!“

Währenddessen greift er nach dem Kissen, mit dem er mich zuerst getroffen hat, und schlägt mich erneut damit. Es tut nicht weh ... außer meinem Stolz, der schwer angeschlagen ist.

Ich setze mich auf ihn und kämpfe um das Kissen, das er über seinen Kopf hebt, um es außer Reichweite zu halten.

Er lehnt sich nach vorne, was mich nach hinten drückt ... und mit meinen Beinen zu beiden Seiten kann ich mich nicht halten. Ich muss meine Arme um seine Brust schlingen, während er mich nach hinten biegt ... das Kissen in seinen ausgestreckten Armen.

„Gib mir eine Hand!“, ruft er. Ich schaue in die Richtung der Schritte, als Liam aus seinem Schlafzimmer kommt.

Liam grinst und schüttelt den Kopf. „Keine Chance, dass ich mich da einmische.“ Er deutet auf uns beide. „Wann erzählst du Luca von eurem Situationship?“

Ist es das, was wir sind?

„Niemals“, grummelt Ashton. „Luca wird mich umbringen ... und ich ziehe es vor, nicht im Schlaf ermordet zu werden.“

Ich zögere und lasse schließlich los. Die Motivation und der Spaß verschwinden, als ich zurück auf meine Seite des Sofas klettere und so tue, als würde ich den Film schauen.

Ashtons Stirn ist gerunzelt. Er wirft mir das Kissen zu. Er überlässt es mir, als hätte ich einen großen Preis gewonnen.

Nur fühlt es sich an, als wäre gerade alles innerhalb von Sekunden den Bach runtergegangen.

Situationship?

Ashton hat nicht vor, Luca jemals von uns zu erzählen?

Mein Kopf dreht sich, und meine Gedanken geraten außer Kontrolle.

Ich halte das nicht mehr aus. Ich stehe auf und werfe das Kissen nach ihm. „Ist das alles, was wir sind – ein Situationship?“

Ashton schnaubt und funkelt Liam an.

„Warum schaust du ihn an?“ Ich warte darauf, dass Ashton mir antwortet.

„Natürlich nicht! Ich mag dich. Wir ... halten die Sache nur geheim. Eine Beziehung würde bedeuten, dass jeder von uns wüsste.“

„Ja, und das wäre so schrecklich?“ Ich bin wütend und stürme in mein Zimmer. „Mach dir keine Sorgen, Luca etwas zu sagen, denn zwischen uns ist es vorbei!“, rufe ich über meine Schulter, bevor ich meine Zimmertür öffne und hineinstampfe. Ich knalle sie mit Wucht hinter mir zu.

Stille erfüllt die Leere, und Tränen drohen meine Sicht zu verschwimmen.

Ich weigere mich, wegen irgendeinem dummen Jungen zu weinen, der nicht einmal zugeben würde, dass er mit mir ausgeht.

Ich schnappe mir mein Handy und die Bluetooth-Kopfhörer und drehe wütenden Metal auf, um den Herzschmerz zu betäuben.

Ich werde nicht wegen Ashton Rinaldi weinen.

Ich lasse mich aufs Bett fallen, schließe die Augen und blende die Welt aus.

Sekunden verstreichen, und mein Herz schlägt im Takt der Musik. Ich höre nichts ... aber es sind Ashtons Hände, die mich in die Realität zurückholen, als er meinen Arm anstupst.

Meine Augen öffnen sich blitzartig. Ich bin bereit, ihn umzubringen. „Verschwinde!"

Er deutet auf die Ohrhörer. Ich nehme sie ab und funkle ihn an.

„Ich werde nie wieder Sex mit dir haben. Raus!" Ich setze mich auf, meine Füße streifen den Boden, als ich mich an die Bettkante setze.

Sein Kiefer zuckt. „Du weißt, dass wir mehr als ein Situationship sind, Nova. Ich mag dich wirklich." Ashton scharrt mit den Füßen. Ich spüre, dass es ihm unangenehm ist, seine Gefühle zu gestehen, nachdem ich ihn angeschrien und Schluss gemacht habe.

Na gut.

Er war ein Arschloch.

„Ja, du magst mich so sehr, dass du niemandem von uns erzählen willst. Scheint, als wäre ich nur irgendein Mädchen, das du gerne fickst."

„Das stimmt nicht – ich meine, ich liebe es, dich zu ficken." Ashton grinst schief.

Wenn ich nicht wütend wäre, würden diese Grübchen und dieses Grinsen mich jetzt anmachen. Okay, vielleicht macht es mich ein bisschen an, aber ich bin immer noch sauer auf ihn. Ich spüre nur ein Flattern in meiner Muschim ... und ich will, dass es aufhört.

„Ich bin mehr als nur ein Stück Arsch, Ashton. Ich bin keines deiner Puck Bunnies, die du fickst und wie Müll behandelst."

Seine Augen flackern, und da ist definitiv Verletzung hinter diesen dunklen Augen. „Ich habe nie angedeutet, dass du das wärst. Du hast mir immer mehr bedeutet, als jedes andere Mädchen, Nova."

Die Art, wie er meinen Namen sagt, sendet Schauer durch meinen Körper.

Nein, ich werde seinem Charme nicht erliegen. „Wenn das eine große Entschuldigung sein soll, Ashton, dann bist du echt mies darin."

Er seufzt, senkt den Kopf und schließt die Augen. „Es tut mir wirklich leid. Ich mag dich, Nova, sehr." Seine Augen öffnen sich. Er schaut mich mit purer Ehrlichkeit und Verletzlichkeit an.

Mir stockt der Atem, aber ich sage nichts.

„Ich hätte Liam nicht so über dich - über uns - reden lassen sollen. Du bist mehr als irgendein Situationship. Ich wollte mit dir immer mehr sein. Du bist meine Freundin ... und ja, ich habe Angst davor, dass dein Bruder es herausfindet, weil er klargemacht hat, dass er jeden umbringen wird, der dich anfasst."

„Du hattest früher nie ein Problem damit, mit Luca zu kämpfen." Ich habe die blutige Lippe und die blaue Wange gesehen.

Sie mögen im selben Eishockeyteam sein und beste Freunde, aber ich habe Beweise für die Schläge gesehen, die sie ausgetauscht haben.

Zwei Söhne, geboren in verschiedenen Mafiafamilien ... sie beide neigen dazu, ihren Zorn ihre Herzen führen zu lassen. Ich bin nicht blind dafür. Mein eigener Vater ist in der Mafia.

Aber ich kann nicht anders, als zu hoffen, dass Ashton anders sein wird. Dass er irgendwann die Verbindungen zur Mafia kappen wird ... wenn auch nicht unbedingt zu seinem Vater, aber dass er aus dessen Fußstapfen treten und sein eigener Mann werden wird.

„Ich will mich nicht mit ihm streiten, wegen dieser Sache ... wegen uns", sagt Ashton. „Ich möchte, dass es weiterhin ein *"uns"* gibt. Ich will nicht, dass du wegen etwas Dummes, das ich gesagt oder getan habe, von mir weggehst. Ich brauche dich."

Ich funkle ihn wütend an. „Du brauchst mich für Hilfe in Psychologie 101."

Er streitet es nicht ab. „Ich brauche dich für mehr als nur Hausaufgaben und Lernen, Nova. Ich will dich in meinem Leben, als meine Freundin. Ich genieße es, Zeit mit dir zu verbringen, dich zu küssen und ja, auch Sex mit dir zu haben. Aber ich liebe es einfach, bei dir zu sein."

Keiner von uns hat das L-Wort gesagt.

Aber allein die Tatsache, dass er es erwähnt ... es benutzt, um zu sagen, dass er gerne bei mir ist, bringt mein Herz zum Flattern.

„Ich bin immer noch sauer auf dich."

Ashton nickt langsam. „Du kannst ruhig sauer auf mich sein, aber gibst du mir bitte noch eine Chance?"

Ich presse die Lippen zusammen und überlege, was ich tun soll. „Wirst du es Luca erzählen?" Ich weiß, dass es die eine Sache ist, der er am meisten aus dem Weg geht. Ich bin auch nicht besonders scharf darauf, dass Luca es herausfindet, aber anscheinend wissen es bereits alle anderen. Irgendwann wird es sich herumsprechen.

„Kannst du mir einfach noch etwas mehr Zeit geben?“, fragt Ashton. „Ich werde es ihm sagen, das verspreche ich. Aber wenn er es jetzt erfährt, mitten in der Hockeysaison, wird er durchdrehen. Ich möchte nicht, dass sein Spiel darunter leidet.“

„Du willst nicht, dass dein Team verliert.“ Es geht nicht um Luca, es geht um die Narwhals.

Ashton nickt. „Ja.“ Er setzt sich langsam auf die Kante der Matratze und wendet sich mir zu.

„Das ganze Team weiß es. Wie lange glaubst du, werden sie unser kleines Geheimnis bewahren? Selbst Harper weiß es. Es ist nicht fair, alle zum Schweigen zu verdonnern. Es wird irgendwann rauskommen.“

„Irgendwann.“ Ashton starrt mich an. Seine Hand streckt sich aus und streicht mir die Haare aus den Augen, sein Daumen streift meine Wange. „Warum hast du es so eilig, es ihm zu sagen?“

„Schämst du dich, mit mir zusammen zu sein? Ist es das?“ Ich kann mir nicht vorstellen, warum er es ihm nicht sagen will ... und die Sorge, dass Luca wütend werden oder mit ihm streiten könnte, klingt wie eine Ausrede.

„Natürlich nicht. Wenn das der Fall wäre, hätte ich es längst beendet.“

„Okay.“ Ich bin mir nicht sicher, wie ich diesen

Kommentar auffassen soll. Ich weiche seiner Berührung aus und schiebe seine Hand weg. „Ich bin gerade nicht glücklich mit dir."

„Das habe ich bemerkt." Er legt seine Hände in seinen Schoß. „Ich möchte nicht, dass wir uns wegen Luca trennen. Das ist ... dumm."

„Meine Gefühle sind dumm?" Ich funkle ihn an.

„Das sage ich nicht", antwortet Ashton und seufzt. Er legt seine Hände auf seine Oberschenkel und wischt den Schweiß ab, der sich zu bilden scheint.

Mache ich ihn nervös?

„Dann erkläre es mir ... denn ich habe das Gefühl, du vermeidest es, Luca von mir zu erzählen, und ich weiß nicht, warum dich das so sehr beunruhigt. Liegt es an meinem Vater?"

Sein Blick verhärtet sich kurz und entspannt sich dann wieder, als er ein Lächeln erzwingt. Da ist etwas, aber ich dränge nicht auf weitere Antworten.

„Luca hat einen gemeinen rechten Haken, okay?", lacht Ashton und lässt den Kopf hängen. „Ich möchte nicht für den Rest der Hockeysaison ausfallen, weil er mir den Hintern versohlt hat."

„Du würdest dich nicht wehren?"

„Ich will es nicht, aber ich habe vielleicht keine Wahl, und ich weiß, wie wichtig ihm das Spiel ist. Es ist ihm wichtiger als mir. Hockey ist für mich nur ein Ventil, eine Möglichkeit, meinen Dämonen zu begegnen ... ein Ort, um sie auf dem Eis auszulassen. Ich spiele gerne Hockey, aber ich habe nicht dasselbe Charisma auf dem Eis. Ich bin nicht dort, um Profi zu werden."

Ich höre still zu, greife nach seinem Arm, lasse ihn reden, gebe ihm die Chance, mir alles zu erklären.

„Wenn ich zurückschlage, und ich weiß, dass ich dazu gezwungen sein werde, wenn wir in einen Kampf geraten, will ich seine Chancen in dieser Saison oder in der nächsten nicht ruinieren. Er könnte ernsthaft verletzt werden, weil ich nicht einfach dasitzen und mich verprügeln lassen werde, nur weil er wütend auf mich ist. Ich würde ihm einen, vielleicht zwei Schläge durchgehen lassen – er hat einen fiesen rechten Haken, aber mehr nicht. Ich kann nicht einfach zulassen, dass man mir den Hintern versohlt. Ich habe einen Ruf zu wahren."

Schwer ausatmend lasse ich meine Hand die seine finden.

„Danke, dass du mir das alles erzählt hast."

„Hasst du mich immer noch?", blickt er zu mir auf und wartet auf meine Antwort.

„Ich könnte dich nie hassen."

Er führt meine Hand an seine Lippen und platziert einen warmen Kuss auf meiner Haut.

„Komm her." Ich rutsche näher, meine Hände gegen seine Brust, während ich mich erhebe und einen Kuss von seinen Lippen koste.

Er zieht mich auf seinen Schoß ... seine starken Arme sind warm und tröstend nach dem Streit. Seine Finger tanzen über meine Haut, entlang meiner Hüften, hoch und runter an meinen Armen. Es ist, als würde er jedes Detail von mir auswendig lernen.

„Es tut mir leid", flüstert Ashton zwischen Küssen. „Was kann ich tun, um es wieder gutzumachen?"

Ich weiß, dass es uns nur wieder auseinanderbringen würde, wenn wir es Luca sagen. Nach der Hockeysaison, die sich wie eine Ewigkeit anfühlt, aber es sind nur ein paar kurze Wochen. Die reguläre Saison endete Ende Februar. Die Narwhals sind im NCHC-Viertelfinale.

Ich kann nicht zulassen, dass sie riskieren zu verlieren, weil Luca nicht bei der Sache ist. Er ist ihr bester Spieler, nicht dass ich das Ashton sagen würde. Obwohl ich sicher bin, dass er es bereits weiß, deshalb will er nicht, dass Luca es erfährt.

Es sind nur noch ein paar Wochen ... im

schlimmsten Fall bis April, wenn sie es tatsächlich bis zur Landesmeisterschaft schaffen. Die Narwhals haben es noch nie ins Frozen-Four-Halbfinale geschafft, aber sie hatten auch noch nie Luca und Ashton als Spieler.

„Alles, was du dir wünschst." Ashton verteilt sanfte, federleichte Küsse auf meinen Wangen und Lippen. „Dein Wunsch ist mir Befehl."

Ein schwaches Lächeln breitet sich auf meinem Gesicht aus. „Bist du jetzt ein Flaschengeist?"

„Könnte sein", sagt Ashton. „Wenn ich dir drei Wünsche erfüllen könnte, würde ich das total tun. Was wären sie? Und komm mir nicht mit langweiligem Zeug wie Weltfrieden."

„Weltfrieden ist nicht langweilig!", stoße ich ihm in die Rippen.

„Auuu!", jammert er und packt dann meine Arme, um mich davon abzuhalten, ihn ein zweites Mal anzugreifen. „Drei Wünsche."

„Der erste Wunsch wäre, meine Arme loszulassen."

„Langweilig." Ashton verdreht die Augen, grinst aber. „Wunsch erfüllt." Er lässt mich los.

Ich lache. „Ich hebe mir meinen zweiten und dritten Wunsch für später auf."

„So funktioniert das nicht", murmelt Ashton,

und seine Hände necken meine Hüften ... spielen mit dem Bund meiner Jeans.

Er weiß genau, was er tut, Er weckt Verlangen in mir, während ich auf seinem Schoß sitze.

Verdammt, er ist gut.

Meine Wangen werden heiß, und mein Körper gibt sich der Wärme hin ... entspannt sich gegen ihn.

„Kein Wunsch, aber ich will, dass du zu Liam gehst und ihm sagst, dass du mit mir zusammen bist. Wir sind in einer Beziehung. Und dann verkünde ihm, wie viel ich dir bedeute."

Ashtons Gesicht verzieht sich. „Muss ich das?"

„Wenn du willst, dass ich dir verzeihe, ja."

Ashton seufzt und legt seine Hände auf meine Hüften. Er führt mich sanft zurück auf meinen Platz auf der Matratze. Er steht auf. Ich tue es ihm gleich, weil ich zusehen will.

„Wo gehst du hin?", blickt Ashton überrascht zu mir zurück, als er sieht, dass ich vom Bett aufgestanden bin.

„Oh, ich bin zu hundert Prozent hier für die Show." Ich folge ihm aus meinem Schlafzimmer, da ich seine große Geste gegenüber Liam über unsere Beziehung miterleben will.

Als wir in den Flur treten, lehne ich mich zu ihm, sodass nur er mich hören kann. „Vermassle das nicht, sonst wirst du auf unbestimmte Zeit mit deiner Hand ausgehen."

„Hart." Er funkelt mich spielerisch an und kneift mir dann in den Hintern.

Mein Mund klappt auf. Er lacht, während er ins Wohnzimmer stolziert, wo Liam auf der Couch vor dem Fernseher sitzt.

„Ashton hat etwas zu sagen", kündige ich Liam an.

Liam greift nach der Fernbedienung und stellt den Ton aus. „Ich höre." Er hebt eine Augenbraue, sichtlich amüsiert und gespannt darauf zu hören, was Ashton zu sagen hat.

„Nova und ich sind zusammen. Wir sind in einer Beziehung, also sei kein Arsch und nenne es nicht Situationship. Ich mag sie sehr. Sie ist nicht nur irgendein Mädchen, mit dem ich schlafe; sie ist meine beste Freundin ... und meine feste Freundin. Beleidige sie nie wieder so. Sie verdient Besseres von dir."

Liams Augen weiten sich. „Verstanden." Er hebt seine Hand. „Sorry, wollte dich nicht beleidigen, Nova."

„Ist schon okay."

„Nein, ist es nicht", sagt Ashton beschützend. „Niemand sollte unsere Beziehung als etwas

Geringeres bezeichnen als das, was sie ist. Sie bedeutet mir viel, und ich möchte, dass das jeder weiß."

Liam beobachtet neugierig. „Auch Luca?" Er kann nicht anders, als zu versuchen, noch mehr Drama zu schaffen.

„Halt dich aus meiner Beziehung raus, Liam. Du siehst mich ja auch nicht in deinen Friends-with-Benefits-Scheiß mit diesem Mädchen aus Great Falls reinquatschen."

Liam beißt sich auf die Unterlippe und schaut zum Fernseher. „Wir haben Schluss gemacht."

„Scheiße. Tut mir leid, Mann." Ashton hält meine Hand fest, während er mich zum Sofa führt.

Ein schwerer Seufzer entweicht Liams Lippen, als wir uns setzen ... Ashton neben ihm und ich am Ende der Couch.

Ich bin immer noch ohne Kissen. Verdammt, aber ich strecke mich auch nicht aus. „Es tut mir leid zu hören, dass es mit dir und Iris nicht geklappt hat."

Er lacht leise. „Ich habe es tatsächlich mit ihr beendet."

„Oh?" Ashton und ich warten beide darauf, dass Liam näher darauf eingeht, aber er tut es nicht.

Stille erfüllt die Luft zwischen uns.

„Was ist passiert?“, frage ich schließlich und durchbreche die Spannung.

Ashton legt eine Hand auf meinen Oberschenkel, seine Berührung ist sanft, aber bestimmt. Es ist tröstlich.

Liam stößt einen schweren Seufzer aus. „Ihr würdet lachen und mich für verrückt halten, wenn ich es euch erzähle ... also können wir diesen Teil überspringen und ich sage einfach, dass es mit Iris vorbei ist?“

„War es etwas, das zwischen dir und Iris passiert ist?“, rate ich. Wenn es Friends with Benefits sind, hat vielleicht einer Gefühle entwickelt oder der Sex wurde zu abartig für Liam oder Iris. Das würde zumindest seine Zurückhaltung erklären, näher darauf einzugehen.

„Nein. Es war ein anderes Mädchen, mit dem ich nicht einmal zusammen bin. Wir haben uns nur geküsst.“ Liam steht auf und murmelt vor sich hin, aber ich kann nicht verstehen, was er sagt.

„Du magst dieses andere Mädchen.“ Das ist eine einfache Vermutung. Warum sonst sollte er mit Iris Schluss machen?

„Ja“, sagt Liam und starrt mich an. „Aber ich darf sie nicht mögen.“

„Warum nicht?“ Ich verstehe das Problem nicht.

„Es ist kompliziert." Liam geht in die Küche und lässt Ashton und mich auf der Couch zurück.

Ich schaue zu Ashton. Er zuckt nur mit den Schultern. Ich stehe auf und folge Liam in die Küche.

„Komm schon, du weißt, dass alles, was du uns erzählst, unter uns bleibt." Ich lehne mich gegen die Küchenschränke und warte darauf, dass Liam mit den Details rausrückt. Ich bin ein Mädchen für Klatsch.

„Ich mache mir keine Sorgen, dass du irgendjemandem etwas erzählst", sagt er. „Es gibt nur nicht viel zu erzählen. Das Mädchen, das ich geküsst habe, verabscheue ich eigentlich. Wir sind komplette Gegensätze. Sie ist gemein. Verwöhnt. Reich. Die Kleine ist eine Göre."

„Kleine?", wiederhole ich verwirrt. „Ich dachte, es wäre jemand vom College. Was zum Teufel, Liam? Triffst du dich mit jemandem, der minderjährig ist?"

„Verdammt, nein! Sie ist kein Kind mehr. Wir kannten uns als Kinder, und sie hat mich gequält. Verdammt, ich habe sie genauso zurückgequält. Wir haben eine turbulente Vergangenheit. Und wir treffen uns nicht. Es war nur ein Kuss."

„Okay."

Ashtons leise Schritte tappen über den Boden. Er legt einen Arm um meine Schultern und zieht mich eng an sich. „Ist das der Grund, warum du letzte Woche zur Party zurückgekommen bist?"

Liam spannt sich an, bevor er nickt. „Da bin ich dem Mädchen begegnet und habe dann Iris abgesagt."

„Muss ein besonderes Mädchen sein." Ashton pfeift und grinst. „Du solltest sie anrufen."

„Ich habe ihre Telefonnummer nicht ... und selbst wenn, das Mädchen hat einen fiesen rechten Haken."

Ashton kichert. „Liam wurde von einem Mädchen verprügelt", singt er und neckt seinen Teamkollegen.

„Ich werde es leugnen und dich umbringen, wenn du irgendjemandem davon erzählst." Ein dunkler Ausdruck huscht über Liams Gesicht, und Ashton hebt die Hände.

„Solange du Luca nichts von Nova und mir erzählst, haben wir einen Deal."

„Ich bewahre dein Geheimnis, aber er wird es irgendwann selbst herausfinden."

ZWÖLF

HARPER

Aufregung kribbelt in meiner Brust, oder vielleicht ist es Zeke, der zur Aufmerksamkeit immer wieder Pupslippchen auf meinen Bauch macht.

Nova, Kensley und ich sitzen in der ersten Reihe. Ich habe Zeke auf meinem Schoß, und meine Hände rücken ständig seine Kopfhörer zurecht, um den Lärm der Menge zu blockieren.

Zeke scheint nicht zu verstehen, dass er die Kopfhörer aufbehalten muss, und versucht immer wieder, sie mit seinen kleinen Händen wegzuschieben.

Ein Kleinkind zu einem Hockeyspiel mitzubringen, war nicht die beste Idee, aber ich möchte, dass Zeke seinen Papa beim Hockeyspielen sieht.

Papa.

Ehe.

Das alles ist noch ein seltsames, fremdes Konzept.

Es sind fast zwei Wochen vergangen, und obwohl Luca mich endlich neben sich ins Bett lässt, ist nichts passiert. Seit den Fotoaufnahmen bei seinen Eltern, teilen wir uns ein Bett ... aber er besteht darauf, eine riesige Kissenbarriere zwischen uns zu legen, als hätte er Angst, er könnte versehentlich zu mir rüberrollen und mich löffeln.

Oh, der Horror.

Ich gebe mein Bestes, ihm so viel Zeit und Raum zu geben, wie er braucht.

Immerhin bin ich nicht mehr im Zimmer mit Zeke, was dazu geführt hat, dass Zeke in den meisten Nächten in unser Zimmer schleicht. Ich schaffe es, ihn wieder zum Einschlafen zu bringen und zurück in sein großes Jungenbett zu legen.

Aber es stört meinen Schlaf.

Luca rührt keinen Zentimeter, wenn Zeke mitten in der Nacht ins Schlafzimmer gestürmt kommt. Entweder hat er einen tiefen Schlaf oder er tut so, als würde er es nicht bemerken. Ich kann es ihm nicht verübeln. Zeke ist *mein* Sohn.

„Schau, da ist dein Papa!“, zeigt Nova auf Luca, der auf dem Eis ist und kitzelt dann Zeke, um seine Aufmerksamkeit zu gewinnen.

Zeke beobachtet mit großen, neugierigen Augen, wie die Jungs vor dem Start der ersten Spielperiode trainieren.

„Dada.“ Zeke zeigt auf Luca.

„Genau richtig!“, quietscht Nova.

Sie scheint ein bisschen aufgeregter zu sein als ich, wahrscheinlich weil ich Zeke schon öfter gehört habe, wie er Luca als Dada bezeichnet.

„Dada!“, zeigt Zeke auf Ashton.

„Dada!“, zeigt Zeke auf Liam.

Na ja, immerhin erkennt er die Teamkollegen, die mit uns zusammenwohnen.

„Nicht ganz“, sagt Nova und seufzt. „Luca ist dein Papa. Ashton ist meiner.“

Meine Augen werden groß. Ich schlage Nova auf die Schulter. „Ashton ist nicht dein – oh mein Gott. Können wir das einfach lassen?“ Ich schüttele den Kopf und will alle Bilder von Ashton und Nova vertreiben, die ich zuvor zwischen den Laken gesehen habe. Obwohl ehrlich gesagt nicht viele Bettlaken irgendetwas bedeckt haben.

Kensley kichert und wirft Nova einen Blick zu. „Ihr zwei hattet also wirklich was in dieser Nacht! Ich habe euch beim Knutschen auf der Party gesehen."

Novas Gesicht wird rot. „Psst! Luca weiß es nicht."

„Er kann uns nicht hören." Kensley gestikuliert zwischen den Jungs und uns. „Entspann dich, ich werde nichts sagen. Aber warum darf Luca es nicht wissen?"

Nova pustet eine Haarsträhne aus ihren Augen. „Luca hat diese große-Bruder-Energie. Er wird jeden verprügeln, mit dem ich ausgehe."

„Warum?", fragt Kensley.

Ich grinse. „Weil er es kann."

Nova und Kensley lachen beide, was Zeke zum Kichern bringt. Es ist das bezauberndste Geräusch der Welt. Ich küsse Zekes Wangen. „Im Ernst, Luca wird es herausfinden."

„Ich weiß." Nova seufzt schwer und verschränkt die Arme vor der Brust. Sie lehnt sich zurück, streckt ihre Beine aus und schlägt sie dann übereinander. „Ashton und ich hatten vor ein paar Tagen einen Streit darüber."

„Oh?" Ich kann nicht anders, als überrascht zu sein, dass sie streiten. Es gab keine Anzeichen dafür, während ich zu Hause war. Keine Spannung. Keine Zankereien. Wenn überhaupt, haben sie auf der Couch gekuschelt und abends zusammen Filme geschaut.

Es ist irgendwie verrückt, wie Luca das Kuscheln nicht bemerkt hat, aber er sieht Nova einfach als seine kleine Schwester und Ashton als seinen besten Freund. Für ihn sind sie nur zwei seiner Lieblingsmenschen, die Zeit miteinander verbringen.

„Wir haben die Sache geklärt. Du warst nicht zu Hause, als es passierte.“ Nova wedelt mit der Hand durch die Luft, und dann fixiert sich ihr Blick auf Ashton. Ein schiefes Grinsen huscht über ihr Gesicht, während sie ihm auf dem Eis zusieht. „Liam war ein Arsch und, na ja, die ganze Beziehung wäre fast in Flammen aufgegangen. Jetzt ist es besser. Ich wünschte nur, Ashton würde den Mut finden, es Luca zu sagen. Nicht warten, bis die Saison vorbei ist.“

„Es könnte schlimmer sein“, sagt Kensley und zeigt auf Zeke. „Dieser kleine Kerl könnte all eure Geheimnisse ausplaudern.“

„Gib ihm noch ein oder zwei Monate, dann wird er das vielleicht“, sage ich. Zeke plappert schon viel mehr, und obwohl nicht alles davon verständlich ist, lernt er bereits, Wörter zu wiederholen.

Nova stöhnt. „Einfach großartig!"

Ashton skatet zur Plexiglasscheibe und winkt Nova zu. „Hey, Süße."

„Dada!", zeigt Zeke auf Ashton.

Ashton schaut über seine Schulter, mit großen Augen, sein Gesicht wird fahl, als er nach Luca sucht, der immer noch in der Mitte des Eises beim Aufwärmen ist. „Der Kleine hat mir fast einen Herzinfarkt verpasst. Dachte, jemand schleicht sich an mich heran." Ashton ist etwas außer Atem.

„Brich dir ein Bein!", ruft Kensley ihm zu.

Nova wird blass auf ihrem Sitz. „Das sagt man im Theater! Ruf das hier nicht, es sei denn, es ist für das andere Team."

„Sorry! Sorry!", hebt Kensley ihre Arme. „Wollte euch nur anfeuern."

„Ein bisschen zu enthusiastisch." Nova starrt Kensley an ... und ich schwöre, ich sehe einen Hauch von Eifersucht durch sie hindurch brennen.

Ashton blickt noch einmal über seine Schulter, und als er bemerkt, dass Luca nicht zuschaut, wirft er Nova einen Kuss zu. „Bis nach dem Spiel, Süße. Kommst du heute Abend zur Afterparty?"

„Würde sie für nichts in der Welt verpassen", sagt Nova.

Nova und Ashton sind wirklich niedlich zusammen. Auch wenn ich weiß, dass Luca über die Neuigkeit nicht glücklich sein wird, kann ich vielleicht helfen, die Dinge zu glätten, nachdem sie ihm gesagt haben, dass sie zusammen sind. Es ist ja nicht so, als wäre Nova noch in der High School. Sie ist achtzehn, erwachsen und auf dem College.

Zumindest trifft sie gute Entscheidungen. Ashton ist keine schlechte Wahl als Freund, obwohl ich das vor ein paar Monaten vielleicht noch nicht gedacht hätte.

Ashton zeigt auf Zeke. „Cooles Outfit", sagt er und winkt meinem Sohn zu.

Zeke versinkt in dem kindgroßen Trikot, das wir heute Nachmittag noch ergattern konnten. Es ist über seiner Winterkleidung. Er versinkt immer noch darin.

„Bis später." Ashton skatet rückwärts und gibt dabei an .... während er zu Luca zurückkehrt, der Torschüsse übt.

Das Team kehrt dann in die Umkleidekabine zurück, bevor es wieder die Eishalle betritt ... diesmal für das Spiel.

Ich kann nicht anders, als Schmetterlinge in

meinem Bauch zu spüren. Ich will, dass Luca sich gut schlägt ... dass er gewinnt. Fühlt er sich so vor jedem Spiel? Ich wage es auch nicht, irgendjemandem zu gestehen, dass ich enttäuscht bin, dass Luca während des Trainings nicht herübergekommen ist, um Zeke oder mir *hallo* zu sagen. Aber wir sind hergekommen, um ihn zu unterstützen, nicht um es zu einer Sache über uns zu machen.

Das Spiel endet mit einem Endstand von 1:3. Die Narwhals gewinnen, und Luca schwebt auf Wolken, da er zwei der drei Tore heute Abend geschossen hat.

Er skatet nach dem Spiel zu uns herüber, und mein Herz schlägt schneller ... überrascht, dass er uns bemerkt hat. Er hat uns heute Abend kaum Aufmerksamkeit geschenkt, aber vielleicht war das genau das, was er brauchte, um zu gewinnen.

„Hey." Luca winkt Zeke zu, der ihn nur anstarrt.

Kensley und Nova gehen zusammen, sodass ich allein mit Zeke dastehe. Es macht mir nichts aus. Die beiden machen sich bereit, zur Party zu gehen.

Ich bereite mich darauf vor, Zeke nach Hause ins Bett zu bringen.

„Es ist längst seine Schlafenszeit“, erkläre ich, als Zeke sich in meine Arme kuschelt und seine Augen zufallen.

„Geh, bring ihn nach Hause. Warte heute Abend nicht auf mich.“

„Viel Spaß auf der Party.“ Ich frage nicht einmal, ob er hingeht. Ich nehme an, dass er es tut. Der Rest des Teams geht zu dem alten Haus, in dem wir früher gewohnt haben. Chase veranstaltet die Party zusammen mit seinen neuen Mitbewohnern, die auch für die Narwhals spielen.

„Danke“, sagt er, und sein Lächeln ist echt. Seine Augen flackern für einen Moment. „Ist es okay für dich, wenn ich hingehe?“

„Leg dich nur nicht mit irgendwelchen Puck-Bunnys an, aber ich freue mich, dass du mit den Jungs ausgehst.“ Ich bin froh, dass er Freunde hat und immer noch Dinge mit ihnen unternehmen kann. Nur weil wir verheiratet sind und ich Zeke habe, heißt das nicht, dass er alles aufgeben muss. Das will ich nicht für ihn.

Er lacht leise. „Keine Sorge. Ich habe gehört, dass mein Zimmer im alten Haus nicht mehr leer steht.“

Das bringt mich weder zum Lachen, noch zum Lächeln.

Wir hatten gute Erinnerungen in seinem Schlafzimmer. Im neuen Haus fühle ich in unserem neuen Zimmer nur Kälte und Distanz. Ich kann nur mir selbst für diese Kälte die Schuld geben.

„Schlechter Witz?“ Luca bietet ein schiefes Grinsen an, und mein Magen tanzt mit diesen kleinen Schmetterlingen.

„Ich vermisse diese Zeiten“, sage ich und wünschte, das Plexiglas wäre nicht das Einzige, was zwischen uns steht.

Luca nickt. „Ich auch.“ Er nimmt seinen Helm ab und reibt sich durch die Haare. „Ich sollte duschen gehen. Sehen wir uns noch später am Abend?“

„Mit Kissen und allem“, murmle ich vor mich hin.

Sein Blick verhärtet sich, aber er nickt. Ich bin nicht sicher, ob er gehört hat, was ich gesagt habe oder nicht. Die Menge hat sich aufgelöst, es ist also längst nicht mehr so laut wie vorhin.

„Gib Zeke einen Gutenachtkuss von mir“, sagt Luca.

Ich halte inne, überrascht. Er hat Zeke noch nie ins Bett gebracht. Ich bin mir nicht sicher, ob ich ihn je gesehen habe, wie er meinem Sohn einen Kuss gibt oder sagt, dass er ihn liebt.

„Ja, mach ich.“ Ich zwinge mich zu einem Lächeln, kann aber nicht anders, als verwirrt zu sein.

Luca blickt an mir vorbei. „Hast du eine Mitfahrgelegenheit nach Hause? Wo sind Kensley und Nova hin?“

„Sie gehen zur Party. Ich bin mit Zeke hierher gelaufen. Ich laufe auch zurück. Es ist in Ordnung. Heute Abend sind viele Leute unterwegs, und das Wetter ist schön.“

„Es sind einstellige Minusgrade draußen. Das ist nicht schön. Warte einfach vor der Umkleidekabine. Ich fahre euch vor der Party zum Haus zurück.“

„Du musst das nicht tun, Luca.“

„Ich frage nicht. Warte auf mich vor der Umkleidekabine.“

Ich nicke knapp. „Ja, klar.“

Er skatet davon, um zu duschen und sich umzuziehen. Ich schlendere durch die Tribünen und mache mich auf den Weg zum Eingang der Umkleidekabine der Narwhals.

Ein paar andere Mädchen stehen herum und warten ... auch Nova und Kensley.

„Hey!“ Novas Augen weiten sich, überrascht,

mich und Zeke zu sehen. „Ich dachte, du bringst den kleinen Tiger ins Bett?"

„Tun wir auch, aber Luca fährt uns nach Hause. Er wollte nicht, dass ich allein laufe."

Kensley lächelt und lehnt sich gegen die Wand. „Das ist wirklich süß von ihm."

Fast dreißig Minuten später tritt Luca aus der Umkleidekabine, Chase und Ashton direkt hinter ihm.

Lucas Haar ist nass, und einige Wassertropfen rinnen seinen Nacken hinunter, als er sie mit dem Handrücken abwischt. „Ich fahre Harper und Zeke nach Hause, dann komme ich zur Party. Nova und Kensley, Chase wird euch zur Party fahren. Ich bringe euch und Ashton danach nach Hause."

„Hier, lass mich ihn nehmen." Luca streckt seine Arme aus, um Zeke zu halten.

„Bist du sicher?" Zeke schläft fast. Seine Augenlider flattern immer wieder auf und zu, während er dagegen ankämpft.

„Du hast ihn den ganzen Abend gehalten. Lass mich dir für ein paar Minuten eine Pause gönnen."

Es gelingt mir, Zeke aus meinem Griff zu lösen und ihn an Luca zu übergeben. „Danke."

Zekes Augen weiten sich, als er von mir zu Luca

wechselt, aber dann kuschelt er sich gleich wieder hin und schließt die Augen.

Innerhalb von Sekunden schnarcht mein kleiner Knirps friedlich, was problematisch werden wird, denn ich muss ihm seinen Wintermantel und seine Mütze anziehen.

„Du hast heute gut gespielt." Ich bin wirklich stolz auf Luca. Er ist ziemlich gut im Eishockey. Vielleicht kann er daraus eine professionelle Karriere machen und dem Geschäft seines Vaters fernbleiben.

„Ich war okay", sagt Luca bescheiden und bietet ein schiefes Lächeln an. „Es war ein gutes Spiel."

Ich knöpfe meinen Mantel zu und setze meine Mütze auf. Wir nähern uns der Ausgangstür, halten aber an, während ich es schaffe, Zeke in seinen Mantel zu zwängen.

Er zappelt und brummt, seine Augen öffnen und schließen sich. Er will nicht wach bleiben. Er scheint auch seinen Mantel nicht anziehen zu wollen ... aber ich schaffe es mit Lucas Hilfe, und dann schließe ich ihn schnell, während er Zeke wiegt und ihn in seinen Armen auf und ab bewegt, damit er wieder in den Schlaf findet.

Ich ziehe die Kapuze über seinen Kopf, da es

jetzt nur ein weiterer Kampf wäre, ihm eine Mütze aufzusetzen.

Ich ziehe meine Handschuhe an, als wir in die kühle Nachtluft hinaustreten und über den Parkplatz zu Lucas Auto eilen.

„Nochmals danke fürs Fahren."

„Natürlich. Ich würde meine Frau niemals mit unserem Sohn allein nachts laufen lassen."

Frau.

Unser Sohn.

Luca bezeichnet Zeke normalerweise nur als *meinen* Sohn. Es klingt seltsam von seinen Lippen, aber ich muss zugeben, dass es mir gefällt.

„Wie lange hast du schon darauf gewartet, mich deine Frau zu nennen?", frage ich lächelnd.

Er lacht leise. „Ich probiere es nur aus. Es klingt schon seltsam, oder?"

„Es ist neu. Aber ich mag es." Ich schätze, dass er es versucht, und obwohl er mir vielleicht noch nicht ganz verziehen hat, dass ich an unserem Hochzeitstag davongelaufen bin, ist es vielleicht an der Zeit, dass wir endlich gemeinsam vorwärts gehen können.

„Ich auch." Luca lächelt und schließt die Autotür auf, öffnet den Rücksitz. Er setzt Luca in den Kindersitz und schnallt ihn an.

Ich schaue zu, stelle sicher, dass alles richtig ist und er fest angeschnallt ist, bevor ich auf den Vordersitz klettere.

Stille erfüllt das Auto, aber es ist eine angenehme Ruhe, die ich sehr genieße. Das Auto braucht ein paar Minuten zum Aufheizen, aber als wir beim Haus ankommen, ist es warm und gemütlich.

„Warte“, sagt Luca, bevor er das Auto parkt und ich aussteige.

Ich drehe mich zu ihm um. Er fährt auf den Parkplatz vor dem Haus, der Motor läuft noch und die Heizung ist voll aufgedreht.

Er streckt seinen Arm über den Sitz, seine Hand streift meine Wange, seine Finger gleiten in mein Haar, als er sich näher lehnt und mich zu sich zieht. Seine Lippen finden meine ... und obwohl ich überrascht bin, dass er mich wieder küsst, erinnert sich mein Körper an alles von vorher und erwärmt sich sofort unter seiner Berührung.

Es ist sinnlos, gegen das Verlangen anzukämpfen ... noch würde ich das mit Luca wollen.

Meine Lippen öffnen sich. Er verschlingt mich regelrecht. Unsere Zungen duellieren sich, während die Welt um uns herum zu verschwinden scheint.

Hitze kribbelt auf meiner Haut. Seine Lippen

wandern über meinen Hals und zurück zu meinen Lippen, getrieben von Verlangen.

„Ich wollte dich schon die ganze Zeit küssen.“ Er lehnt seine Stirn gegen meine, atemlos.

„Willst du mit reinkommen?“, frage ich und biete ihm mehr als nur einen Kuss für heute Abend an.

Seine Lippen pressen sich wieder auf meine, dann löst er meinen Sicherheitsgurt, seine Finger wandern über meinen Körper und entfachen ein Feuer in mir.

„Ja“, keucht er schwer atmend.

Er schaltet das Auto aus, schnallt sich hastig ab und trägt Zeke zur Haustür, während ich mit den Schlüsseln herumfummle. Meine Hände zittern.

Luca lächelt dieses süße und warme Lächeln, das mich innerlich schmelzen lässt. „Du schaffst das.“ Seine tiefe und raue Stimme sendet warme Schauer durch meinen Körper.

Ich stecke den Schlüssel ins Schloss. Er dreht sich ... die Tür öffnet sich.

„Braves Mädchen“, flüstert er. Ich schwöre, ich erschaudere allein von seiner Stimme und seinen Worten.

Ich helfe Zeke aus seinem Mantel, Schuhen und dann aus meinen eigenen Wintersachen, bevor ich ihn von Luca nehme.

Luca zieht seine Schuhe und seinen Mantel aus, und eine Minute später steht er in der Türöffnung und beobachtet, wie ich Zeke fürs Bett fertig mache.

Normalerweise scheint er nicht interessiert. Heute Abend beobachtet er alles. Macht sich gedankliche Notizen, während ich seinen Schlafanzug hole und seine Windel wechsle.

Ich lese ihm heute keine Geschichte vor. Es ist weit nach Zekes Schlafenszeit ... ich decke ihn zu und gebe ihm viele Umarmungen, Küsse und Knuddeleien.

Luca verschwindet und kommt eine Minute später mit einem Stoffdrachen zurück. „Ich dachte, vielleicht könnte er mit diesem kleinen Kerl schlafen."

Zeke greift nach dem Drachen und drückt ihn fest an seine Brust, während er seine Augen schließt.

Ich ziehe die Decke um ihn herum hoch, gebe ihm noch einen Kuss, bevor ich das Licht ausschalte und die Schlafzimmertür schließe.

„Das war wirklich süß von dir, ihm diesen Drachen zu geben."

„Ich habe ihn letzte Woche im Hotelshop während unseres Auswärtsspiels gekauft." Luca zieht mich an sich, seine Hüften finden meine, als er mich gegen die Wand drückt, direkt vor Zekes

Schlafzimmertür. „Ich wollte unbedingt wieder deine Lippen schmecken."

Meine Augen schließen sich. Ich richte mich auf, streife mit meinen Lippen über seine, ich brauche ihn, will ihn, sehne mich nach einer Zukunft mit ihm.

Er ist hungrig, und sein Verlangen ist unstillbar. Er zieht mich mit sich rückwärts, in Richtung unseres Schlafzimmers und hebt mich dann hoch, meine Beine um seine Taille geschlungen, während er mich in unser Schlafzimmer trägt und mich gegen die Tür drückt, die er hinter uns schließt.

„Ich will dich ficken, Prinzessin."

Ich widerspreche dem Kosenamen nicht. Gerade jetzt könnte er mich alles nennen, und ich würde einwilligen.

„Wirst du ein braves Mädchen für mich sein und tun, was dir gesagt wird?"

„Ja", krächze ich mit geschlossenen Augen und schwelge in den Gefühlen, die er in mir auslöst.

„Braves Mädchen."

Ich stöhne, mein Körper tut köstliche Dinge allein durch seine Worte. Er trägt mich zur Matratze und legt mich auf das weiche Material.

Er lockert seinen Griff. Ich wimmere protestierend ... ich vermisse seine Wärme. Wenn er mich neckt und sich entscheidet zu gehen, als eine Art Vergeltung für die Vergangenheit, bringe ich ihn um.

Er steht am Bettrand, zieht sein Hemd aus und dann seine Hose.

Er ist atemberaubend und absolut umwerfend mit seinen gemeißelten Bauchmuskeln. Sein Körper ist eindeutig der eines Athleten, was mich nur etwas unsicherer bezüglich meines eigenen Körpers macht.

Luca beugt sich hinunter, presst seinen Körper auf meinen ... und ich kann seinen Schwanz spüren, der mich stupst. „Du hast zu viele Klamotten an, Prinzessin. Muss ich heute Abend die ganze Arbeit machen und dich ausziehen?"

Ein kokettes Lächeln huscht über mein Gesicht. „Das würde mir gefallen."

Er lacht. „Das glaube ich dir."

„Zieh dich aus und geh auf alle viere."

Ich ziehe mich schnell aus. Er klatscht mir auf den Hintern, sobald ich nackt bin. „Hey! Wofür war das?" frage ich, während mein Po ihm zur Verfügung steht. Ich bin nackt und fühle mich ziemlich exponiert und verletzlich auf allen vieren, während er hinter mir steht.

„Wofür war es nicht?"

Ich schaue über meine Schulter zu ihm. Er grinst nur. Seine Hände streichen über meinen Po, bevor er ihn wieder klatscht.

„Auuu! Hör auf, mir den Hintern zu versohlen." Ich rolle mich auf meinen Po, der zwar schmerzt, aber zumindest sitze ich und er kann mich nicht wieder schlagen.

„Hör auf, ein verwöhntes Gör zu sein." Sein Blick wird strenger, und ich setze mich auf meine Knie.

„Das einzige Gör, das ich heute Abend sehe, bist du." Ich schnappe mir ein Kissen und schlage damit gegen seine Brust.

Er bewegt sich kaum, sein Körper praktisch wie Eisen gegen das weiche Material, und er hebt eine Augenbraue. „Bist du fertig mit dem Herumzicken?"

„Ist das überhaupt ein Wort?" würge ich hervor und schlage ihn noch einmal mit dem Kissen.

Er greift danach und stoppt mich diesmal, aber es gelingt dem Kissen trotzdem noch, einen Schlag gegen seine Brust zu landen. Er hat es jedoch geschafft, mir das Kissen zu stehlen und es aus meinen Händen zu reißen. Er wirft es quer durch den Raum. „Suchst du nach einer Kissenschlacht? Denn ich muss dir sagen, ich bin der amtierende Champion."

Ich schnaufe vor Lachen. „Das glaube ich dir aufs Wort."

Ich springe nach dem Kissen, aber er hat andere Ideen. Er wirft mich auf die Matratze und drückt mich nach unten. „Das macht viel mehr Spaß", sagt er, während seine Hände mich festhalten und seine Lippen über meinen Hals tanzen.

Ich zittere und stöhne, mein Körper reagiert sofort. Meine Brustwarzen verhärten sich, als seine Brust die meine streift, und ich schlinge ein Bein um seines und ziehe ihn näher.

„Verdammt", stöhne ich, als sein Mund dieses Ding tut, bei dem seine Zunge die empfindliche Stelle an meinem Hals neckt ... und dann bewegt er sich zu meinem Ohr. „Du bringst mich noch um", stöhne ich, während mein Körper sich unter ihm windet, aber er löst seinen Griff nicht.

„Ich glaube, du übertreibst, Prinzessin." Seine Lippen bewegen sich wieder an meinen Hals, zufrieden, als meine Hüften sich zu bewegen beginnen, verzweifelt nach mehr verlangend. Mein anderes Bein schlingt sich um seines, und ich drehe uns herum, nutze meine Hüften und mein Gewicht, während er meinen Hals küsst, um ihn auf den Rücken zu legen.

Er lacht und lehnt sich in die Matratze, ein

breites Lächeln auf seinem Gesicht. „Planst du, mich heute Abend zu dominieren, Prinzessin?“

Dieser Spitzname beginnt, mir auf die Nerven zu gehen. „Ich. Bin. Keine. Prinzessin“, zische ich ihn an und tue so, als würde ich beißen, aber ich halte genügend Abstand, um ihn nicht wirklich anzuknabbern.

Lucas Grinsen lässt nicht im Geringsten nach. Er hat keine Angst vor mir. Nicht, dass er Angst haben sollte, aber er hat viel zu viel Spaß daran, zu denken, er hätte die Kontrolle.

Ich sitze rittlings auf seinen Hüften, meine Hände drücken seine Arme ins Bett. Ich schaue mich um, habe aber nichts, womit ich ihn leicht fesseln könnte, was bedeutet, dass es meine Kraft gegen seine ist.

Mir ist durchaus bewusst, dass ich kein ebenbürtiger Gegner bin, aber vielleicht ist das mein Vorteil.

„Natürlich, mein Fehler.“ Er grinst zu mir hoch, seine grauen Augen zeigen eine hellere Nuance aus Silber und Blau, die ich noch nie zuvor gesehen habe. Es ist hypnotisierend, genau wie alles andere an ihm.

Für einen Moment verliere ich mich darin, wie er mich ansieht. Mein Puls rast, Hitze kräuselt sich tief in meinem Bauch, und ich kann mich nicht entscheiden, ob ich dieses Spiel gewinnen oder mich ihm vollständig ergeben will.

Mich ihm ergeben.

„Wenn du mich noch einmal Prinzessin nennst", knurre ich ihn an.

Luca hebt eine Augenbraue und tut unschuldig, aber in seinen Augen blitzt eine Herausforderung auf.

Er bewegt sich unter mir, sein harter, pulsierender Schwanz zwischen uns, und sein Grinsen wird breiter. Er weiß genau, was er mit mir macht, und er genießt es auch.

„Was wirst du tun, wenn ich es tue?", lockt er leise, seine Stimme kaum mehr als ein Flüstern an meiner Haut, und fordert mich heraus, meine Drohung wahrzumachen.

Bei jedem anderen würde ich ihn dafür hassen, aber Luca könnte ich niemals hassen.

Ein verschmitztes Lächeln huscht über meine Lippen, als ich mich näher beuge. „Willst du das wirklich herausfinden?", necke ich und lasse meine Stimme zu einem heiseren Flüstern absinken.

Ich höre sein leises Keuchen, als ich meine Hüften gegen seine reibe. Er kämpft gegen die Versuchung an.

Meine Finger umklammern seine Handgelenke fester und fordern ihn heraus, sich zu wehren, aber er bleibt völlig still ... die Augen auf meine fixiert, hungrig und ohne zu zögern. Für einen kurzen Moment scheint die Zeit stillzustehen. Wir sind in Möglichkeiten verstrickt ... jeder Atemzug ist voller Erwartung.

„Gott, das will ich wirklich", keucht Luca, und seine Augen fallen zu, als ich ihn mit meinen Hüften necke.

Er bewegt sich vorsichtig, versucht die Kontrolle zu behalten, während die Hitze zwischen uns aufflackert ... und ich lockere meinen Griff um seinen Arm lange genug, um meine Finger zu seinem Schwanz hinabwandern zu lassen.

Ich will ihn berühren, ihn streicheln, ihn meinen Namen schreien lassen und erreichen, dass er mir vergibt. Jeder seiner Atemzüge ist langsam und schwer. Hitze flutet zwischen uns ... allein beim Zuhören seines Atmens rast mein Herz, als er uns schnell herumrollt und ich flach auf dem Rücken liege.

„Hast du schon Spaß?", strahlt er auf mich herab.

Meine Finger necken seine Eichel und seine Augen flattern zu, während sein Kopf zurückfällt und er meine Berührung genießt.

Ich führe meine Finger seinen Schaft hinunter und lausche jedem raspelnden Atem und Keuchen nach Luft, was mich begeistert … dass ich für diese sündhaft schönen Geräusche verantwortlich bin, die er macht.

„Das ist erst der Anfang, Prinzessin“, spotte ich.

Seine Augen funkeln mich böse an, weil ich diesen Spitznamen für ihn benutze. Aber bevor er noch etwas sagen kann, führe ich seinen steinharten Schwanz in mich ein und bringe ihn zum Schweigen.

Es gibt für alles ein erstes Mal.

Seine Augen schließen sich selig, und mein Herz pocht wild bei dem Gefühl, als ich ihn ganz tief in mich aufnehme.

Luca zieht sich zurück und stößt mich kraftvoll weg.

„Was...“

„Kondom“, murmelt er und rollt zum Nachttisch, um eines zu holen.

Scheiße.

Ich kann nicht glauben, dass ich das Kondom vergessen habe. Aber wir sind mit niemandem sonst zusammen, zumindest war ich es nicht, und ich glaube nicht, dass Luca mir untreu war.

„Ich nehme die Pille“, sage ich in der Hoffnung, seine Bedenken zu zerstreuen.

„Klar.“ Er reißt die Folienverpackung auf und streift das Kondom über seinen Schwanz, bevor er wieder auf mich klettert. „Wo waren wir stehengeblieben?“

Ich lächle und lasse ihn diesen Tanz führen, denn im Moment ist es mir egal, wer oben oder unten ist. Wir könnten im Stehen ficken, und es würde keine Rolle spielen. Ich will einfach nur Luca ... *jetzt*.

„Du wolltest mich ficken, weil ich dich *Prinzessin* genannt habe.“

Meine Erinnerung ist alles, was er braucht, denn er hat wieder die Kontrolle ... sein Schwanz an meinem Eingang positioniert und dringt dann Zentimeter für Zentimeter ein.

Jeder Stoß ist herrlich und fühlt sich fantastisch an.

Er dehnt mein Inneres, dringt mit jedem Stoß tiefer ein, und ich schlinge meine Beine um ihn, weil ich ihn ganz aufnehmen will.

„Scheiße“, keuche ich, meine Fingernägel kratzen an den Laken, der Bettwäsche und dann an Luca, nach so viel Kontakt wie möglich gierend, und dennoch fühlt es sich nie genug an.

Mein Atem kommt in zittrigen Stößen, der Raum heizt sich mit jeder Bewegung auf.

Lucas Name entgleitet meinen Lippen in einem verzweifelten Flüstern ... mein Körper wölbt sich ihm entgegen, jagt dem elektrischen Gefühl nach, das sich zwischen uns aufbaut.

Ich bin bereits so nah dran, aber ich will, dass er genau dort mit mir ist. Meine Fingernägel markieren ihn, beanspruchen Luca als meinen Mann.

Er packt meine Hände und drückt sie neben mir auf die Matratze, nagelt mich fest.

Sein Körper ist wie geschmolzene Lava, überflutet mich mit Hitze, Feuer, Verlangen, während ich seinen Namen immer und immer wieder rezitiere.

Mein Körper bäumt sich auf, die Zehen kräuseln sich, während ich dem Funken nachjage und in die Vergessenheit falle.

Er ist genau dort bei mir, seine Lippen auf meinen verschmolzen, erstickt meine letzten Stöhner und Bitten, während seine Zunge an meinen Lippen vorbeidringt und er sich ganz in mir ergießt.

Einen Moment später rollt er von mir weg, um das Kondom zu entfernen und sich zu säubern. Er atmet schwer, mein Herz hämmert gegen meinen

Brustkorb, während ich immer noch versuche, zu Atem zu kommen.

Er legt sich zu mir und zieht mich an seine Brust, während er mich löffelchenförmig hält.

Meine Augen schließen sich, befriedigt.

Es ist zu lange her, dass er mich gehalten hat. Allein dieses Gefühl ist warm und tröstlich. Ich kämpfe darum, wach zu bleiben. Seine sanften Küsse auf meiner Schulter wiegen mich in den Schlaf.

Ich weiß nicht, wie viel Zeit vergangen ist, aber ich spüre, wie das Bett sich bewegt ... und höre, wie Luca sich anzieht. „Gehst du zur Party?“, gähne ich und ziehe die Laken um mich herum hoch.

Luca wirft mir mein Trikot zu, das ich vorhin beim Spiel getragen habe, damit ich etwas anhabe, wenn Zeke unvermeidlich aufwacht und in unser Schlafzimmer stürmt.

Das ist eine schlechte Angewohnheit, seit ich in seinem Schlafzimmer schlafe.

Ich setze mich auf und ziehe mir das Trikot über den Kopf. Meine Augen sind schwer. Ich möchte wieder in Lucas Armen einschlafen, aber ich glaube nicht, dass das heute Nacht noch einmal passieren wird. Zumindest nicht, bis er nach Hause kommt.

„Nur für eine Stunde, höchstens zwei. Ich muss

Kensley abholen, sie zu den Wohnheimen bringen und dann Nova, Ashton und Liam nach Hause fahren."

„Kann das nicht jemand anders machen?", gähne ich und krieche wieder unter die Decke.

„Ich vertraue nicht darauf, dass die Jungs nüchtern sein werden. Ich bin zurück, bevor du es merkst." Luca kommt herüber und pflanzt einen Kuss auf meine Stirn.

„Gute Nacht, Prinzessin", murmle ich und versuche, ihn zu provozieren.

Er knurrt und fängt meine Lippen in einem heißen Kuss ein, seine Finger verweben sich in meinem Haar, während er mich fest an sich zieht. „Nenn mich weiter so, Prinzessin, und dein Hintern wird brennen."

DREIZEHN

LUCA

Es kostet mich jede Unze Energie, das Haus zu verlassen ... die Wärme meines Bettes, in dem Harper schläft. Es sind Wochen vergangen, seit ich sie berührt, ihre Haut gestreichelt, ihren Körper geküsst und verehrt habe.

Ein Teil von mir möchte im Bett bleiben, aber ich habe dem Team versprochen, dass ich da sein würde ... und ich habe meinen Freunden auch versprochen, dass ich sie heute Abend nach Hause fahre.

Außerdem werden es nur ein paar Stunden auf der Party sein, und dann kann ich mich für den Rest der Nacht mit Harper zusammenkuscheln. Wir haben den Rest unseres Lebens zusammen.

Ich fahre zu der alten Wohnung, in der ich letztes Semester gewohnt habe.

Von außen sieht das Haus gleich aus.

Die Haustür ist unverschlossen ... ich gehe rein und schließe die Tür hinter mir. Drinnen ist es warm, gemütlich und laut.

Musik dröhnt um uns herum. Chase dreht die Lautsprecher wirklich gerne auf ... und er hat definitiv neu dekoriert. Der Ort schreit Junggesellenbude, und der Geruch ist etwas abgestanden.

Kensley und Brooks hängen in der Nähe der Küche ab. Er lehnt an der Wand ... sie hat ein Getränk in der Hand und lacht über das, was auch immer er sagt. Da ist definitiv ein Vibe zwischen ihnen ... und Brooks ist ein guter Kerl. Er ist der am wenigsten nervende Erstsemester im Team.

Es ist offensichtlich, dass sie flirten. Seine Körpersprache schreit, dass er interessiert ist ... er beugt sich vor, streicht ihr die Haare aus den Augen und lässt seine Hand einen Moment an ihrer Wange.

Ich schaue weg ... es geht mich nichts an, was Harpers beste Freundin tut oder für wen sie sich interessiert.

Das Sofa im Wohnzimmer ist von Chase und

einem Mädchen besetzt, das ich nicht erkenne. Sie beide bonden sehr innig miteinander.

Ashton und Nova sitzen ihnen gegenüber auf dem Liebessitz, dessen Name mir nicht gefällt, aber es ist nur ein Sessel. Sie plaudern munter drauf los. Nova steht auf ... ein Drink in der Hand, und schwingt ihre Hüften zur Musik.

Sie hat eindeutig genug getrunken.

Gott sei Dank passt Ashton heute Abend auf sie auf.

Es ist schön, mir keine Sorgen um meine kleine Schwester machen zu müssen. Ich gehe an Kensley und Brooks vorbei in die Küche und greife mir einen Plastikbecher mit Punsch. Zweifellos ist da eine große Ladung Schnaps beigemischt.

Obwohl ich ein Bier vorziehen würde, scheint dies heute Abend das Getränk der Wahl zu sein.

Ich nehm's.

Es ist besser, als nüchtern auf dieser Party abzuhängen ... ohne Harper.

Ich plane nicht, mehr als ein Getränk zu haben. Okay, maximal zwei.

Meine Gedanken gehen zurück zu heute Abend, als ich Harper bei meinem Spiel mit Zeke sah, beide trugen Narwhals-Trikots. Ich wollte vor Spielbeginn zu ihr rüberskaten, aber ich wusste, sie würde meine größte Ablenkung sein.

Nicht unbedingt auf schlechte Weise, aber ich musste mich konzentrieren.

Ich muss es zum Profi schaffen.

Es ist der einzige Weg, Dantes Arrangement zu entkommen, und unter ihm zu arbeiten.

Obwohl es nur eine vorübergehende Lösung wäre ... wenn ich es groß genug schaffe, wird er nicht wollen, dass ich im Geschäft involviert bin. Es gäbe zu viel Rampenlicht ... ein nationales Publikum, das neugierig auf mich wäre, wenn ich irgendwann in den Ruhestand gehe.

Hockey muss mein Ausweg aus Breckenridge sein ... weg von dem Leben, das Dante für mich und meine Familie ausgesucht hat.

Ich nehme einen Schluck von dem hochprozentigen Punsch ... und Mann, er hinterlässt einen Biss. Der Stich ist willkommen, als er meine Kehle hinunterrutscht. Ich gieße mir eine weitere Kelle in meinen Becher und gehe dann ins Wohnzimmer, um mit Ashton und Nova abzuhängen.

Ich bin überrascht, dass Ashton in letzter Zeit keine Mädchen mit ins Bett genommen hat, aber ich schätze tatsächlich, dass er seine Bettpartnerinnen aus dem Haus raushält.

Ashton kennend, hat er wahrscheinlich Treffen mit Mädchen in deren Wohnheimzimmern, was mir recht ist ... weniger Drama.

Als ich ins Wohnzimmer komme, tanzt und schwingt Nova zur Musik. Sie nimmt einen weiteren Schluck aus ihrem roten Plastikbecher.

Ashton redet offensichtlich mit ihr, und wie es aussieht, ist er wahrscheinlich genervt von ihr, weil sie trinkt. Genauso wie meine kleine Schwester mich aufregt, wenn sie nicht zuhört.

Geschwister.

Nova klettert auf den hölzernen Couchtisch. Ich eile näher ... besorgt, dass sie in diesen Absätzen fallen könnte oder schlimmer noch, der Tisch unter ihr zusammenbricht.

Ich strecke eine Hand aus. „Komm schon, steig runter, Nova. Du hast genug getrunken."

Nova kichert ... ihre Worte lallend. „Ich habe eine Ankündigung zu machen!", ruft sie. Einige meiner Teamkollegen, die nicht mitten in einer Knutschsession stecken, schauen in ihre Richtung.

„Nova", tadelt mein Tonfall, aber sie winkt mich ab.

„Eines Tages werde ich Ashton Rinaldi heiraten."

Ihre Arme strecken sich nach ihm aus, ihre rehbraunen Augen flattern wild.

„Wir gehen nach Hause“, knurre ich ... packe ihre Hüften und lege sie über meine Schulter.

Meine kleine Schwester blamiert sich. Sie hat eindeutig zu viel getrunken.

„Lass mich runter!“ Nova schlägt mit ihren Fäusten auf meinen Rücken. „Ashton, sag ihm, er soll mich runterlassen.“

Ihre Worte lallen und ihr Körper zappelt, als sie gegen mich kämpft.

Ashton steht auf und schreitet die paar Fuß näher zu mir. „Du solltest auf deine Schwester hören und sie runterlassen.“

Mein Blick verengt sich auf Ashton.

Er ist mein bester Freund.

Warum sagt er mir, was ich mit meiner kleinen Schwester tun soll?

„Sie ist betrunken. Ich bringe sie nach Hause. Wir gehen jetzt. Hol Kensley und Liam.“ Ich drehe mich um, um zur Haustür zu gehen.

„Lass meine Freundin jetzt runter“, sagt Ashton, und für einen Moment dreht sich meine Welt.

„Freundin? Du datest *meine* Schwester?“ Hitze überflutet mein Gesicht, und mein Herz hämmert in meiner Brust.

Ich schreite an Ashton vorbei und setze Nova auf dem Sofa ab. „Bleib“, knurre ich und warne sie, sich nicht zu bewegen.

Nova hört nicht zu.

Sie hört nie zu.

Sie steht auf und stolpert auf uns zu. „Bitte sei nicht böse, Luca.“ Nova klimpert mit diesen babyblauen Augen ... aber wo es bei Ashton funktionieren könnte, bewirkt es bei mir nichts.

Ich ignoriere Nova und packe Ashton mit einer Hand, ziehe ihn näher zu mir, unsere Gesichter nur Zentimeter voneinander entfernt.

Hitze strömt über meine Haut. Mein Blut läuft heiß wie geschmolzene Lava. „Eine Regel. Ich hatte nur eine verdammte Regel“, zische ich zwischen zusammengebissenen Zähnen.

Mein Kiefer zuckt und ich stoße ihn nach hinten, meine Hände an meinen Seiten zu Fäusten geballt.

„Hör zu, ich schlafe nicht nur mit deiner Schwester...“

Ich stürze mich auf Ashton, packe ihn am Kragen seines Hemdes und schleudere ihn gegen die Wohnzimmerwand. „Ich habe dich gewarnt, meine Schwester nicht anzufassen!“

„Ich mag sie wirklich, Luca. Sie ist nicht einfach irgendein Mädchen, mit dem ich schlafe.“

Seine Worte treffen mich härter, als jeder Schlag in die Magengrube es könnte. „Ich glaube dir nicht! Ich habe die Mädchen gesehen, die du mit ins Bett nimmst ... jede Nacht eine andere."

Nova beobachtet uns mit weit aufgerissenen Augen, und Liam kommt um die Ecke gestürmt und reißt mich von Ashton weg.

„Das ist keine Affäre ... nicht für mich." Ashtons Blick wandert von mir zu Nova. Die Luft knistert förmlich.

Brooks packt meinen anderen Arm, Liam auf meiner linken Seite, Brooks auf meiner rechten, und sie halten mich davon ab, Ashton anzugreifen. „Wir haben es alle gewusst", sagt Brooks, und seine Ruhe macht mich nur noch wütender.

„Alle?", fauche ich und meine Augen weiten sich, als ich durch den Raum blicke.

Ich starre Kensley an. „Sogar du wusstest es?"

Kensley nickt schwach. „Ich habe gesehen, wie sie vor Monaten rumgemacht haben, als ihr noch hier gewohnt habt."

„Das läuft schon seit Monaten?" Schock beschreibt nicht einmal ansatzweise das beklemmende Gefühl, belogen und von meinen engsten Freunden und Teamkollegen verraten worden zu sein.

„Wir wussten nicht, wie wir es dir sagen sollten." Ashton starrt mich an, Sorgenfalten auf seiner Stirn.

Nova tritt näher zu mir und nickt Brooks und Liam zu. Sie lockern ihren Griff und lassen endlich meine Arme frei, bleiben aber wachsam für den Fall, dass ich wieder auf Ashton losgehe.

„Ich wollte es dir sagen", meint Nova und legt sanft ihre Hand auf meinen Arm. „Ashton und ich haben noch diese Woche darüber gestritten, wann und wie wir es dir sagen sollten."

„Es hätte nichts zu sagen geben dürfen." Ich werfe Ashton einen wütenden Blick zu. „Ich habe euch gewarnt – euch alle ...", ich schaue im Raum zu meinen Teamkollegen, „euch von meiner kleinen Schwester fernzuhalten."

„Luca", Novas Stimme ist sanft, ruhig, sie versucht, beruhigend zu sein, aber es besänftigt nicht den Adrenalinstoß, der durch mich hindurchfließt. „Ich bin kein kleines Kind mehr. Ich bin jetzt auf dem College. Du kannst nicht erwarten, dass ich nicht date."

Ich weiß das. Ich habe nie erwartet, dass sie nicht datet. „Du kannst ausgehen, mit wem du willst. Nur nicht mit einem von diesen Typen", knurre ich und zeige auf Ashton. „Hockeyspieler sind die Schlimmsten."

„Du bist einer von ihnen!“, schreit Nova mich an. „Siehst du mich etwa Harper davon abhalten, mit dir auszugehen?“

„Das ist etwas anderes.“

„Inwiefern?“ Nova funkelt mich an. „Wir sind beide im ersten Studienjahr. Wir gehen beide mit Hockeyspielern aus.“

„Ich bin kein Player!“ Begreift sie denn nicht, wie verschieden Ashton und ich sind?

Ashton tritt näher zu Nova und legt einen Arm um ihre Taille. „Ich bin das nicht mehr. Deine Schwester hat mich verändert.“

Ich glaube Ashton nicht. Er hat geschworen, dass er sich nie verlieben würde ... dass Liebe ein völlig von den Medien erfundenes Konzept sei. Er wollte keine Beziehung ... er wollte nur jede Nacht mit einem neuen Mädchen schlafen.

Ich will ihm den Arm aus der Schulter reißen und trete vor, aber Liam hält mich zurück. „Tu es nicht.“ Liams Stimme ist in meinem Ohr.

„Warum verdammt nochmal nicht?“

„Erstens wegen deiner Hockeykarriere“, sagt Liam. Er hält mich weiter fest. „Wenn du ihn angreifst, wirst du aus dem Team fliegen. Deine kostbare Karriere ... weg. Deine Zukunft in der NHL ... nicht existent.“

Ich presse meine Zähne zusammen und atme schwer durch die Nase aus. Ich fühle mich wie ein Drache, aus dem Dampf aufsteigt ... bereit, Ashton mit Feuer zu übergießen.

Verdammt noch mal.

„Halt dich verdammt nochmal von meiner Schwester fern!"

Novas Augen verengen sich. „Ich verstehe das. Du bist wütend. Sauer, dass wir dich angelogen haben. Es tut mir leid, dass wir es dir nicht gesagt haben, als Harper es herausfand. Wir hätten sie nicht dazu bringen sollen, unser Geheimnis zu bewahren, aber du musst das aus unserer Sicht sehen."

Moment.

Harper wusste es?

Das sind die einzigen Worte, die ich höre, und sie hallen laut in meinem Kopf wider, wie ein Schuss, der abgefeuert wird.

Wenn ich vorher nicht innerlich gestorben bin, dann tue ich es jetzt auf jeden Fall.

Sie hat mich angelogen.

Schon wieder.

„Ich bin fertig." Ich stoße Liam von mir weg und gehe zur Haustür. „Ich fahre nach Hause. Wenn du mitfahren willst, solltest du besser deinen

Hintern zu meinem Auto bewegen, bevor ich abfahre.“

Die Fahrt nach Hause ist erfüllt von dicker Spannung. Ich setze Kensley an ihrem Wohnheim ab, bevor ich nach Hause fahre. Nova sitzt auf dem Beifahrersitz, während Liam und Ashton hinten sitzen.

Zum Glück waren Ashton und Nova schlau genug, nicht zusammen im Auto zu sitzen, sonst hätte ich sie vielleicht beide in der brutalen Kälte nach Hause laufen lassen. Es ist mir egal, dass die gefühlte Temperatur draußen im Minusbereich liegt.

Stille füllt den leeren Raum, und als wir zu Hause ankommen, stürme ich ins Haus und gehe direkt ins Schlafzimmer.

Ich knalle die Tür zu und vergesse kurzzeitig, dass Zeke direkt nebenan schläft, und verzerre das Gesicht, als ich sein Weinen höre.

„Verdammt nochmal“, knirsche ich zwischen zusammengebissenen Zähnen.

„Luca?“ Harpers verschlafene Stimme entfacht

ein tiefes Feuer in mir, und ich unterdrücke es, ersticke das Verlangen.

„Du hast mich belogen“, schrei ich, meine Worte so kalt wie die Nachtluft draußen.

Harper reibt sich den Schlaf aus den Augen, während sie auf die Uhr schaut und sich aufsetzt. „Was?“ Sie ist benommen und für einen Moment desorientiert. Ich erkenne die Verwirrung, aber es ist mir scheißegal.

„Du hättest es mir sagen müssen!“

Sie lässt sich zurück aufs Bett fallen. „Du musst es mir schon genauer sagen. Ich weiß nicht, worüber du so wütend bist, Luca.“

„Ashton und Nova – und du wusstest es.“ Die Hitze breitet sich in meinem ganzen Körper aus. So sehr ich sie auch aus dem Schlafzimmer werfen möchte ... es ist unser Zimmer. Aber vielleicht sollte sie auf der Couch oder in Zekes Zimmer auf der Einzelmatratze schlafen.

Ein schwerer Seufzer entweicht ihren Lippen, und sie klopft neben sich auf das Bett – auf den leeren Platz ... meinen Platz. „Komm, lass uns reden.“

Hitze brennt durch meinen Körper. Ich reiße mir den Pullover über den Kopf. Ich sollte mich fürs Bett umziehen, aber Schlaf wird in naher Zukunft nicht möglich sein. Ich bin zu aufgeladen mit Wut, befeuert von dem Brand, den Harper entfacht hat. „Ich habe keine Lust zu reden."

Harpers Worte sind sanft, entwaffnend, aber sie beruhigen mich nicht. „Du hast also nur Lust zu schreien?"

Ich drehe ihr den Rücken zu, blicke in den Spiegel. Es ist dunkel. Ich kann weder ihre Reflexion noch meine eigene zu dieser Stunde sehen. Ich ziehe mich aus und finde eine saubere Boxershorts und ein T-Shirt zum Anziehen. Nackt neben ihr zu schlafen ist heute Nacht zu intim.

Nicht dass wir nicht schon *das* getan hätten, aber es ändert nichts an der Tatsache, dass ich wütend auf sie bin.

„Du hast mich angelogen."

Harper seufzt und setzt sich wieder im Bett auf. Ihre Stimme ist leiser, und eigentlich sollte mich das beruhigen, aber stattdessen reizt es mich.

„Ich bin auf Ashton und Nova gestoßen – als sie Dinge taten." Sie gestikuliert mit den Händen und zeigt auf die Tür. „Den Flur runter."

„Wie lange schon?"

Sie beißt sich auf die Unterlippe und verzieht das Gesicht, schaut weg. „Eine Weile."

„Wie. Lange." Der Ton in meiner Stimme wird gereizter, weil sie meine Frage nicht beantwortet.

„Eine Weile. Es war vor unserer Hochzeit ... aber nachdem wir in dieses Haus gezogen sind. Ich kenne nicht das genaue Datum und die Uhrzeit."

Ist sie frech zu mir? Ich schnaufe laut genug, damit sie es hört. „Also dachtest du, Geheimnisse vor mir zu haben, wäre eine gute Idee?"

Sie öffnet und schließt ihren Mund ... vielleicht überlegt sie, wie sie antworten soll. Ihre Stille füllt die Leere zwischen uns. Schließlich antwortet sie endlich, als ich sie anstarre und darauf warte, dass sie mir die Wahrheit sagt. „Ich hätte nicht zustimmen sollen. Ich ... ich hatte nur das Gefühl, dass es nicht an mir war, etwas zu sagen. Ich habe beiden gesagt, dass sie es dir sagen müssen."

Ich brumme und knurre Harper an. „Ja, nun, keiner der beiden hat sich dazu entschieden, das zu tun. Stattdessen musste ich es auf der Party erfahren, als Nova ihre Liebe zu Ashton verkündet hat."

„Sie hat was?" Harpers Augen weiten sich.

„Sie hat verkündet, dass sie ihn heiraten würde. Ironisch, wenn man bedenkt, dass Ashton praktisch dasselbe in diesem verdammten Haus getan und gesagt hat ... er würde dich heiraten."

Harper reibt sich die Schläfen. „Ashton hat das

nur gesagt, weil dein Vater die Hochzeit eingefädelt hat. Er wollte, dass du frei bist und ich in die Familie einheirate, damit ich über dieses arme Kind den Mund halte."

„Nicht dasselbe." Ich gehe im Schlafzimmer auf und ab. Ich kann nicht stillsitzen, und ich kann mich schon gar nicht hinlegen. „Ashton hat seine Liebe zu dir verkündet, lange bevor wir unseren ersten Kuss hatten."

„I-ich weiß nicht einmal, was ich dazu sagen soll, Luca. Ich hatte nie Gefühle für Ashton." Ihre Stirn ist gerunzelt, und je länger ich sie anstarre, desto mehr reagiert mein Körper ... will sie, sehnt sich nach ihrer Berührung.

Ihre Stimme ist sanft, süß, fesselnd ... wie der Gesang einer Sirene, der mich zu ihr lockt.

Ich lehne ab.

Ich laufe weiter auf und ab und erzwinge Abstand zwischen uns, weil das das Einzige ist, was mich rational hält und mich nicht der Versuchung nachgeben lässt.

„Mein Punkt ist, dass Ashton sich nicht verliebt. Diese Sache mit Nova wird explodieren ... und wenn das passiert, leben wir zusammen. Was dann?"

Harper steigt aus dem Bett, das Trikot hängt

locker über ihren Kurven, aber endet knapp über ihren Oberschenkeln.

Sie sieht unglaublich heiß und sündhaft aus.

Ich atme scharf ein und versuche verzweifelt, Gedanken an die nackte Harper aus meinem Kopf zu verdrängen, denn ich weiß, dass sie nichts unter diesem Trikot trägt.

„Es tut mir leid, dass ich dir die Wahrheit über Ashton und Nova verschwiegen habe. Ich wollte, dass sie es dir sagen. Ich habe ihnen gesagt, dass sie es dir sagen müssen."

„Und als sie sich weigerten, hättest du selbst zu mir kommen sollen. Du bist meine Frau!"

Harper schließt kurz die Augen und atmet durch den Mund aus. Sie versucht, ruhig zu bleiben. Ich spüre, dass ich sie verunsichere ... und ich grinse, weil ich weiß, dass ich diese Macht über sie habe.

„Ich mag deine Frau sein, Luca, aber du liebst mich nicht. Das hast du nie. Du kannst nicht verlangen, dass ich keine Geheimnisse vor dir habe, wenn du selbst Geheimnisse vor mir hast."

Sie kommt näher zu mir, aber ich trete einen Schritt zurück, stolpere gegen die Kommode an der Wand. Ich stoße mich davon ab und verlagere mein Gewicht ... drehe mich, um von ihr wegzubleiben, aber auch um nicht in eine Ecke oder Wand gedrängt zu werden.

„Welche Geheimnisse habe ich vor dir? Denn ich war brutal ehrlich zu dir."

Ihre Hand streckt sich zuerst aus, ihre Finger streifen meinen Arm, und ich reiße meinen Körper aus ihrer Reichweite. „Tu das nicht."

„Was denn?", fragt sie mit sanfter, süßer Stimme. Sie ist alles andere als unschuldig.

„Versuchen, mich dazu zu bringen, dir zu vergeben. Ich kann dir nicht vergeben, Harper. Ich werde es nicht ... nicht dieses Mal." Hitze umschlingt mein Herz, und ich bewege mich weiter weg von ihrer Reichweite.

„Stattdessen wirst du mich für immer hassen? Es war nicht mein Geheimnis, das ich erzählen sollte, Luca. Wirst du nie wieder mit deiner Frau reden?" Ihre Augen flackern, und es ist offensichtlich, dass sie verletzt ist. Ich hasse es, der Grund für diesen Schmerz zu sein, aber sie hat meinen zuerst verursacht.

Vielleicht ist es kindisch.

Sollte ich ihr vergeben?

Sie ist nicht diejenige, die mit meiner Schwester zusammenlebt.

„Ashton hätte Nova niemals anfassen dürfen",

knurre ich und lenke meinen Zorn auf ihn. Aber er ist nicht im Schlafzimmer.

Ich stürme aus dem Schlafzimmer und gehe den Flur entlang. Wenn Nova und Ashton ein Bett teilen, werde ich ihn umbringen.

„Luca, warte." Harper eilt, um mich einzuholen, ihre Stimme ein scharfes Flüstern. Als ich an Zekes Tür vorbeirausche, wird mir klar, warum sie ihre Stimme senkt, und ich verziehe das Gesicht.

Ich will die Dinge für Zeke nicht ruinieren.

Ich will ihn nicht wecken.

Ich will nicht zu meinem Vater werden.

Ich bin überfordert.

Belastet.

Jeder Atemzug wird schwerer, während ich nach Luft schnappe. Ich spüre den Rand eines Zusammenbruchs nahen. Ich schwanke am Abgrund, und in wenigen Augenblicken werde ich in die Vergessenheit stürzen.

Ihre sanfte Berührung ist auf meinem Rücken.

Harper.

Ich ziehe mich nicht zurück. Ein kleiner Teil von mir will sie wegstoßen ... ihr sagen, sie solle mich nicht anfassen und mich in Ruhe lassen. Aber ich bewege mich nicht. Meine Beine knicken ein, ihre Arme umschließen mich, beschützen mich.

Jeder Atemzug scheint unmöglich.

Meine Lungen kämpfen und brennen, während ich nach Luft schnappe und mit meinen Lippen nach Luft greife, als würde ich ertrinken.

Ihre Berührung ist warm. Tröstend. Harper reibt weiter meinen Rücken ... hält mich ... wiegt mich, während der Schmerz mich ganz umfasst.

Tränen bilden sich nicht.

Ich weine nicht.

Aber mein Körper wird von Schmerz geschüttelt ... von Trauer ... von Angst und unleugbarem Leid. Ich habe zu viel durch die Hand meines Vaters gesehen. Ich will nicht zu ihm werden, und doch spüre ich, wie die Veränderungen an die Oberfläche kommen.

Ich werde zu dem Monster, das ich nie sein wollte.

Der Feind ist in mir.

Harper ist ruhig und still ... ihre Arme um mich wie eine Festung, geben mir Kraft, Hoffnung und, was noch wichtiger ist, Liebe.

Zumindest fühlt es sich so an, aber ohne die sentimentalen Worte.

Sie küsst meine Schläfe, hält mich fest an sich gedrückt und reibt in einer beruhigenden Bewegung über meinen Rücken, die den Schmerz in meiner Brust lindert.

Irgendwann kann ich wieder atmen.

Jeder Atemzug ist mein eigener. Ich fühle mich albern, wie ich auf dem Boden kauere, meine Hände den Boden berühren, auf dem wir gehen. Ich löse mich aus ihrer Umarmung ... es ist Stille zwischen uns.

Ich kann ihrem Blick nicht begegnen.

Demütigung.

Verlegenheit.

All das brennt in mir, aber die Hitze des Zorns hat sich aufgelöst.

Vorerst.

Harper verlagert ihr Gewicht, sagt aber nichts, als ich aufstehe. Ihre Hände liegen auf meinen Armen, als sie mit mir aufsteht, ihre Berührung ist der einzige Faden, der mich zurück in die harte Realität bringt.

Mein Blick starrt auf ihre Hand an meinem Arm, aber ich kann sie nicht dazu bringen, sie wegzunehmen ... sie wegzustoßen.

Ich umarme sie auch nicht.

Die Stille hängt schwer zwischen uns. Ihre Berührung ist fest, warm und stark. Da ist eine

Leichtigkeit, die nur sie mit sich bringt ... die ich sowohl tröstlich als auch merkwürdig finde.

Schließlich bricht sie die Stille, ihr Atem kaum mehr als ein Flüstern. „Lass uns ins Bett gehen."

Ich nicke, und sie führt mich schweigend in unser Schlafzimmer. Sie schließt die Tür hinter uns, während ich zum Bett gehe ... mein Herz rast nicht mehr so wie noch vor Momenten.

Eine stille, heitere Erleichterung durchströmt mich, als ich ins Bett steige.

Harper tut dasselbe, bleibt auf ihrer Seite und greift schweigend nach den Kissen ... die eine Regel, die ich aufstellte, als wir uns nach unserem letzten Streit das Bett teilten.

Scheint jetzt sinnlos, wenn man bedenkt, was wir heute am frühen Abend und heute Nacht getan haben ... wie sie mich fest gehalten hat.

Ich will die Kissen nicht.

Ich will keine Mauer zwischen uns.

Ich will *sie*.

Ich werfe die zusätzlichen Kissen auf den Boden.

Obwohl ich es schätze, dass sie mir Raum gibt, will und brauche ich ihn nicht mehr.

Ich ziehe Harper an mich, schiebe mein Knie zwischen ihre nackten Schenkel ... mein Bein findet ihre erhitzte Mitte.

Sie zieht eine Augenbraue hoch, und selbst in der Dunkelheit kann ich den Hauch eines Lächelns auf ihren Lippen sehen. Die Freude, die ich mit einer so einfachen Berührung in ihr hervorrufen kann.

Ich würde alles für diese Frau tun, *meine Frau*.

Meine Lippen stürmen ihre ... meine Hände liegen fest an ihren Wangen und halten sie eng an mir. Ich brauche sie und sehne mich nach ihr.

Mein Körper sucht Wärme und Trost, und Harper gibt bereitwillig nach, öffnet ihre Lippen, damit ich Einlass bekomme.

Ihre Augen fallen zu ...und schwelgen, während sich meine Augen ebenfalls kurzzeitig schließen, während ich sie küsse. Meine Lippen gleiten von ihren Lippen hinab zu ihrem Hals und verehren jeden Zentimeter ihrer erhitzten Haut.

„Luca", stöhnt sie meinen Namen, ihre Finger fest in meinem Haar, während sie meinen Blick zu ihrem hochzieht. „Ich weiß, dass du leidest. Ich will dich nicht ausnutzen, wenn es nicht das ist, was auch du willst."

„Halt den Mund und küss mich", krächze ich, vertiefe den Kuss und bringe sie zum Schweigen.

Ich brauche Harper.

Sie gibt mir etwas, das ich nirgendwo anders

bekommen kann. Sie erfüllt ein Bedürfnis, von dem ich nie wusste, dass ich es hatte ... tief in mir vergraben.

Die Verzweiflung weicht, und sie bietet mir jedes Stück von sich an ... einmal, zweimal, dreimal. Ich verehre ihren Körper wie den Tempel, der er ist.

Jedes zerbrochene Stück von mir wird ganz, wenn ich bei ihr bin, selbst wenn die Dunkelheit in mir droht, die Oberhand zu gewinnen. Ich spüre, wie diese Dunkelheit näher rückt, und sie ist das Licht, das sie vertreibt.

Die Art, wie sie mich berührt, erdet mich ... verankert mein Herz an ihres. Es gibt nichts außerhalb von uns beiden – nur Hitze, Bedürfnis und Verlangen. Sie ist, wonach ich mich sehne, was ich brauche. Es gibt kein Leben, das es wert ist, gelebt zu werden ... ohne sie.

Alles andere verblasst – der Schmerz, die Zweifel, die Welt außerhalb unserer Umarmung. Alles, was ich fühle, ist Harper ... ihr Herzschlag im Einklang mit meinem, ihr Atem vermischt sich mit meinem und schafft einen Rhythmus, der nur uns gehört.

Jeder Zentimeter von ihr ist wunderschön und, was wichtiger ist, *meins*. Ich zeichne ihre Haut mit meinen Fingerkuppen nach, präge mir jede Kurve, jede Sommersprosse, jedes großartige Detail ein, das einzigartig Harper ist.

Die süßen Seufzer und Stöhner erfüllen die Luft, was mich nur weiter ermutigt. Mit jedem Stoß meines Schwanzes sammelt sich Hitze zwischen ihren Schenkeln.

Ihre Stöhner und ihr Flehen erfüllen in Ekstase den Raum.

Die Verbindung zwischen uns ist magisch ... entfacht ein Feuer, das jede verbliebene Unsicherheit verbrennt. Sie ist mein Trost, mein Zufluchtsort, und ich werde sie niemals gehen lassen.

Ich bin nah am Rande des Abgrunds ... und sehne mich danach, mit ihr gemeinsam zu fallen.

Sie ist fast mit mir dort. „Luca." Ihr Stöhnen ist voller Verzweiflung und Bedürftigkeit, was mein Tempo weiter beschleunigt und meinen Schwanz pochen lässt, während ich mit ihr dem Orgasmus hinterherjage.

Meine Finger reiben an ihrem Kitzler, beobachten ihr Gesicht, studieren jede Linie und Kurve ihres Körpers, während ihre Hüften von der Matratze hochschnellen, ihr Rücken sich hebt, ihre

Zehen sich kräuseln, ihr ganzer Körper zittert, während ihre Hände die Laken umklammern.

Ihr Inneres bebt und umklammert meinen Schwanz, die Empfindung überwältigend, bringt mich mit ihr über die Kante. Ich kämpfe darum, meine Augen offen zu halten, denn ich will sehen, wie sie für mich zerfällt.

Sie ist schöner als die Polarlichter in einer Winternacht, herrlicher als ein Sonnenaufgang auf den Gipfeln des höchsten Berges.

Ich würde alles für sie aufgeben.

Ich würde die Welt niederbrennen, wenn es bedeutet, sie und Zeke zu beschützen.

Das Glühen ihrer Wangen zu sehen, das Lächeln auf ihren Lippen, das Keuchen in ihrem Atem, während sie versucht, ihren Orgasmus auf der Jagd ins Vergessen einzufangen, ist die schönste Vision.

Sie lehnt sich vor, küsst mich, ihre Lippen süß und schmecken nach Kirschen, während ich meine Arme um sie schlinge, sie an mich ziehe, und ich brumme, als ich meinen Fehler bemerke. „Wir haben kein Kondom benutzt."

Da ist keine Angst in ihrer Stimme, keine Sorge, was mich innehalten lässt. „Es ist okay." Ihre Hände streichen über meine Arme. „Ich nehme die Pille."

Erleichterung durchflutet mich, und obwohl ich diese Worte schon einmal von ihr gehört habe, gibt es ein Gefühl der Freiheit zu wissen, dass es nicht mehr kleine Kinder geben wird, zumindest nicht, bis wir beide bereit sind.

VIERZEHN

ASHTON

Die Autofahrt zurück zum Haus hätte explosiv werden können. Die Spannung war unüberwindbar, und Nova hörte wenigstens auf mich, als ich ihr zuflüsterte, dass sie vorne sitzen sollte.

Zum Glück hat sie nicht mit mir gestritten.

Luca stürmt ins Haus und knallt seine Schlafzimmertür zu, was deutlich macht, dass er immer noch königlich sauer auf mich ist.

Scheint zu stimmen.

Ich weiß nicht, was nötig sein wird, damit er mir verzeiht. Vielleicht wenn er begreift, dass ich wirklich etwas für Nova empfinde. Sie bedeutet mir mehr als jede andere, mit der ich je zusammen war ... und auf dieser Liste stehen eine Menge Mädchen.

Ich kann verstehen, warum er sauer ist.

Er macht sich Sorgen um seine kleine Schwester.

Er denkt, sie ist nur ein weiterer Fick, was weit von der Wahrheit entfernt ist.

Ich schätze seine Besorgnis. Glaub es oder nicht, wenn die Rollen vertauscht wären, hätte ich ihm auch am liebsten die Scheiße aus dem Leib geprügelt.

Zum Glück haben Brooks und Liam verhindert, dass mein Gesicht eingeschlagen wurde und sich schwarz und blau färbte. Ich schulde beiden etwas.

Nova walzt direkt in mein Schlafzimmer. Heute Abend gibt es nicht mal einen Versuch, sich hereinzuschleichen. Nach ihrem Gesichtsausdruck und der Art, wie sie sich bewegt, ist sie immer noch angetrunken.

Verdammt.

Ich hatte heute Abend ein paar Drinks, aber Nova hat mehr getrunken als ich. Ich habe nicht genau gezählt, wie viele Drinks sie hatte, aber das Mädchen trank diesen Punsch, als wäre es Fruchtsaft und, nun ja – der Alkohol hatte einen süßen Geschmack.

Nova lächelt und schlägt ihre langen Wimpern zu mir auf ... diese himmelsblauen Augen bannen mich mit ihrem Blick. „Bist du böse auf mich?“, fragt sie, ihre Stimme sanft, zerbrechlich, fast kindlich, was mich innehalten lässt.

„Natürlich nicht." Ich lasse mich auf die Kante meiner Matratze fallen, und Nova atmet erleichtert aus.

„Gut." Sie kommt näher, setzt sich rittlings auf meine Hüften und lässt ihr Gewicht auf meinem Schoß nieder.

Ihre Finger verwickeln sich in meinem Haar, ihr Atem schwer vom Alkohol, und ich kann mich heute Nacht nicht dazu bringen, weiter zu gehen.

„Du hast zu viel getrunken." Ich drücke einen sanften Kuss auf ihre Wange, meine Hände an ihren Hüften, während ich sie von meinem Schoß führe.

Nova wimmert protestierend. „Ich bin nicht betrunken."

„Du bist ziemlich angeheitert." Es ist die netteste Antwort, die ich ihr geben kann, denn es besteht null Chance, dass sie mir heute Nacht ihre Einwilligung gibt. Und ich brauche echte, begeisterte Zustimmung, keine betrunkene, enthusiastische Einwilligung.

Nach dem, was auf der Party passiert ist, bin ich mir nicht sicher, wo wir stehen.

Ich mag sie.

Sie hat ihre Liebe zu mir erklärt.

Nun, sie hat definitiv geschrien, dass sie mich eines Tages heiraten will, was so gut ist, als würde sie mir sagen, dass sie mich liebt. Keiner von uns hat bisher das L-Wort benutzt.

Wenn ich nicht leicht angetrunken und sie nicht völlig betrunken wäre, könnten wir vielleicht ein echtes Gespräch führen.

„Ich bin nicht betrunken“, jammert Nova, während sie vor mir steht.

„Komm schon“, sage ich und hoffe, dass ich keinen riesigen Fehler mache, als ich ihre Hand nehme und zur Schlafzimmertür gehe.

Leise drehe ich den Türknauf ... das Quietschen der Tür lässt mich zusammenzucken.

Ich brauche nicht, dass Luca aus seinem Schlafzimmer kommt und mich anschreit, weil ich mich zu Novas Zimmer schleiche.

Obwohl es technisch gesehen ich wäre, der Nova in ihr Zimmer bringt, glaube ich trotzdem nicht, dass er erfreut wäre, wenn er sieht, wie sie betrunken aus meinem Zimmer torkelt.

Das ist ein Kampf, den ich gerne vermeiden würde.

Ich lege einen Finger an meine Lippen und erinnere Nova daran, leise zu sein, während wir über den Flur schleichen und ich leise ihre Schlafzimmertür öffne.

Sie ist nicht besonders leise mit ihren Schritten oder ihrem Atmen, was mein Herz in meiner Brust hämmern lässt.

Luca wird mich umbringen.

Ich höre ihn den Flur hinunter, wie er Harper ziemlich die Meinung sagt.

Während ich mich schlecht für sie fühle, bin ich gerade nur froh, dass er nicht mich anschreit, denn während ich weiß, dass er nie eine Frau schlagen würde, würde er definitiv nach mir ausholen.

Wir schaffen es, in Novas Schlafzimmer zu schleichen, und ich schließe die Tür so leise wie möglich, aber das leichte Klicken lässt mich für einen Moment erstarren.

Kein Anzeichen von Luca.

Keine zuschlagenden Türen oder stampfenden Schritte.

Er ist zu beschäftigt damit, mit Harper zu streiten, um zu bemerken, wie ich Nova zurück in ihr Zimmer schleiche.

Ich kann wieder atmen.

Als ich mich zu Nova umdrehe, steht sie an ihrem Bett, den Kopf geneigt und wartet geduldig auf mich.

„Kommst du mit ins Bett?“, fragt sie, und das Lächeln auf ihrem Gesicht macht mich begierig, ihr zu gefallen.

Aber ich kann nicht.

Nicht heute Nacht.

Nicht, während sie berauscht ist.

„Ich werde dich zudecken“, sage ich und hoffe, dass das sie zufriedenstellen wird.

Nova wimmert, und ich schwöre, der Klang geht direkt in meinen Schwanz. Mein Körper reagiert wie immer auf sie, was alles verdammt viel schwieriger macht.

Sie wird es mir nicht leicht machen, oder?

Nova schlägt die Laken zurück und zieht sich ohne Umschweife komplett aus.

Scheiße.

Ich atme scharf ein.

Ich möchte durchs Zimmer schreiten, ihre Lippen mit meinen bedecken und sie nehmen.

Aber ich kann nicht, und ich hasse mein Leben gerade verdammt nochmal.

Wenn Luca nicht auf der Party gewesen wäre, könnten die Dinge anders sein. Sie wäre immer noch betrunken, aber wenigstens wüsste ich, dass sie mich will. Sie hat mich schon unzählige Male zuvor gewollt. Aber nach dem, was passiert ist, kann ich nicht sicher sein.

Ich muss es aus ihrem Mund hören, dass wir in Ordnung sind.

Dass wir das zusammen durchstehen werden.

Dieses Gespräch muss stattfinden, wenn sie nüchtern ist.

Wenn sie Zeit hatte, wirklich zu entscheiden, ob ich immer noch das bin, was sie nach Lucas Ausbruch will.

Denn ich werde keinen Keil zwischen sie und ihre Familie treiben.

„Kommst du ... ins Bett?", sagt sie mit einem teuflischen Lächeln. Sie weiß genau, was sie mit mir macht, ihre straffen Brüste starren mich direkt an, ihre Muschi bettelt darum, gekostet zu werden.

Mein Mund ist trocken.

Mein Schwanz pocht danach, von ihrer Hand, ihren Lippen berührt zu werden ... ihre Pussy fest um meinen Schaft geschlungen.

„Leg dich ins Bett", befehle ich.

Das Lächeln bleibt auf ihrem Gesicht, während sie zwei Schritte rückwärts geht und sich hinlegt, auf mich wartend.

Ich kenne ihr Schlafzimmer wie mein eigenes. Ich öffne die zweite Schublade und nehme einen

Schlafanzug heraus, den sie anziehen kann ... und bringe ihn ihr zum Bett.

„Klamotten?“ Ihr strahlendes Lächeln verwandelt sich schnell in ein finsteres Schmollen.

„Falls Zeke morgen früh in dein Zimmer stürmt.“ Ich helfe ihr, ihre Arme in das Tanktop zu stecken, dann zieht sie sich selbst die Pyjamashorts an.

„Ich hasse dich“, knurrt sie mich an.

Ich nehme ihre Worte nicht zu Herzen. Das kann ich nicht. Denn wenn ich es täte, würden sie mich verbrennen, und ich könnte heute Nacht nicht schlafen.

„Leg dich wieder hin.“ Ich schalte das Licht im Schlafzimmer aus und setze mich dann an den Rand ihres Bettes. Die Matratze gibt unter meinem Gewicht nach, während ich die Decke um sie herum hochziehe.

Sie schnaubt und rollt sich auf ihre Seite, von mir abgewandt.

Ich kann nicht sagen, ob sie wütend ist oder nur so tut, weil ich sie gezwungen habe, ihren Schlafanzug anzuziehen. Ich habe sie heute Abend nicht absichtlich zurückgewiesen ... nicht auf die Art, wie sie sich gerade verhält.

Ich hoffe nur, dass es ihre Aufführung ist, und sie

einfach hartnäckig wie immer ist und nicht wirklich sauer auf mich.

„Rutsch rüber", flüstere ich, und sie bewegt sich ein wenig, gibt mir kaum genug Platz, als ich mich hinter sie lege. Die Decken sind eine zusätzliche Schicht zwischen uns, aber das stört mich heute Abend nicht.

Mein Arm liegt über ihrer Seite, mein Atem gegen ihren Nacken, während ich mich so gut wie möglich an ihren Körper schmiege.

„Du bist so ein Tease", murmelt sie. „Komm ins Bett zu mir. Ich verspreche, ich werde nicht beißen."

Ich lache leise. „Ich vielleicht schon."

„Wirst du nicht. Du bellst nur, besonders heute Abend."

Ich knabbere spielerisch an ihrem Nacken, und sie kichert ... ihre Hüften reiben sich an meinen.

Die Hitze steigt, der Raum wird um mehrere Grad wärmer. Ich muss aufhören. Ihr Herz ist kein Spiel, und ich brauche eine weitere kalte Dusche.

„Schlaf jetzt", flüstere ich, küsse ihre Wange und ziehe sie mit meinen Armen fester an meine Brust.

„Schwer, wenn ich Sex mit dir haben will", schnurrt sie und dreht sich zu mir um.

Es gibt nicht einen Hauch von Spannung zwischen uns, was mir zumindest hilft, mich zu entspannen, aber das Feuer scheint heute Abend immer noch in ihr zu brennen.

Und ich will ihr so verzweifelt helfen, aber ich kann nicht.

Ich werde nicht.

„Du bist angetrunken“, erinnere ich sie. Sie ist mehr als nur leicht angetrunken, aber ich versuche, nett zu sein und sie nicht fühlen zu lassen, als würde ich sie wieder direkt ablehnen. „Du kannst nicht einwilligen.“

„Doch, kann ich“, knurrt sie und schubst mich von ihrem Bett. Das Lächeln wächst nur auf ihrem Gesicht, als ich auf dem Boden lande, dann beginnt das Lachen in ihrer Brust, rumort durch sie hindurch.

Meine Augen weiten sich, und ich bete, dass Luca nicht jeden Moment in ihr Schlafzimmer stürmt, denn es ist unmöglich, dass er nicht gehört hat, wie mein Arsch auf dem Boden aufschlägt.

Nova strahlt mich an. „Ich willige ein, dass du deinen lahmen Arsch auf meinem Boden schlafen legen kannst, während ich mich mit meinem Spielzeughäschen selbst ficke.“ Sie greift zum Nachttisch und öffnet ihn.

Gott steh mir bei.

Sie schaltet das Spielzeug ein, und das Summen erfüllt den Raum.

Sie bringt es unter die Laken, stöhnt meinen Namen, und ich kann es nicht mehr ertragen.

Ich springe vom Boden auf und stolpere rückwärts zur Tür. Ich möchte zusehen, wie sie sich selbst berührt, ihr sogar helfen, aber ich kann nicht. Nicht heute Abend.

„Ich gehe zurück in mein Zimmer." Ich fühle mich wie ein Feigling, während ich rückwärts gehe, mein Rücken berührt sanft die Tür, und ich schleiche hinaus und zurück in mein Zimmer.

Es ist unmöglich zu schlafen, wenn ich weiß, was Nova direkt auf der anderen Seite des Flurs tut.

Und obwohl ich ihr Spielzeughäschen nicht summen und drehen höre, weiß ich, dass dieses verdammte Spielzeug sie fickt.

Ich will derjenige sein, der seinen Schwanz zwischen diese süßen Pussylippen steckt und langsam in sie eindringt.

Ich lasse mich auf mein Bett fallen ... mein Körper ist von Hitze und Dampf erfüllt. Eine kalte Dusche wäre gut, aber sie könnte auch Luca wecken.

Na scheiß drauf.

Es ist spät. Hoffentlich ist er inzwischen im Bett, schläft und lässt mich verdammt noch mal in Ruhe.

Ich gehe leise ins Badezimmer, schließe die Tür ab, schalte den Ventilator ein und stelle die Dusche auf kalt. Mein Schwanz pocht, während ich mich ausziehe, und ich kann nicht anders, als ihn zu streicheln.

Zu wissen, dass sie zwei Türen weiter ist und sich selbst befriedigt, lässt meinen Puls rasen. Sie fickt sich selbst und stellt sich vor, dass dieses verdammte Spielzeug ich bin.

Ich bin ihre Fantasie.

Das reicht, um mich steinhart zu machen, und ich will heute Abend Erlösung finden.

Scheiß auf die eiskalte Dusche.

Ich drehe den Wasserhahn auf heiß, und Dampf beginnt die Duschkabine zu füllen.

Ich stelle mich unter den heißen Strahl und lasse ihn über meinen Rücken laufen, während ich mich selbst streichle, die Augen schließe und mir vorstelle, wie ihre Lippen, ihre Zunge, ihr Mund jeden Zentimeter von mir aufnehmen.

Verdammt.

Es dauert nicht lange, bis ich am Rande stehe, und verdammt, ich bin bereit, mich gehen zu lassen. Es gibt keinen Grund, zurückzuhalten, den Moment noch länger hinauszuzögern und mich selbst zu quälen.

Mein Atem kommt in scharfen Stößen heraus, das Geräusch vermischt sich mit dem Wasser der Dusche, das auf meinen Rücken prasselt.

Hitze überwältigt meine Sinne, während mein Schwanz in meiner Hand pulsiert, und mit einer Hand greife ich nach der Duschwand, halte mich aufrecht, während ich mir vorstelle, es wäre ihr Mund, der mich über die Kante bringt ... und jeden Tropfen schluckt, den ich zu bieten habe.

Mein Körper spannt sich an und zittert, während sich die Hitze in meinem Unterleib zusammenballt. Der Gedanke an Nova, die sich selbst berührt, spornt mich nur an und macht das Verlangen intensiver. Ich beiße mir auf die Unterlippe, zwinge mich, leise zu bleiben, da ich nicht will, dass jemand mein verzweifeltes Verlangen hört.

Der Duschstrahl wird kalt, als ich fertig bin, was mich zwingt, das Wasser abzustellen, während ich heftig keuche und versuche, wieder zu Atem zu kommen.

Es reicht kaum aus, um das Bedürfnis zu befriedigen, das Nova in mir weckt, aber für heute Abend muss es reichen.

In den frühen Morgenstunden werde ich wach und setze mich im Bett auf, als meine Schlafzimmertür aufgeht.

Ich schaue auf die Uhr. Es ist kurz nach sieben heute Morgen, und die Sonne wird bald aufgehen. In dieser Jahreszeit geht sie erst gegen 7:45 Uhr auf. Diese Silhouette erkenne ich überall.

Nova.

„Kann ich zu dir ins Bett kommen?“ Ihre Stimme klingt zögerlich, und ich schlage die Decke zurück, wobei ich einen kalten Luftzug spüre.

Nova klettert in mein Bett, und meine Arme legen sich sofort um sie, während ich meine Augen schließe, aber ich glaube nicht, dass ich wieder einschlafen kann.

Ich habe weniger als zwanzig Minuten, bis mein Wecker klingelt. Heute Morgen habe ich kein Eishockeytraining, da wir gestern Abend gespielt haben, was mir etwas mehr Schlaf verschafft hat.

Sie schlingt ihre Arme um mich ... sie sind kühl, und ihr Körper jagt mir einen Schauer über den Rücken.

„Du bist eiskalt.“ Ich ziehe sie näher zu mir heran, meine Beine verwickeln sich mit ihren, um sie unter der warmen Decke aufzuwärmen.

„Das liegt an diesem Schlafanzug“, sagt sie mit

einem Grinsen, legt ihren Kopf auf mein Kissen und teilt es mit mir, während sie ihre Stirn gegen meine lehnt. „Sind wir okay?"

Ein leichtes Lächeln umspielt meine Lippen. Meine Hände ziehen an ihrer Taille und halten sie so fest wie möglich – falls das ein Hinweis auf meine Gefühle für sie ist. „Bei mir ist alles gut." Ich atme ihren berauschenden Duft ein und schließe die Augen.

„Wach auf, Schlafmütze." Sie fährt mit den Fingern durch mein Haar und spielt mit den Strähnen.

Gähnend lächle ich und genieße es, wenn sie mich berührt ... mich so beiläufig streichelt, dass es sich natürlich und beruhigend anfühlt. „Ich bin wach."

„Kaum." Ich kann das Lächeln in ihrer Stimme hören.

Träge öffne ich meine Augen und starre in ihre großen, rehartigen, babyblauen Augen.

„Sind wir okay?", fragt sie mich erneut.

„Wie fühlst du dich damit, dass Luca von uns erfahren hat?", frage ich sie, da ich ihre Sorge spüre. Die Tatsache, dass sie mich jetzt schon zweimal gefragt hat, ob wir okay sind, lässt mich befürchten, dass wir es vielleicht tatsächlich nicht sind.

Sie stößt einen schweren Seufzer aus und starrt in die Ferne. „Gestresst. Er ist mein Bruder, ich liebe ihn, aber manchmal möchte ich ihn erwürgen. Weißt du?“

Lächelnd und leise lachend nicke ich. „Oh, ich weiß.“ Ich lehne mich näher, drücke meine Lippen auf ihre Stirn und gebe ihrer Haut einen beruhigenden Kuss.

Sie kuschelt sich noch näher an mich heran, wenn das überhaupt möglich ist, und schlingt ihre Arme um meine Taille. „Ich will nicht, dass er zwischen uns kommt, aber ich will auch nicht zwischen euch beiden stehen. Ihr seid beste Freunde. Teamkollegen.“ Die Sorgenfalten zeichnen sich auf ihrem Gesicht ab, und ich spüre die Besorgnis, wie einen Felsbrocken in meinem Magen.

„Ich denke, wir beide müssen Zeit finden, mit ihm zu sprechen.“

„Getrennt oder zusammen?“, fragt Nova.

„Du kennst ihn besser als ich.“ Er mag zwar mein bester Freund sein, aber sie sind zusammen aufgewachsen.

„Fährst du dieses Wochenende mit ihm zu Mama und Papa wegen Dante?“, fragt Nova.

„Sofern er mich nicht sitzen lässt und ich den Bus nehmen muss, war das der Plan.“ Ich weiß nicht, was Luca nach dem Unterricht vorhat. Eigentlich sollen wir zusammen fahren, aber ich weiß nicht, ob er mich nicht vielleicht an der Straße stehen lässt. Es wäre nicht das erste Mal.

„Ich werde mit ihm reden, bevor er zum Unterricht geht. Vielleicht kann ich mit ihm frühstücken. Dann kannst du während der Fahrt mit ihm im Auto reden?"

„Anscheinend hast du alles durchdacht", flüstere ich und drücke ihr einen sanften Kuss auf die Lippen. Ich bin mir nicht sicher, ob es die beste Idee ist, auf der Fahrt zu Dante mit Luca zu sprechen, aber das behalte ich für mich. Es macht keinen Sinn, Nova zu verärgern oder ihr Sorgen zu machen. Ich werde dieses Wochenende bestimmt Zeit finden, um mit Luca zu sprechen.

„Das habe ich überhaupt nicht." Novas Unterlippe ist schmollend vorgeschoben, und ich beuge mich vor, um sie zu küssen. „Es wird dir gut gehen. Uns wird es gut gehen." Ich möchte, dass sie weiß, dass ich nirgendwo hingehe.

„Und wenn Luca uns nicht als Paar akzeptiert, was dann?"

„Das ist keine Option. Er ist dein Bruder. Er ist mein bester Freund. Er wird einfach sehen müssen, wie gut wir zusammen sind." Ich versuche überzeugend zu klingen, aber dieser Gedanke hat mich die ganze Nacht verfolgt, mich ruhelos gemacht und mir seltsame Träume beschert.

Ich ziehe sie auf mich, genieße das Gefühl ihres Gewichts auf mir. Normalerweise bevorzuge ich es, zu dominieren, aber im Moment gibt es mir Trost, sie einfach über mir zu spüren.

Sie setzt sich rittlings auf meine Taille, nimmt meine Hände und drückt mich gegen die Matratze. „Ich hoffe, ich habe dich auf der Party nicht erschreckt."

Ehrlich gesagt war ich mir nicht ganz sicher, woran genau sie sich erinnerte, angesichts dessen, wie viel sie getrunken hatte.

„Du könntest mich nicht erschrecken." Ich schaue zu ihr hoch und spüre, wie mir der Atem im Hals stockt.

Nova beugt sich herunter und küsst mich. Ich schmelze mit ihrem Kuss dahin, ihr Körper ist warm und sendet Schauer durch mich, während sie ihre Hüften bewegt und sich an mir reibt und den Kuss vertieft.

Verdammt.

Ich unterbreche den Kuss. So sehr ich das auch will, und oh ja, das tue ich wirklich, ich muss in weniger als fünf Minuten für die Uni aufstehen ...

und sie muss mit Luca reden. Wir brauchen nicht, dass er hereinplatzt und uns beide bei schmutzigen Dingen erwischt. Es ist schon schlimm genug, dass Harper reinkam und sah, was sie gesehen hat.

„Heute Abend“, flüstere ich, küsse sie und rolle uns herum ... presse sie unter mich. Sie seufzt, während meine Lippen ihren Hals markieren.

„Du musst heute Abend mit Luca zusammen sein. Im Haus meiner Eltern.“

Ich grummele und erinnere mich an unser Gespräch von eben, dass ich mit Luca hinfahren würde. Wie leicht es war, all das zu vergessen, wenn ich sie küsse.

„Verdammt, ich hasse es, wenn du recht hast.“ Ich drücke ihr einen schnellen Kuss auf die Lippen.

„Ich habe immer recht.“ Nova strahlt stolz, ihre Hände an meinem unteren Rücken, mich umarmend. Ihre Finger beginnen ein sanftes Muster zu zeichnen ... tanzen über meine Haut.

Mein Wecker lässt uns beide zusammenzucken, und sie brummt, während sie von mir herunterklettert ... wissend, dass es Zeit für uns beide ist, aufzustehen. Wir haben um neun gemeinsam Unterricht, was Nova genügend Zeit gibt, mit Luca zu frühstücken und zu versuchen, mit ihm zu reden, bevor ich mit ihm im Auto festsitze.

FÜNFZEHN

NOVA

Schnell ziehe ich mich an und schnappe mir meine Bücher für den Unterricht, und stelle sicher, dass ich alles habe, damit ich nicht noch einmal zum Haus zurück muss.

Ich verlasse mein Zimmer und schlendere in die Küche. Zeke frühstückt und schaufelt trockenes Müsli in seinen Mund, während Harper über eines ihrer Lehrbücher blickt und einen Proteinriegel isst.

„Guten Morgen", sagt Harper mit einem schwachen Lächeln, als sie zu mir aufschaut. Ich kann nicht entschlüsseln, ob sie und Luca noch streiten oder nicht. Sie ist nicht super fröhlich, sieht aber auch nicht niedergeschlagen aus.

„Morgen. Ist Luca noch hier? Ich hatte gehofft, heute Morgen mit ihm zu sprechen.“

„Er holt sich Frühstück in der Mensa. Er ist vor etwa fünf Minuten gegangen.“

„Ich versuche, ihn einzuholen.“ Ich werfe mir meine Tasche über die Schulter, ziehe schnell meine Schuhe und Mantel an und gehe nach draußen.

Es ist heute Morgen zum Glück wärmer als gestern. Der Gehweg ist frei, und ich nehme eine Abkürzung durch den Garten des Nachbarn und eile über den Campus. In weniger als zehn Minuten bin ich an der Mensa, leicht außer Atem vom Joggen. Ich bin nicht unbedingt außer Form ... es sind die zehn Pfund auf meinem Rücken – zumindest fühlt es sich so an –, die das Laufen erschweren.

Nachdem ich wieder zu Atem gekommen bin, betrete ich die Mensa, schaue mich um und entdecke Luca, der sich gerade allein an einen Tisch setzt. Ich beeile mich, mir selbst etwas zu essen zu holen, und bringe dann mein Tablett rüber ... in der Hoffnung, dass er mich zu sich setzen lässt. „Ist hier noch frei?“

Luca schaut von seinem Frühstück auf ... ein Stück Speck in der Hand. Er nimmt einen Bissen und schaut sich um. Sucht er nach Ashton?

„Ich bin's nur." Ich warte nicht darauf, dass er mir sagt, dass ich mich zu ihm setzen kann. Die Frage war eher aus Höflichkeit, als aus einem anderen Grund. Ich stelle mein Tablett auf dem Platz ihm gegenüber ab und ziehe den Stuhl heraus, um mich zu setzen.

„Gut." Er nimmt noch einen Bissen, aber ich schwöre, sein Kiefer ist so verdammt angespannt, dass er sich noch einen Zahn oder zwei abbrechen wird.

„Es tut mir leid, dass wir es dir nicht früher gesagt haben." Ich hoffe, meine Entschuldigung reicht, um ihn zu besänftigen. Die Gereiztheit kocht von ihm ab wie Dampf, der mich anschlägt.

Er ist heiß und immer noch wütend.

„Du hättest es mir sagen sollen, aber ich mache dir keinen Vorwurf." Luca greift nach seinem Glas Orangensaft und nimmt einen Schluck. „Ich mache Ashton Vorwürfe."

Ausatmend seufze ich und nicke leicht. „Das ist fair. Er ist dein bester Freund." Ich versuche, einen Weg zu finden, die Dinge zu glätten, aber ich habe das Gefühl, dass ich vielleicht gerade ein Streichholz unter Ashton gelegt habe.

„Er *war* mein bester Freund. Jetzt ist er nur noch ein Teamkollege." Luca stellt das Glas Saft mit

Wucht ab, sodass etwas auf den Tisch schwappt. Zum Glück zerbricht das Glas nicht.

Ich wage es nicht zu fragen, ob er auch auf Harper wütend ist. Es war gestern Abend offensichtlich, als er von ihrem Verrat erfuhr, dass er schnell nach Hause eilte.

Ein weiterer Streit zwischen ihnen.

Ich weiß nicht, wie lange ihre Ehe halten kann, wenn sie ständig streiten. Es scheint, als ob sie nur das tun ... Luca wütend auf Harper wegen irgendeines Geheimnisses, das sie bewahrt hat.

Ich nehme an, in diesem Fall bin ich ein bisschen mitschuldig.

Ich muss es wissen. Das Grübeln bringt mich um. „Und Harper?"

Sein Blick schießt zu mir hoch. „Was ist mit ihr?" Da ist Sorge in seinem Ton, und das veranlasst mich, eine Augenbraue hochzuziehen.

„Bist du noch sauer auf sie?"

„Harper und ich gehen dich nichts an, Nova."

Ich kann nicht anders, als düster über seine Worte zu lachen. „Du hast Recht. Harper und deine Beziehung gehen mich nichts an, genauso wie Ashton und ich zusammen nichts mit dir zu tun haben."

Sein Blick wird schärfer, als er begreift, was er

gesagt hat, und mir zuhört – es ist nicht ganz das, was er erwartet hatte. Er lehnt sich in seinem Stuhl zurück und starrt auf sein Essen. Ich glaube, ich habe ihm vielleicht den Appetit verdorben.

Ich bin immer noch hungrig. Ich esse meine Rühreier und nehme ein Stück Toast von meinem Teller, knabbere daran und warte darauf, dass Luca etwas sagt.

„Mein Streit ist nicht mit dir, Nova."

Es läuft nicht ganz so, wie ich es geplant hatte. Tatsächlich mache ich mir Sorgen, dass ich die Dinge für Ashton unbeabsichtigt verschlimmert haben könnte.

Scheiße.

„Du musst nicht mit Ashton streiten. Es gibt keinen Grund dafür, Luca. Wir sind beide erwachsen. Er ist gut zu mir. Ashton ist süß, nett ... er ist der perfekte Gentleman."

„Kaum", grummelt Luca. „Hast du gesehen, wie er die Mädchen behandelt, mit denen er schläft? Einmal und fertig."

„Das war vor uns." Ich hasse es, sein Verhalten zu verteidigen. Ich hatte gesehen, wie er Frauen behandelt hat. Ich bin nicht blind für die Tatsache, dass er wahrscheinlich mit einem Großteil der Erstsemester, und vielleicht sogar mit einigen aus dem zweiten Studienjahr, geschlafen hat. „Die Mädchen haben sich ihm an den Hals geworfen. Ich habe gesehen, wie sie dasselbe bei dir machen."

„Aber du siehst mich nicht mit ihnen ins Bett springen und sie danach zur Tür hinausschieben."

„Du kannst mir nicht erzählen, dass du das nie getan hast." Ich bin kein Idiot. Ich weiß, dass Luca seinen gerechten Anteil an One-Night-Stands hatte. Es ist mir egal, was er oder was Ashton getan hat, nur was er jetzt tut.

„Meine Vergangenheit geht dich nichts an." Lucas Blick verengt sich. Er schiebt sein Tablett leicht nach vorne ... er ist eindeutig fertig. Er hat nicht so viel gegessen, wie er normalerweise würde. Es ist offensichtlich, dass ich ihn verärgert habe, aber ich weiß auch nicht, wie ich dieses Durcheinander wieder in Ordnung bringen soll.

„Hör zu, ich will nicht, dass irgendetwas zwischen dich und Ashton kommt. Ihr seid beste Freunde. Das sollte sich nicht ändern."

„Er hätte nicht mit meiner kleinen Schwester ficken sollen!"

Ein paar Köpfe drehen sich um, und ich bin kurz davor, ihn mit meiner Gabel zu erstechen, wenn er seinen Mund nicht hält. „Wir üben nur Zeilen für unseren Theaterkurs!“, rufe ich allen zu, die uns anstarren.

Luca zieht eine Augenbraue hoch, aber er senkt seine Stimme ... etwas leiser, was uns ein wenig Privatsphäre verschafft. Es scheint, als wolle auch er nicht, dass die ganze Schule unsere Angelegenheiten erfährt. Obwohl jeder auf der Party davon erfahren hat und ganz ehrlich, das ganze Hockeyteam kennt bereits das Drama. „Ich will nicht mit dir streiten, Nova.“

„Dann tu es nicht.“ Ich sehe ihm in die Augen und will, dass er Frieden mit dem schließt, was passiert.

„Gut. Du und ich sind im Reinen.“ Sein Ton sagt etwas anderes.

„Und Ashton?“ Ich kann nicht anders, als Schmetterlinge in meinem Bauch zu spüren.

Er schnaubt und verschränkt die Arme vor der Brust. „Er sollte dieses Wochenende besser aufpassen.“

SECHZEHN

LUCA

Ich kann immer noch nicht glauben, dass meine kleine Schwester und mein bester Freund hinter meinem Rücken zusammen sind. Es ist nicht schlimm genug, dass ich alle Hockeyspieler im Team davor gewarnt habe, sich von ihr fernzuhalten ... nein, mein bester Freund musste mir auch noch in den Rücken fallen, indem er mit ihr schläft und es dann geheim hält.

Von allen Jungs im Team macht mich Ashtons Vergangenheit bei der ganzen Sache am wütendsten.

Oder vielleicht ist es die Tatsache, dass wir so eng befreundet sind und er sich dafür entschieden hat, mir nichts zu sagen.

Er hatte jede Menge Gelegenheiten, reinen Tisch zu machen.

Nein, stattdessen musste er warten, bis sich Nova betrinkt und sie eine große Ankündigung machte.

Sie hat sich blamiert.

Und obwohl ich nicht glücklich darüber bin, dass Harper die Wahrheit vor mir verheimlicht hat, kann ich verstehen, warum sie das Gefühl hatte, dass es nicht ihr Geheimnis war, das sie verraten sollte.

Ich habe ihr verziehen.

Ich habe Nova halbwegs verziehen. Sie ist jung, töricht und war noch nie verliebt. Sie ist kaum erwachsen ... sie ist gerade erst achtzehn geworden. Sie hat eine Entschuldigung.

Für Ashton gibt es null Entschuldigung.

Er hat meine Warnung nicht beachtet.

Nein, stattdessen hat er sich ganz bewusst dafür entschieden, mit meiner kleinen Schwester zu ficken und dann darüber zu lügen. Wenn er ein Mann wäre, hätte er sofort nachdem es passiert ist reinen Tisch gemacht, mir die Wahrheit gesagt ... gestanden, dass er mit ihr geschlafen hat.

Vielleicht hätte ich ihm verzeihen können.

Es ist das Lügen.

Der Verrat.

Die Tatsache, dass wir unter demselben Dach wohnen, und monatelang hat er es geheim gehalten ... als ob sie nicht gut genug wäre, um irgendjemandem zu erzählen, dass sie zusammen sind.

Das widert mich an.

Nova verdient Besseres.

Meine kleine Schwester verdient einen Mann, der von den Dächern schreit, dass er sie mag und mit ihr zusammen sein will.

Offensichtlich ist das nicht Ashton.

Nach dem Unterricht gehe ich zurück zum Haus, um beim Abendessen zu helfen. Harper ist bereits in der Küche, und Zeke schlägt mit den überzähligen Töpfen und Pfannen herum und tut so, als würde er helfen, während er auf dem Boden sitzt.

„Wie wär's, wenn ich das Kochen übernehme?", biete ich an und lasse sie sich um Zeke kümmern.

„Bist du sicher? Ich bin fast fertig mit den Vorbereitungen. Es muss nur noch in den Ofen." Sie schneidet gerade die Kartoffeln, und die Babymöhren sind bereits halbiert. Es gibt Hähnchen in irgendeiner Art Glasur, und sie legt die Kartoffeln und Möhren auf ein separates Blech. Sie wirft einen Blick ins Kochbuch und folgt dem Rezept, das bemerkenswerterweise so aussieht, als könnte es ähnlich werden.

„Wir hätten heute Abend auch einfach auf dem Campus essen können." Ich gebe ihr einen schnellen Kuss auf die Wange. Ich habe sie noch nie kochen sehen, aber ich mag diese Seite an ihr wirklich.

„Ich weiß, aber in letzter Zeit hatten wir freitagabends immer Abendessen mit deiner Familie. Ich dachte, es wäre schön, wenn ich versuchen würde, uns ein richtiges Abendessen zu kochen, anstatt das gleiche Zeug in der Mensa zu essen. Ich hoffe nur, dass es gelingt."

„Ich mache mir keine Sorgen. Es sieht gut aus."

„Es wird noch besser aussehen, wenn es fertig aus dem Ofen kommt." Sie legt zuerst das Gemüse hinein und stellt den Timer an der Herdplatte.

„Was kann ich tun, um zu helfen?", frage ich.

„Würde es dir etwas ausmachen, kurz auf Zeke aufzupassen? Ich werde ihn das ganze Wochenende haben. Es wäre schön, ein paar Minuten Pause zu haben."

Die Worte kommen heraus, bevor ich überhaupt darüber nachdenke, was ich sage. „Du könntest mit uns mitkommen und das Wochenende bei meinen Eltern verbringen. Sie haben ein Zimmer für Zeke.

Mama könnte dir mit ihm helfen? Sie liebt ihn so sehr."

Harper atmet scharf ein und zwingt sich zu einem Lächeln. Ich sehe das Zögern, und ich sollte es besser wissen ... als einen Besuch bei meinen Eltern vorzuschlagen.

Sie sind Mafia.

Gefährlich.

Tödlich.

Selbst vorzuschlagen, dass sie mit uns kommt, ist eine schreckliche Idee.

„Tut mir leid", zucke ich zusammen. „Ich habe nicht nachgedacht."

Harpers erzwungenes Lächeln wird schwächer, und sie tritt vor. Auf Zehenspitzen stehend drückt sie einen Kuss auf meine Lippen. „Ich weiß das Angebot zu schätzen, aber ich muss ablehnen. Ich bleibe dieses Wochenende hier."

„Es wird ruhig sein ... es werden nur Nova, Liam und ihr beide da sein." Ich nicke in Zekes Richtung.

Sie lächelt und schüttelt den Kopf. „Mit diesem Kerl ist nichts ruhig." Harper beugt sich hinunter, hebt Zeke in ihre Arme und gibt ihm Küsse.

Er schiebt sie weg und streckt dann seine Arme nach mir aus.

Ich zögere, nicht weil ich den Kleinen nicht

anbete, sondern weil ich Angst habe, mich zu sehr zu binden. Er ist Harpers Sohn. Ich will ihn nicht zerstören.

Es gibt Erinnerungsblitze, die ich bekomme ... Erinnerungen an meinen Vater, und ich sehe mich selbst immer mehr in ihm. Ich will nicht wie Dante sein, und ich will Zeke auf keinen Fall verletzen. Aber wie kann ich nicht wie er werden, wenn ich gezwungen bin, für den Mann zu arbeiten, den ich mein ganzes Leben lang verachtet habe?

„Luca?", Harpers Stimme reißt mich aus meinen Gedanken, als sie sieht, wie Zeke versucht, nach mir zu greifen, und ich zögere.

Dieses Mal bin ich derjenige, der sich zu einem Lächeln zwingt, während ich ihn in meine Arme nehme. „Mach eine Pause. Ich kümmere mich um ihn."

Ihre Stirn runzelt sich, als sie Zekes Rücken streichelt. „Bist du sicher? Wenn er zu viel ist, kann ich ihn zurücknehmen."

Ich lache. „Ich glaube nicht, dass es für den Kleinen einen Rückgabeschein gibt."

Ihre Nase kräuselt sich, und Harper lächelt. Dieses Mal ist es echt.

Ich liebe ihr Lachen. Ich bete dieses Lächeln an ... mit dem Grübchen auf ihrer linken Wange. Ihre dunklen Augen glänzen, und ich schwöre, da sind goldene Flecken, die im Sonnenlicht schimmern, das durch das Fenster fällt.

„Wir sind definitiv über die Rückgabefrist hinaus“, scherzt Harper und kräuselt dann ihre Nase bei dem Geruch, der von dem kleinen Mann in meinen Armen ausgeht. „Oh nein. Windelwechseln. Hier, lass mich ihn nehmen.“

Zeke kichert, als wäre er stolz auf den Geruch, der von ihm ausgeht. Es ist grotesk, aber wann riecht *das* jemals angenehm?

„Ist schon gut. Ich weiß, wie man eine Windel wechselt. Ich kümmere mich darum.“ Ich trage Zeke in sein Zimmer, und Harper folgt mir.

„Bist du sicher?“, fragt sie und beobachtet mich vom Türrahmen aus.

Traut sie mir die Sache mit Zeke nicht zu?

Ich würde es ihr nicht übel nehmen.

Ich lege Zeke auf den Wickeltisch und wechsle schnell seine Windel.

Der Herd piept, und Harper lässt uns beide allein, während ich den Windelwechsel beende, bevor ich ihn ins Badezimmer bringe, damit ich mir die Hände waschen kann.

„Hast du die Windel in seinem Schlafzimmer gelassen?“, fragt mich Harper aus dem

Badezimmer. Ich habe die Tür offen gelassen, und schon ist sie hinter mir her ... als wäre ich nicht in der Lage, eine einfache Windel zu wechseln.

Bei jedem anderen würde es mich nerven.

„Sie ist im Windeleimer. Ich weiß, wie man sich um Zeke kümmert.“ Ich küsse seine Stirn. Er windet sich von mir weg, weil er runter will. Ich setze ihn vorsichtig auf den Boden. Er stürmt davon, die Arme ausgestreckt, und rennt wie ein kleines Monster herum.

„Drache! Roar!“, kreischt Zeke vor Lachen und rennt im Wohnzimmer herum. Auch wenn seine Worte nicht gestochen klar sind, habe ich in den letzten Wochen gelernt, den Großteil seines Gebrabbels zu entschlüsseln.

Nova steckt den Kopf aus ihrem Schlafzimmer. „Ist der kleine Drache okay?“

„Es geht ihm gut!“, ruft Harper über das Gebrüll des kleinen, wildgewordenen Drachen hinweg. „Entschuldige den Lärm.“

Nova lernt seit Stunden oder, was wahrscheinlicher ist, sie vermeidet mich. Das ist in Ordnung ... ich fahre bald zu Dante. Sie wird das Haus das ganze Wochenende für sich haben, und glücklicherweise wird Ashton bei mir sein, sodass ich mir keine Sorgen machen muss, dass die beiden Unsinn anstellen.

Ashton ist noch nicht nach Hause gekommen. Ich gehe davon aus, dass er rechtzeitig zurück sein wird, damit wir fahren können. Wir haben ein paar kurze Nachrichten ausgetauscht, er hat noch einmal nachgefragt, ob er heute Abend eine Mitfahrgelegenheit hat.

Ich bin großzügig gestimmt.

Ich werde ihn nicht laufen oder den Bus nehmen lassen.

„Ich habe genug Essen gemacht, du kannst gerne mit uns essen, wenn es fertig ist", sagt Harper und lädt Nova zum Abendessen ein.

Als der Timer erneut piept und diesmal das Abendessen fertig ist, löst sich Nova von ihren Büchern und kommt zum Essen an den Tisch.

„Danke. Das riecht fantastisch. Viel besser als die Chicken Tenders in der Uni."

Wir setzen uns alle, bis auf Ashton, zum Abendessen. Er ist vermutlich in der Mensa. Liam gesellt sich zu uns, obwohl er etwas stiller ist als sonst. Ich nehme an, er wusste auch über Nova und Ashton Bescheid und versucht, den Frieden zu wahren oder zumindest auf meiner guten Seite zu bleiben.

Das Abendessen ist köstlich. Ich will mich gar nicht von meinem Platz am Tisch wegbewegen, aber dann höre ich die Haustür und schaue auf meine Uhr. Es ist Zeit, zu Dante zu fahren. Obwohl wir heute Abend nicht mit dem Training beginnen werden, fangen wir wahrscheinlich morgen früh an.

Ich würde lieber in meinem Bett bei Harper schlafen und extra früh aufstehen und rüberfahren, aber das ist keine Option. Dante hat klargemacht, dass er erwartet, dass ich an den Wochenenden bleibe, es sei denn, es gibt ein Hockeyspiel.

Ich hasse es, donnerstags zu spielen.

Es bedeutet längere Wochenenden und mehr Zeit, um etwas über das Innenleben der Mafia zu lernen.

Ich habe den Schießstand gemeistert, was nicht das Schlimmste auf der Welt war. Aber zu wissen, dass ich wissen muss, wie man eine Waffe benutzt, wie man auf jemanden schießt – das finde ich deutlich beunruhigender.

Ich gebe Harper einen Abschiedskuss und küsse Zeke auf die Wange, bevor ich meine Wochenendtasche schnappe und aufbreche.

Es ist kalt draußen, die frische Luft lässt meinen Atem sichtbar werden, während wir zum Auto gehen.

Ashton sagt nichts.

Keine Entschuldigung.

Keine Worte.

Er schweigt, was mich noch mehr ärgert.

Ich werfe meine Tasche auf den Rücksitz. Ashton macht dasselbe, und dann steigen wir ins Auto.

Wir fahren und das Radio läuft ... das ist daseinzige Geräusch zwischen uns.

Er versucht nicht einmal, sich zu erklären. Obwohl ich mir nicht sicher bin, ob ich zuhören würde.

Ich habe meinen Entschluss gefasst ... ich bin sauer auf ihn.

Er verdient meinen Zorn für das, was er getan hat.

Wir fahren schweigend den ganzen Weg bis zum Anwesen. Ich gebe den Code am Vordertor ein, und der schmiedeeiserne Zaun öffnet sich.

Es geht langsam ... es dauert mehrere lange, quälende Sekunden, bevor ich das Gas betätige und vorne vorfahre.

Als wir aus dem Auto steigen, begrüßt uns Dante, was ich ziemlich ungewöhnlich finde.

„Luca“, sagt er, und auf seinem Gesicht liegt ein Lächeln, aber ich kaufe es ihm nicht ab.

Er freut sich nie, mich zu sehen. Ich bin der Sohn, den er sich nie gewünscht hat. Ich bin sicher, wenn Mama mit einem anderen Kind schwanger geworden wäre, würde er sich freuen, dass er es vielleicht manipulieren und kontrollieren könnte ... es zum Erben des Ricci-Imperiums machen könnte.

Das bin nicht ich, und trotzdem bin ich hier ... gezwungen, unter Dante zu arbeiten.

„Kommt mit rein ... wir haben einiges zu besprechen." Dante bedeutet uns, ihm zu folgen, während er die Vordertreppe hinaufgeht und die Tür öffnet, um uns Eintritt ins Anwesen zu gewähren.

Ich lasse meine Tasche direkt neben der Tür stehen, ziehe meine Schuhe und Winterjacke aus. Im Haus ist es angenehm warm, ein wenig zu warm für meinen Geschmack. Fast als wäre ich in der Hölle. Vielleicht bin ich das auch. Dante ist der Teufel.

„Ich dachte, wir fangen morgen früh mit der Arbeit an." Ashton ist direkt hinter mir und stellt sich neben mich ... legt seine Tasche auf die andere Seite der Tür, bevor er seinen Mantel aufhängt und seine Schuhe auszieht.

„Ich habe eine Aufklärungsmission, und leider passieren diese Arten von Jobs unter dem

Deckmantel der Nacht.“ Dante führt uns weiter ins Haus hinein, zu seinem Büro.

Ashton und ich treten ein. Ich werfe ihm kaum einen Blick zu ... die Spannung zwischen uns ist greifbar.

„Erzähl uns von dem Auftrag.“ Ashton spricht als Erster, ohne die geringste Zurückhaltung, mit einer Mission zu beginnen.

Bisher wurde ich nicht gezwungen, viel zu tun. Das Schießen zu lernen, war nicht gerade ein Spaßauftrag, aber ich habe niemanden getötet. Ich habe auf ein Ziel geschossen. Jetzt bin ich ziemlich gut darin, aber ich hoffe, dass das nicht Teil unserer nächsten Aufgabe sein wird.

„Wie ihr wisst, kontrollieren wir ein bestimmtes Gebiet. Jemand hat Waren knapp außerhalb des Blue Sky Resorts geschmuggelt.“ Dante zieht eine Karte auf seinem Handy auf und zeigt uns den Standort. „Dieser Feldweg wird kaum benutzt, besonders im Winter. Nun, es stellt sich heraus, dass dort ihr Betrieb ist. Am Ende der Straße steht ein altes, verrammeltes Gebäude. Ich brauche euch beide für Überwachungsarbeit ... macht Fotos, findet heraus, was genau sie schmuggeln. Sind es Drogen oder Waffen? Ich muss so viel wie möglich wissen, wie viele Männer dort sind, bringt mir Details zurück. Könnt ihr beide das erledigen?"

„Ja, Sir." Ashton ist schnell dabei, seine Hilfe anzubieten.

„Ja, wir können die Überwachung übernehmen. Gibt es einen Ort, wo wir uns verstecken sollten?" Da wir mit dem Gelände nicht vertraut sind, möchte ich nicht, dass wir entdeckt werden.

„Ich habe nicht genug Informationen, um dabei zu helfen ... bleibt einfach außer Sichtweite. Schaltet die Lichter am Auto aus, parkt und versteckt das Fahrzeug, wenn nötig, und geht den Rest des Weges zu Fuß. Ich bin sicher, ihr könnt eure Köpfe benutzen und den besten Weg finden, um Informationen zu sammeln. Die Lieferung findet gegen Mitternacht statt. Ihr seid entlassen."

Dante überreicht Ashton einen Ordner mit Informationen. Es ist nicht viel, aber es enthält Details zu den Informationen, die Dante sucht ... und Platz, um so viele Informationen wie möglich zu notieren.

Wir verlassen sein Büro und holen unsere Schuhe und Mäntel, bevor wir zurück zum Auto gehen.

Obwohl es noch lange nicht Mitternacht ist,

wollen wir natürlich nicht mit leuchtenden Scheinwerfern und brummendem Motor auftauchen und jeden auf unsere Anwesenheit aufmerksam machen.

„Hat Dante uns irgendwas in dieser Akte gegeben?" Meine Aufmerksamkeit gilt der Straße, auf der es heute Nacht zumindest nicht schneit. Es ist kalt, so eisig, dass man draußen den eigenen Atem sehen kann.

Ashton blättert durch die Seiten.

„Nicht viel. Meistens das, was er von uns ausgefüllt haben will."

Ich drücke den Knopf an meiner Autotür und lasse das Fenster herunter.

„Es ist verdammt kalt!" Ashton blickt mich finster an. Er greift nach der Heizung und dreht die Temperatur im Auto hoch.

Grinsend nehme ich den Ordner aus seiner Hand und werfe ihn aus dem Fenster.

„Bist du komplett wahnsinnig? Wir brauchen den."

Ich drücke den Knopf an der Tür und lasse das

Fenster wieder hochfahren. „Wir sind nicht hier, um für ihn verdammte Notizen zu machen. Wir überwachen und verschwinden wieder. Das ist keine Schulaufgabe."

Ashton murmelt vor sich hin.

„Was war das?" Ich werfe einen Blick in seine Richtung.

Er verschränkt die Arme vor der Brust. „Du benimmst dich wie ein Arschloch, seit du herausgefunden hast, dass ich mit Nova zusammen bin."

Ein dunkles Lachen blubbert in mir hoch und entweicht meinen Lippen. „Du denkst, *das* ist der Grund, warum ich wütend auf dich bin?"

Ashton rutscht auf dem Beifahrersitz hin und her. „Ist es nicht so?"

„Du hast die einzige Kardinalregel gebrochen, die ich bezüglich Nova hatte ... und dann hast du mich monatelang belogen!" Ich halte meinen Blick auf die Straße gerichtet, aber am liebsten würde ich anhalten, Ashton rauswerfen und ihn sich selbst überlassen.

„Nova ist alt genug, um ihre eigenen Entscheidungen zu treffen. Sie ist kein Kind mehr, und du musst aufhören, sie wie eines zu behandeln."

„Ich behandle sie nicht wie ein Kind. Sie ist gerade erst achtzehn geworden. Hast du überhaupt gewartet, bis sie volljährig war, oder warst du ...“

Er unterbricht mich. „Ich habe deine Schwester nicht angefasst, bis sie eingewilligt hat.“

„Du hast meine Frage nicht beantwortet.“ Mein Kiefer spannt sich an.

„Sie war achtzehn. Ich schwöre, ich habe keinen Finger an sie gelegt, bis sie volljährig war.“

„Das macht es trotzdem nicht besser“, knurre ich und starre ihn böse an. „Du wurdest gewarnt, dich von ihr fernzuhalten!“

„Ich kann meine Gefühle für Nova nicht abstellen. Ja, du hast jedem im Team gesagt, dass sie nicht irgendein Mädchen zum Herumvögeln ist. Meine Gefühle für sie sind echt. Wir hängen ständig zusammen ab ... das hast du gesehen, das Flirten, die anderen Sachen, das hat sich von selbst entwickelt.“ Ashtons Stimme ist ruhig, aber ich fühle mich kein bisschen ruhig, während ich ihm zuhöre, wie er mir von Nova erzählt.

„Du denkst nur, diese Gefühle sind echt, weil du sie noch nie zuvor erlebt hast. Was passiert, wenn du ein anderes Mädchen triffst, das dich umhaut? Du wirst Novas Herz brechen, und ich werde die

Scherben aufsammeln müssen." Ich will nicht, dass meiner kleinen Schwester von meinem besten Freund wehgetan wird.

„Okay, ich weiß, dass ich in der Vergangenheit ein paar Fehler mit Mädchen gemacht habe..."

„Ein paar?" Ich lache über seine Untertreibung von ein paar. Er hat mit unzähligen Mädchen geschlafen, mehr als ich zählen kann ... und ich bezweifle, dass Ashton überhaupt weiß, mit wie vielen Mädchen insgesamt er ins Bett gegangen ist.

„Ich hab's verbockt, aber das heißt nicht, dass ich weiter Mist bauen werde."

„Für mich sieht es danach aus. Das ist alles, was du je getan hast, Ashton. Du bist der Kapitän der Fick-ein-Mädchen-Truppe."

Er zuckt nicht einmal mit der Wimper. „Sowas gibt es gar nicht. Und niemand nennt mich so."

„Das *Team* nennt dich so."

„Lügner." Ashton schaut zu mir rüber. „Gib's zu. Du bist einfach nur eifersüchtig auf das, was Nova und ich haben."

Hat er den Verstand verloren? „Du machst Witze. Ich kann bezeugen, dass ich nicht im Geringsten eifersüchtig auf deine Beziehung *zu meiner Schwester* bin."

Ich blicke zu ihm hinüber. Er zuckt einfach nur mit den Schultern. „Semantik. Du weißt, was ich meine. Was wir teilen, die Tatsache, dass wir uns nahestehen und einander alles erzählen können. Es gibt keine Geheimnisse zwischen uns. Wir mögen uns beide tatsächlich und halten es aus, im selben Raum zu sein."

Ich zucke zusammen, als er *Geheimnisse* erwähnt. Das ist es, was Harper und mich bei jedem Schritt auseinanderreißt. Wenn die Dinge endlich wieder in die richtige Bahn kommen, gibt es neue Geheimnisse, neue Überraschungen, die unsere Beziehung anscheinend zerstören wollen.

Nicht dieses Mal.

Nicht mehr.

Ich werde nicht zulassen, dass irgendetwas oder irgendjemand zwischen Harper und mich kommt.

Mit einem schweren Seufzer biege ich auf die Straße für unsere Mission ein. Es ist fast zwei Stunden vor Mitternacht, was uns genügend Zeit geben sollte, das Gebiet auszukundschaften, ohne gesehen zu werden.

Die Wolken sind dick ... der Himmel schwarz wie die Nacht.

Die Straße ist mit Schnee bedeckt, aber auf dem

Weg sind bereits mehrere Reifenspuren, die die einsame Straße hinaufführen.

„Mach die Lichter aus“, befiehlt Ashton, als ob ich Befehle von *ihm* entgegennehmen würde.

„Und uns von der Straße abkommen lassen? Nein, danke. Und unser Gespräch ist noch nicht beendet.“ Es ist zu dunkel, um die Scheinwerfer auszuschalten und sicher die schmale Straße hinaufzufahren.

„Würde nicht davon träumen, es jetzt zu beenden“, zischt Ashton. „Keine Sorge, wenn du es auf dem Eis austragen willst, bin ich dabei.“

„Willst du wirklich mit mir kämpfen? Du weißt, dass ich dir den Arsch versohlen werde, Rinaldi.“

Er hat vielleicht Nerven! Nachdem er mich verraten und mit meiner kleinen Schwester rumgemacht hat, will er jetzt mit mir kämpfen?

Er lacht und schüttelt den Kopf. „Glaubst du wirklich, du könntest es mit mir aufnehmen?“

„Wäre nicht das erste Mal.“ Ich werfe ihm einen vernichtenden Blick zu, während ich versuche, mich auf die einspurige Straße zu konzentrieren.

„Das ist ja lustig, dass du denkst, du hättest mich jemals besiegt. Ich habe dich gewinnen lassen, Ricci.“ Der selbstgefällige Klang seiner Stimme macht mich krank.

Er labert solchen Mist. „Ist es das, was du dir einredest?“

Ich fahre langsam den Berg hinauf und will nicht, dass das Brummen des Motors jemanden auf unsere Anwesenheit aufmerksam macht. Aber ich schwöre, der Streit zwischen uns ist viel lauter als jedes Summen des Fahrzeugs.

Zumindest ist es draußen totenstill und mitten in der Nacht.

Wir erreichen den Gipfel, wo es flach ist. Vor uns steht das heruntergekommene Gebäude, das einmal eine Hütte war. Es ist verlassen, dunkel und heruntergekommen.

„Wenn du meine Schwester noch einmal anfasst, bring ich dich mit bloßen Händen um.“

„Sie gehört nicht dir, du musst sie nicht beschützen. Nicht mehr“, knirscht Ashton. „Sie gehört mir. Ich gehöre ihr. Du bist nur ihr älterer, nerviger Bruder, der sich in ihr Leben einmischt.“

„Steig verdammt nochmal aus meinem Auto aus.“ Ich trete heftig auf die Bremse, die Räder drehen auf dem Eis durch und wirbeln Matsch auf.

Ashton erteilt einen weiteren Befehl und ignoriert meinen. „Dreh um. Wir sind im Freien. Wir können hier nicht parken.“

Ich ignoriere ihn. „Steig. Verdammt. Noch. Mal.

Aus.“ Hitze brennt in meinen Wangen. Ich umklammere das Lenkrad so fest, dass ich mich frage, ob ich das Leder abziehen könnte.

„Gerne. Übrigens, Nova wird dich hassen, wenn ich sie anrufe und ihr erzähle, was für ein Arschloch du bist.“ Ashton reißt die Tür auf und steigt aus.

„Petze.“

Die kalte Luft wirbelt ins Auto. Es ist eisig, die Nachtluft erinnert an die Aufgabe, die wir zu erledigen haben.

Mein Magen sackt ab.

„Ashton.“

„Verpiss dich, Ricci.“ Ashton schlägt die Autotür zu und verschwindet in der Dunkelheit.

Ich kann ihm nicht nachjagen und das Auto vor der Hütte stehen lassen.

Ich mache eine Dreipunktwende auf der schmalen Straße und drehe um. Ein Blick auf die Uhr zeigt, dass wir weniger als eine Stunde haben, bis der eigentliche Spaß beginnt. Es hat länger gedauert, den Berg hinaufzufahren, als ich erwartet hatte.

Und ich habe gerade Ashton allein in der Kälte zurückgelassen.

Es dauert nicht Minuten, bis sich Scham in mir aufbaut, sondern nur Sekunden.

Reue.

Aber ich kann nicht im Freien parken, nicht ohne gesehen zu werden.

Ashton kann zwanzig Minuten allein zurechtkommen, während ich herausfinde, wo zum Teufel ich das Auto parken und den Rest der Strecke zu Fuß zurücklegen kann, ohne gesehen zu werden.

Die Scheinwerfer meines Autos enthüllen auf beiden Seiten eine Schlucht, während ich langsam den Weg hinabfahre, den wir gekommen sind.

Ich muss unbedingt eine Nebenstraße finden, irgendwo zum Parken, und dann kann ich den Rest des Weges zu Fuß gehen und Ashton einholen.

Aber auf dem Weg nach oben ist mir nichts aufgefallen. Wir haben auch gestritten, was nicht gerade bedeutete, dass ich einen klaren Kopf hatte.

Ich werde auf dem Weg zurück über die matschige Straße besser aufpassen müssen.

Während ich langsam die einspurige Straße hinunterfahre, spiegeln sich Scheinwerfer in den Bäumen in der Ferne wider.

Scheiße.

Es ist ein anderes Fahrzeug, das die Straße hinaufkommt.

Ich tippe auf die Bremse und rutsche über die

vereiste Straße, drehe das Lenkrad, um nicht in die Schlucht zu fallen.

Mein Magen schnürt sich zusammen, und ich fluche leise.

Das Fahrzeug vor mir lässt den Motor aufheulen und fährt weiter, nachdem es mich entdeckt hat. Sie schalten das Fernlicht ein und blenden mich.

Mir bleibt kaum eine andere Wahl, als mein Auto in den Rückwärtsgang zu setzen. Ich gebe Gas, fahre rückwärts und schaue über meine Schulter, während ich gefährlich am Rand des Berges und der schmalen einspurigen Straße im Schnee navigiere, bis ich wieder vor der heruntergekommenen Hütte stehe.

Absolut nicht ideal.

So viel zum Thema unauffällig sein.

Wo zum Teufel ist Ashton?

Ich greife nach meinem Handy und versuche, Dante anzurufen, aber der Anruf scheitert sofort.

Männer strömen aus dem Fahrzeug vor mir, blockieren die Straße ... mit gezogenen Waffen. Der Motor des Autos läuft im Leerlauf, die Scheinwerfer blenden mich.

Eine dunkle Gestalt steigt aus ... der Mann, der hinter dem Fahrer saß, raucht eine Zigarette. Sie hängt von seinen Lippen, während er seine rechte Hand hebt und eine Geste gibt, vorzurücken.

Zwei Männer, die ich nicht kenne, kommen zu meiner Fahrertür, schlagen mein Autofenster ein, reißen meine Tür auf und zerren mich aus dem Fahrzeug.

Ich bin vollkommen ihrer Gnade ausgeliefert.

Fortsetzung folgt...

EXKLUSIVE BUCHBOXEN & MERCHANDISE KAUFEN

Vielen Dank, dass Sie *Zwischen Feuer und Frost* gelesen haben! Ich hoffe, der Roman hat Ihnen gefallen. Ich habe ihn sehr gerne geschrieben.

Wenn Sie signierte Taschenbücher und exklusive Inhalte lieben, sollten Sie auf jeden Fall meine Webseite besuchen: https://shopwillowfox.com

ÜBER DIE AUTORIN

Willow Fox liebt das Schreiben seit ihrer Highschoolzeit (vor vielen Jahren). Ihre Kleinstadtromane spiegeln das Leben in einer Kleinstadt im ländlichen Amerika wider.

Egal, ob sie Liebesromane schreibt oder draußen am Lagerfeuer sitzt und ein gutes Buch liest, Willow liebt die Magie des geschriebenen Wortes.

Sie träumt davon, von den Füßen gerissen zu werden und hofft, dass sie das auch bei ihren Lesern erreichen kann!

Besuche ihre Website unter:

https://shopwillowfox.com

AUCH VON WILLOW FOX

Eagle Tactical Serie

- Enthüllt: Jaxson
- Verheimlicht: Mason
- Versteckt: Lincoln
- Verborgen: Jayden

Mafia-Ehen

- Geheimes Gelübde
- Gefangenschafts Gelübde
- Wildes Gelübde
- Widerwilliges Gelübde
- Rücksichtsloses Gelübde

Gebrüder Bratva

- Brutaler Boss

Böser Boss
Besitzergreifender Boss
Zwanghafter Boss

Ruppige Single Papas
Milliardär Muffel
Berg Muffel
Bachelor Muffel

Eisige Romantik auf dem Spielfeld
Schwindel mit dem Milliardär
Wagnis mit dem Eishockeyspieler
Verhaftung des Eishockeyspielers

Crimson Ice
Zwischen Klingen und Blut
Zwischen Eis und Schwüren
Zwischen Feuer und Frost

www.ingramcontent.com/pod-product-compliance
Lightning Source LLC
La Vergne TN
LVHW100514110826
845146LV00002B/633